講談社文庫

ガラスの城

新装版

松本清張

講談社

目次

ガラスの城

第一部《三上田鶴子の手記》

1

東亜製鋼株式会社の東京支社は、数年前に建った都心の高層ビルの十四階と十三階を借りきって、男女従業員二百名を擁《よう》している。

支社長は専務で、もう一人の重役が総務部長をかねている。大阪が本社だが、政治面、金融面で、支社とはいいながら本社なみの陣容をもっている。

販売部は第一、第二の二つの課に分かれている。これは、取引先の種類と、大口、小口との区別から分類されている。各課に五十人の課員がいる。

——三月に入った。

春秋二期には、各課ごとに二日の休日を利用して社員の慰安旅行がある。その期日が近づくと庶務係《しょむ》から希望地の投票がおこなわれる。

しかし、この慰安旅行も、ほとんど行くべき所はこれまでにいっている。東京から一泊二日では、行動半径もおよそきまってしまう。これまでいったところは、箱根《はこね》、熱海《あたみ》、伊東《いとう》、下田《しもだ》などの、湘南《しょうなん》・伊豆《いず》地方や、日光《にっこう》、鬼怒川《きぬがわ》、塩原《しおばら》、伊香保《いかほ》、水上《みなかみ》など、二回以上重なっているところもある。たいてい温泉地がえらばれるのは、こういう旅行の性質からだ。

庶務係からまわされた回状を見ても、わたしはべつに興味もなかった。

「恒例により、来る三月二十一、二十二日の両日、課の親睦を兼ねて慰安旅行をしたいと思います。つきましては、旅行地の選定についてみなさんのご意見を参考にして立案したいと思いますから、これと思われる候補地をご記入ください。　幹事」

去年も、おとどしも、こういう回状がまわってきた。みんなが勝手な所を書きこんでゆく。

けれど、いちばん投票の多かった所がかならずしも選定されるとはかぎらない。それをきめるのは二人の次長と、庶務主任とだった。最終的には課長が裁断するが、まず、三人の相談できまるといっていい。それは予算と日数の関係からである。

早朝の列車で現地にいき、その日は団体行動で旅館に一泊する。翌日はてきとうに自由行動となって東京に帰ってくる。これは習慣となっていて、これからもかわりそうにない。

だから、しぜんと遊覧地の条件も限定されてくる。あまり遠出はできないのである。これまでも、京都、奈良、十和田湖《とわだこ》、秋田、北陸の金沢《かなざわ》も投票に現われないことはなかった。えてしてこういう遠隔地をえらぶのは、ほとんどが若い社員である。

しかし、これは、予算の関係からいつもしりぞけられた。

女性にとっては、会社勤めも三、四年たったら、一種の惰性になってしまう。春と秋のこの旅行はその中の一つのアクセントかもしれない。感動のないアクセントだ。おざなりの親睦、冒険のなさ、退屈な見物、束縛された行動——。

わたしはメモに、

「木曽《きそ》」

と書いた。それを四つに折って、庶務係の和島好子のところにいった。

彼女の机のよこに、空函《からばこ》を利用した投票函がある。なかをのぞいてみると、目けんとうで二十枚ぐらいはあつまっていた。

「三上さん」

　庶務主任の田口欣作《きんさく》がイスの背へ上体をたおして、わたしを見ながらニヤリと笑った。

「ええとこ書いてくれはりましたか」

　田口は大阪の本社から去年東京に移った男で、三十五、六だが、若白髪というのか、もう、耳の横が白くなっている。

「いいえ、平凡なとこですわ」

「さよか。どこぞ、ええとこがおましたかいな？」

「よくわかりませんわ」

　わたしははじめから投げている。

「ぼくなんか大阪から移ってきたよってに、こっちの事情はさっぱりですわ。ほんまに、みんながあっというところが出まへんやろかな？」

　田口はのんびりとしていた。課長の杉岡久一郎が席にいないからだ。そういえば、二人の次長まで気楽な顔をしている。

　いや、課ぜんたいの空気が春風がふいているようにのどかなのである。

　この庶務主任の田口にしても、課長がいるとたえず緊張している。何を書くのかしらないが、帳簿を引っぱり出しては、しきりと書きこむふりをする。その合間にはいつでも課長に呼ばれる態勢をとっているのだ。たえず忙しいかっこうをしているのがこの男の特徴で、部下の庶務係に叱言《こごと》をいうのもこのときである。

そのかわり、課長がいないとなると、部下の機嫌をとったりする。庶務係は、四名のほかに、タイピスト三人も管理している。

この田口は、課長がいなくなると、各係のほうへ油をうりにゆく。

「今度の慰安会は優秀だっせ」

かれの声が昨日もわたしのちかくできこえていた。

「A社から二十万円、B社から二十五万円。C社からも二十万円。それに、出入の商人からも五万円ずつ祝儀をもってきよりましてな」

A社も、B社も、C社も、この東亜製鋼の専属販売店だった。いわば本社を大事とおもっている取引商社なので、毎度、かならずなにがしかの寄付をする。今度は例年よりも額が多いというのだった。田口はそれも自分の腕だと聞き手にとれるような吹《ふい》聴《ちょう》をしていた。

「そりゃ優秀だな」

次長の富崎が、癖になっている肩をあげて笑った。

「田口君、寄付は一文も残すことはないからね。みんな飲んでしまおうよ」

「へえ、ぼくもそうおもうてまんねん」

田口はすかさず調子を合わせた。次長のひとりはおもに外交方面を担当し、ひとりは内勤を見ている。内勤の次長が富崎弥介だった。

富崎は杉岡課長の側近をもって任じている。こまかいことに気のつく男だが、自分では豪放なところを見せようとしている。

もうひとりの次長野村俊一は、仕事の関係からあまり席にいたことがないが、年齢は課長と同じだった。大学時代はテニスの選手だったというが、今でも長身で、均斉のとれた体格をしている。むろん、富崎などよりは先輩だった。出張の多い野村が今日は席にいて、外交日誌か何かをつけていた。次長としては外交担当が内勤担当より上位だが、課長に気に入られている富崎に、かれはなんとなく一目おいているふうがあった。

「なあ、野村君」

と富崎は年上の先輩を君づけにして大きな声を出した。

「それでいいだろうね。寄付の金をみんな酒代にしようぜ」

「そうだな」

野村はどっちつかずの返事をしながら、うつむいてペンをうごかしている。

わたしは、こういうときの野村に多少の歯がゆさをもち、また同情する。たえず富崎に主導権をとられているからだ。

すかさず横から田口が口を出した。

「富崎さん、それで少しは甘いもんも買うてやらんと、女子社員にうらまれまっせ」

田口は富崎に抗議をしたのではない。顔いっぱいにあいそ笑いをうかべている。

「そうか。そりゃたいへんだ。そのへんは田口君にたのまなきゃならないな」

「へえ、よろしゅうおま。ぼくがあんじょうやりまっせ」

わたしは、こんなときの田口を見ると虫酸《むしず》が走る。

わたし三上田鶴子は、毎朝、阿佐谷《あさがや》の家からラッシュの地下鉄にゆられて出勤する。そのころの乗客はほとんどが勤め人と学生である。勤め人の顔には、すでに疲労がはじまっている。家庭を出たとき、かれらはすでに仕事のコンベアに乗せられ、疲労のベルトの端にかれらは脚をかけている。

駅から吐き出されると、みんなそれぞれの職場に散ってゆく。だれもが急ぎ足になってゆく。今日の惰性と疲労をもとめて急ぐのである。

わたしは駅から歩いて数分の距離にある高層ビルの中にゆく。外観はおりからの朝の陽をうけて総ガラスの窓がきらめいている。壮大なガラスの城である。ガラスは反射鏡のように、周辺のビルの風景を、光と影の対照で映していた。なかはかがやくばかりに明るい。

この中に入っている会社は一流会社ばかりである。男の社員は髪に櫛目を入れ、服装を身ぎれいに整えている。ＯＬは目立たないが上手に化粧をし、スマートな身装《みなり》をしている。みんなガラスの城に入ってゆくにふさわしい人種ばかりといったふうに。

わたしも女子大を出てこの建物の中に入ったときは誇りと喜びとに胸がふるえたものだった。ビルはその春に完成したばかりだった。わたしにはすべてが新鮮にみえた。自分のものときめられた机の上のペン一本にも新鮮さがあった。

夢をその中で期待した。

それから六年たった。今のわたしには、その夢もうすくなり、色あせている。

男子社員はほとんどが大学出だが、インテリジェンスは少しも見られない。かれらは酒を飲み、マージャンをし、かげで上役や同僚の悪口をいいあっている。

もはや、学生時代に論じた唯物史観も、経済論も、革命への共感も、学内デモも、その饒舌《じょうぜつ》とともにおきざりにしている。かれらはもはや機構の中に去勢された人間となっていた。

将来の出世と、目前の功利主義とがかれらを支配している。そのために、昨夜は、マージャンをともにたのしんだ相手を、今日は職場から蹴おとしてはばからない。肩を抱いて酒を飲みあった仲でも、翌朝はけろりとしてだれかの耳もとでその男を誹謗《ひぼう》している。

東亜製鋼株式会社といえば、日本で一流の企業体である。そこの社員は、すべてがやかしい前途をもち、活気にあふれて仕事に精励しているように外部では見える。しかし、この中に入ってみると、そこにおのずから二つの流れがあるのに気づく。一つは日光のかがやく場所におかれた人びとだ。これは社長や専務など重役の主流につながっている。末端が課長クラスだとすると、その下にいる部下もその支流の中にいる。

反対は、まったく希《のぞ》みをたたれた人びとだ。その社員たちが幹部の政策に反対しているわけではない。そんな意見をもつことを許されるのは、部長以上の資格者だけである。日かげの場所にいる男たちは、おもに課長の好みで、せまい範囲でポジションが左右される。

この販売部第二課の五十人の中で、はっきりと主流を泳いでいる者は四、五人にすぎない。日かげの人間は二十人ぐらいであろうか。その中間は、まだどっちともつかないかっこうでいる。かれらはいつも陽のあたる場所に位置をもとめている。

もっとも、わたしたち女子社員八名はその中から除外されている。

この課にはタイピストが三人いる。あと五人が計算係、庶務係、管理係に配属されている。わたし自身は管理係となっている。

しかし、しょせん、女子社員は男子社員の事務補助にすぎない。いつまでたっても同じ仕事のくりかえしである。あたえられる仕事に希望も進歩もないし、もとより栄転もない。

毎年春になると、新しい社員が入社してくる。この人たちは初歩の仕事からおぼえこまなければならない。それを教えるのは女子が多い。つまり、女子のうけもつ分担が、この会社ではひどく初歩の部分にあたるというわけである。

しかし、新入社員は「見習期間」をすぎると一人前の仕事をあたえられ、いつのまにか、わたしたちを追いこしてゆく。わたしは毎年この屈辱を味わわされるのである。

女子社員でも勢力のいい側につこうとする者もいる。たとえば、わたしと机を並べている管理係の鈴木信子がそうである。彼女は内勤次長の富崎に何かと気に入られるようにしている。もちろん、同時に課長の杉岡にもおこたらず気をつかっている。

彼女はT塾出身で、家族は母親ひとりである。学校時代から成績のいいことをじまんにしている。今でもそれを同僚にちらちらとほのめかす。この自信が女子でも男子社員同様に出世ができると錯覚させているのかもしれない。あるいは彼女よりも無能な男子社員を見て自分を奮起させているのかもしれない。

鈴木信子はきれいな顔つきをしている。彼女が主流とむすぼうとしている自信の底には、彼女の実力以外に、容貌への恃《たの》みが大きいかもしれない。女性にたいしてはとりすましているが、歩いていても、男子社員の前だと嬌態《しな》をつくっているようにみえる。上司にものをいうときは、意識してコケティッシュにしているようにみえる。

容貌の点で大切にされようと心がけているのに計算係の橋本啓子がいる。彼女は短大出だが、鈴木信子同様、容貌への自負はそうとうなものである。鈴木信子が洗練された身ぶりと装いを凝《こ》らしているのに反して、橋本啓子は社交性と派手な容姿で信子と対抗している。この二人はわたしより一年後輩で、入社五年である。鈴木信子と橋本啓子とは、八人の中で特別に潑剌《はつらつ》としている。してみると、会社勤めでも、美しい女性は勝ちかもしれない。

不幸にして美貌をもたず、さほどの才能もない女性たちは、いまのままであきらめなければならない。彼女たちは男子社員に人気もないし、恋愛にも絶望している。たのしみは何であろうか。

それは、せっせと金を貯蓄することだ。タイプの的場《まとば》郁子《いくこ》がその型である。的場郁子は入社して二十年にもなり、年も四十歳ちかい。彼女は額が広いので、年をとるにしたがって禿げあがったようにみえている。その下に落ちくぼんだ眼と、貧弱な鼻と、まずしい唇とがある。頬骨《ほおぼね》はは り、眼尻には皺《しわ》がよっている。

彼女はめったに化粧をしない。高い化粧品を買っても、しょせんは無駄だとさとっているらしい。彼女はあらゆる男子社員を軽蔑《けいべつ》している。タイプには、ほかに池田素子、村瀬百代がいる。二人とも入社三年である。

彼女たちはいつも、主任格の的場郁子に小言をくっている。いったい、四十二人の男子社員のタイプ原稿は、的場郁子がまとめてうけとってから、ほかの二人に分担させるようになっているが、仕事の分配にも彼女の好悪があらわれている。村瀬百代はあまり美しくないのでたくさん仕事をもらう。池田素子は美しいので仕事が少ない。

仕事が多いと負担がおもくなるので気の毒だ。というのは、うわべの感想で、じつは仕事が多いのが彼女たちの誇りなのである。その村瀬百代にしても、かげではたえず的場郁子の悪口をいっている。

悪口はきまって同じ話題だった。つまり、的場郁子がいかに吝嗇《りんしょく》で貯蓄に熱心であるかにかかっている。彼女はけっして社内の食堂では昼飯を食べない。食堂は外部よりもずっと安くしてあるが、的場郁子はけっして食券を購《あがな》ったことがない。社内伝説によれば、朝飯はインスタント・ラーメン、夕食はお惣菜屋で売れのこりのコロッケを買って帰るということだった。貯蓄は、銀行の定期預金のほかに、当世流行《はや》りの投資信託に加入しているらしい。

もっとも、女も老いてくると金だけがたよりになってくる。その意味で的場郁子の方法はけっしてまちがってはいない。しかし、だれよりも金をもっているということで、彼女の意識の中には男子社員への優越があるのかもしれない。

彼女の骨ばった身体が前屈《まえかが》みのかたちで歩いているのを見ると、かげ口でいわれる「栄養失調」も、あながち理由のないことではないようにおもわれる。

課長の杉岡久一郎は、T大を出てすぐこの社に入社した。社歴は十七年である。

彼は背が高く、典雅な身体つきをしている。いつもぴっちりと身体に合った洋服をきて、少しのゴミでも気にして長い指先ではじく性質《たち》だ。容貌も上品な風格がないではない。額が秀でて、鼻梁《はなすじ》が高い。少し頤《おとがい》がみじかいのも上品な感じをあたえる。かれの高い鼻に黒縁の眼鏡がおさまっているところも、ちょっとしたダンディの感じである。顔色がゴルフやけで浅黒いのも当世風である。

杉岡久一郎は、その眉《まゆ》の間にいつもかすかな憂いに似た皺を立てている。課員の前ではめったに笑い顔をみせない。動作はどこまでも紳士的で、言葉づかいもていねいだ。むろん、このていねいさの中には、かれの傲慢《ごうまん》さと、相手への軽蔑がふくまれている。言葉はわざと低目に発音する。かつて重役のだれかに、君は先々代の羽左衛門に似ている、といわれて、ひどくそれが気に入っている。

杉岡久一郎はテニスもうまいし、ゴルフも上手である。マージャン、碁、将棋、なんでも他人に卓越している。学生時代は道楽をしたということで、時折、粋人ぶったことをいう。酒ならウイスキー一本くらいは平気であける。

しかし、杉岡課長は課員の全部からおそれられている。かれの神経質な顔が眉根をよせて課長席にすわっているのを見ると、みなは電流を通されたようになるのだった。

この課長は専務に気に入られている。悪口をいう者は、専務の碁を教授しているからだと説明しているが、しかし、仕事の手腕は評価されているようだ。だからエリート意識もそうとうなもので、以前次長時代であったか、ライバルをののしって、ぼくがこの社にいるかぎり、けっして君を出世させない、と揚言した。その後、当のあいてが没落して社を去ったから、この挿話は今でもきく者の舌をまかせている。

杉岡課長が神経質なところは、たとえば、部下のちょっとした動作でも気にくわぬと、ようしゃなく例の慇懃《いんぎん》無礼《ぶれい》な小言がくだる。かれは自分の気に入った部下と、そうでない者とをはっきりと区別していた。

だが、課長はそれをけっして表面には出さない。どのように気にいらない部下でも、その紳士ぶった態度にくずれはない。ときには、自分の神経質を露骨に見せないためか、わざと豪放なところを披露したりする。これをまねているのが次長の富崎弥介で、彼の一挙手一投足はことごとく杉岡課長のミニチュアといってよかった。杉岡課長から見ると、富崎のこんな子供らしいところが眼に入れても痛くないといった風情である。

わたしには、このような男子社員間の眼に見えない相剋《そうこく》にはあまり興味がない。けれども、計算係の橋本啓子だけには警戒しなければならぬとおもっている。

杉岡課長は、部下の個人々々のことまでじつによく知っているらしい。日ごろは例の高尚だとおもっている顔を尊大にかまえているが、何かのときにはちらりとかれのかっこうのよい唇からそのことが洩れて、課員がぎょっとすることがある。たとえば、わたしたち女子社員がかげでどのような話をしていたかも、ちゃんと心えているのだ。

これはだれかが杉岡課長につげ口をしているとしかおもえない。もちろん、富崎次長がそんな小さなことまで気がつく道理がないから、かれではない。わたしたちは、長いこと、密告者がだれかということを詮索《せんさく》していた。そして、結局、計算係の橋本啓子しかないということになった。

つまり、橋本啓子がその場にいたときの話にかぎって、それが課長に通じているのである。

橋本啓子も陰ではわたしたちといっしょに課長や次長やそのほかの社員の悪口をいう。彼女の評言は辛辣《しんらつ》だったが、その密告がうすうすとわかっていらい、彼女といっしょにいるのをだれもが用心するようになってきた。

わたしはその橋本啓子が鈴木信子をたえず敵としているのを知っている。

鈴木信子の面長な顔は多少のエキゾチックなものを感じさせる。目立たない化粧をしているのも、彼女がその天性を利用しているからである。この点、橋本啓子はかなり派手な化粧をしなければ対抗できないのに劣等感をおぼえている。

わたしは、杉岡課長も、富崎次長も、鈴木信子にかなり気をひかれているように想像している。それらしい兆候は、気をつけてみるとどこかにそれが見られるものだ。

わざと傍若無人にふるまっている富崎次長も、鈴木信子にだけは遠慮したようなところがある。用事をいいつけるときも、彼女にだけは冗談口もあまりきかない。

「鈴木さんはT塾を一番で卒業したというけれど、ほんとうはそうではないらしいわよ。わたし、しらべてもらったわ。成績はずっと下のほうなんですって」

橋本啓子がそんなふうにわたしに耳打ちしたことがある。

「鈴木さんはむずかしそうな本を読んでるけれど、あれだってただのアクセサリーだわ。あの人、そう見せかけるのがとてもうまいのよ」

彼女はそうもささやいた。

「ずいぶん上品ぶってるけれど、あれで、そうとうなものだとおもうわ。男性たちにはそれがわからないのね。わたし、鈴木さんには恋人がいるとおもうわ。あんな顔をして、ボーイフレンドなんかもっていないように見せかけてるけど、男の人と夜の銀座を腕を組んで歩いていたのを見た人があるわ」

わたしは橋本啓子の言葉を信用しない。彼女が鈴木信子めあてに敵意を燃やしていることだけを信じるつもりでいる。

もうひとりの次長野村俊一はおとなしい男だ。が、杉岡が課長にきて腹心の富崎弥介を支店から拾って内勤次長にすえてからは、とみにかすんでしまった感じである。

だいだい、外務担当の次長といえば、販売部では花形である。その点、計算や経理などを担当している内勤次長の富崎のほうがずっと地味な存在のはずである。

わたしは、いずれは杉岡課長が野村次長を他の部にまわして、そのあとに富崎弥介をあてようとしているような気がしてならない。事実、富崎もひそかにそれを期待しているのではあるまいか。

それは野村次長にもわかっているはずだ。そうおもってかれの姿を見ると、なんとなくしょんぼりとしているふうにみえる。

ふしぎなもので、こういう雰囲気になると、それまで野村側についていた課員が、にわかに富崎側にまわるようになった。だれしも出世はしたいのだ。つくなら、時の権力につながるのがかしこい方法である。

だが、要領のいい富崎弥介は、けっして野村俊一とことをかまえるようなことはしない。表面では野村を立てているように見える。だが、これも親分の杉岡課長と同じやりかたで、したしそうに見せかけて、じつは相手が落ちてゆくのをながめているようなかっこうだ。

野村俊一は、こういう雰囲気をさっしてかどうか、静かな態度で終始している。かんがえようによっては、きたる日を予期してあきらめているようにも見えるし、また、いっさいの眼前の現象に眼をふさいでいるようにもとれる。

野村次長はS大出で、こういうことも杉岡課長と同じT大出の富崎にくらべてだいぶ損な立場に立たせられている。わたしは、この会社までが官庁と同じように官学尊重と学閥があるのを妙なことだとおもっている。野村次長は奥さんの体が弱いそうで、子供はいない。弟がひとりいるらしいが、家庭的にも不幸な人だ。かれの肩の上にはいつも寒い風が舞っているように見える。

しかし、男子社員にはこのような出世と保身のための隠微な闘争がくりかえされているから、まだ生きがいがあるともいえよう。女子にはその権利すらないのである。どんなに仕事ができても、主任にさえなれない。女子は結婚までの期間だと、会社自体がきめているようである。けれども、いつのまにか婚期をのがしている女子には、会社のこの待遇もまたさくばくとした砂地である。

販売第一課のほうにはミセスの社員もいるが、補助的な仕事しかあたえられていない点では同じことだ。

慰安旅行は伊豆の修善寺《しゅぜんじ》ときまった。

「やっぱり、ほかにええとこおまへんねん。まあ、こんなとこでっしゃろな」

庶務主任の田口がみなに決定を告げて、なっとくさせるようにふれて歩いた。この田口もまた富崎につながり、課長に気に入られようとつとめている。

どうせそのへんだろうとわたしもおもった。「木曽」とわたしが書いたのをどの程度上のほうが考慮しただろうか。わたし自身は木曽にあこがれている。塩尻峠《しおじりとうげ》をこえて、洗馬《せば》、福島《ふくしま》、三留野《みどの》を通り、馬籠《まごめ》、妻籠《つまご》のあたりを歩いたら、どんなにいいかしれない。しかし、たとえ社の慰安旅行が木曽にきまっても、わたしはごめんこうむりたい。ゆくならひとりでゆきたいのだ。候補地の投票にわたしが木曽と書いたのは、いささかの夢と、いささかの抵抗をしめしたにすぎない。


おもしろくもない修善寺にきた。宿は狩野川《かのがわ》のほとりに立っている。

昼間は、例によってみんなといっしょにそのへんの見物でくらした。女子だけは自然とひと団《かたま》りとなった。もっとも、この中には杉岡課長や富崎次長のそばにいきたい人もあるには違いないが、団体行動ではいちおう同僚と調子を合わせている。

夜の宴会が例によって見ものだった。

形《かた》のごとく五十人近くの社員が広間に居流れた。病気などで参加できなかった者が二、三名はいる。正面には杉岡課長が、両脇に野村、富崎の両次長がすわり、以下序列順に末におよんだ。女子の組はいつもその端につらなっている。

中央にすわっている杉岡課長は、宿の着物も心なしか粋《いき》に着こんだようにみえた。じっさい、あいさつのために立ちあがったときも、まるで舞台姿のようにすらりとして、自慢の十五代羽左《うざ》を思わせた。両手の 掌《てのひら》を軽く前に重ね合わせ、いつもの文句で挨拶した。言葉も調子も気取っている。

社員たちの様子を見ると、みんな謹聴の体《てい》で、膝に両手をおいて、首をうなだれていた。課長の挨拶がすむと、すぐに富崎次長が心得顔に立ちあがった。かれは課長が威厳を見せる表情でいるのに反して、立ちあがりざまからにこにこと笑っていた。

「ええ、ただ今、課長のお話のように、今夜は半年のアカをおとしてゆっくりとみなさんとたのしみたいとおもいます。酒はふんだんに寄贈をうけておりますから、どうか、存分に飲んでください。……ただし、ここは銀座裏や新宿ではございませんから、いくらお酔いになっても、適度のエチケットはわが社の体面上、心えていただきたいとおもいます。どうも、のっけから気をそぐようなことを申しあげてすみませんが、課長の意をたいしまして、これだけはわたくしから申しあげておきます。どうも、すみません」

わざと頭を掻《か》く体《てい》も、それと知っていながら調子を合わせて笑う社員たちも、わたしには空疎に見えてしかたがない。

はじめは、社員たちも土地の芸者の酌でおとなしく飲んでいた。そのうち、課長が献酬のために席をたって各人の前にまわってくる。すかさず富崎がそのあとにしたがった。

床の間の前には野村次長がぽつんとひとり残されている。横の二つの席があいているだけに、かれの姿がひどくさびしげにうつった。順序からいえば、野村が課長のあとにつづいて各席をまわるはずなのだ。富崎にせんをこされた野村は、しばらくその席をたつ機会を失ったかっこうである。かれは下を向いて芸者の酌でひとり飲んでいた。

「どうも、日ごろから、いろいろとやっかいをかけていますね」

わたしたちの席にまわってきた課長が、着物の前をきちんとそろえて、ほほえみを一人ひとりに投げかけてくれた。

「課長さん、とっても着物がお似合いですわ」

すかさず橋本啓子が声をあげた。

「そうですか。いや、女性の方にほめられると、年がいもなくうれしいですな」

「あら、あんなことおっしゃって。課長さん、まだお若いわ。ねえ？」

と、これは横にいる庶務の和島好子に投げかけた。さいわい和島好子だからよかった。これが鈴木信子だったらどうしようもあるまい。

その信子はわたしのとなりにいた。いちはやく橋本啓子がアドバルーンをあげたのに、われ関せずといった顔でジュースを飲んでいた。わたしが見ても、その横顔には冷たいものが凍りついている。彫りの深い顔だと、わたしはあらためておもった。

「おや、鈴木さん」

と課長は座を横にすべらせて彼女にいった。

「あなたは、ジュースですか？」

「はい、お酒はいただけませんので」

「そうですか。いや、召しあがれないのを無理してはいけませんね。やっぱりしぜんのほうがよろしい」

こんないいかたも杉岡課長のどくとくなものだった。

ところが、このとき、また橋本啓子が横から口を出した。

「あら、課長さん。鈴木さんはあれで、雰囲気によってはアルコールも召しあがりますわよ」

わたしは橋本啓子の露骨な挑戦にひやりとした。

「へえ、そうですか」

課長は橋本啓子のほうには向かないで、鈴木信子の顔を見ていた。

「そりゃほんとうですか？」

「はい。でも、こういう場所ではとてもいただけませんわ」

鈴木信子はきりかえした。わたしはこの返事に感嘆した。これがふつうだったら、あらそんなことはありませんわ、とか、ウソですわ、とか、へんなことおっしゃらないでよ、とかいいそうなところを、彼女は橋本啓子の言葉をやんわりとうけて、雰囲気次第では酒も飲めると、暗に杉岡課長の気をひいているところなど見事なものだとわたしはおもった。事実、そのとき、杉岡課長の顔に瞬間微妙な表情が走ったのをわたしは見逃さなかった。

宴会の席でのことは、これ以上いうことはない。あとはおさだまりの芸者の踊りにつづいて、社員たちのかくし芸だった。座がようやく乱れてきた。

女子の中でも入社二、三年組は、早くから宴席を逃れた。この中にタイプの的場郁子がまじっているのはおもしろい。

しかし、これも理由のないことではない。的場郁子は日ごろから男子社員たちに反撥を感じている。今も、課長のあとからまわってきた富崎にしても、そのあとの主任たちにしても、いちおうのあいそは的場郁子にいうが、それはただおざなりで、とても鈴木信子や、橋本啓子や、その他和島好子、池田素子たちに向かうような声のはずみもなければ眼のかがやきもない。じっさい、彼女の広いおでこと、くぼんだ眼と、しぼんだ頬《ほお》の小皺のよった陰気な顔を見ていると、だれでもその前から一刻も早く立ちさりたいにちがいない。

的場郁子は、そのことをよく知っている。彼女は課長の挨拶がはじまるころからまったくおもしろくもない顔をしていたが、このときになってさっさと座敷を出ていってしまった。畳をけるという言葉をわたしはおもいだす。

社員のかくし芸は毎度のことで見あきたものだが、それからのなりゆきもまたなかなかの見ものだった。社員たちの課長へのおせじには二通りの型があるようである。一つは、課長の前に這《は》いつくばってのお流れ頂戴型で、これはだらだらと見えすいたおせじをいう。

もう一つは、逆手をつかう。いきなり課長の前に進んでいきおいよくすわると、課長、とまず大声をあげ、ぼくは仕事のためにはどんな上役とでも喧嘩しますよ、ぼくは仕事がかわいいですからね、たとえ課長がどんなことをいっても、意見がちがうときは堂々と課長と対決しますよ、などという組である。もちろん、これが満面媚《こ》びの笑みをうかべるお追従《ついしょう》型の裏返しであることはいうまでもない。

わたしは見ていられなくて、きめられた自分の部屋にもどった。部屋は女子だけが二人か三人ずつ一室に割りあてられている。わたしの部屋は、ほかに鈴木信子と和島好子がいっしょだった。

部屋に帰ってみると、和島好子が赧《あか》い顔をして、すでにしかれた床の上に横ずわりしている。

「あなた、酔ったの？」

わたしはきいた。

「ええ。なんだか、男の人に飲まされちゃって」

彼女は苦しそうにじぶんの頬に手をあてていた。

「大丈夫？　なんでしたら、冷たいタオルを持ってきてあげましょうか？」

「いいえ、いいわ。そのうち醒《さ》めるでしょう。どうもありがとう」

「鈴木さんは？」

「まだ、この部屋にこないわ」

わたしは妙だとおもった。鈴木信子はわたしよりも早く宴会の席を出たはずだ。では、宿の庭でも歩いているのかもしれないとかんがえた。

わたしは外に出てみたくなった。広間のほうからは三味線と笑い声とがきこえてきている。

「好ちゃん」

とわたしは和島好子にいった。

「少し、そのへんに出てみない？　苦しいのがさめるわ」

「いいえ、あなた一人でいってらっしゃい。なんだか気分がわるいから、もう少し、ここにじっとしてるわ」

「そう」

和島好子はわたしより二つ下だが、わたしはこの子が気に入っている。おとなしいし、悪くいえば、毒にも薬にもならないからだ。

わたしは宿を出て、ひとりで寺のほうへいった。昼間とちがって参詣人は少ないが、それでも、夜の所在なさに宿の半纏《はんてん》を着た浴客の姿が見える。わたしは石段をのぼり、戸を閉めた茶店を横に見て本堂にいった。このへんは明るい外灯がついているから怕《こわ》くはなかった。

ひとまわりして帰ろうとおもったが、時間が早いので、少しまわり道をすることにした。きたときとは別の石段をおりると、反対側の小さな路に脚を向けた。修善寺でもこのあたりはわたしの気に入っている一郭である。昼間だと、静かに門をしめた家の間に甘酒の店があったりする。

さすがにこのへんは夜の観光客もこないとみえて、外灯の光も少ない。わたしは少し怕《こわ》かったが、気持がいいので、竹藪《たけやぶ》の垣根にそって上り坂を歩いた。川からはいつかはなれていた。

ちょうど、空にはうすい月が出ていた。その淡い光がわたしの歩く路をかすかに白くしている。

わたしの脚はとまった。

竹藪路に沿って、祠《ほこら》か地蔵堂かわからないが、少し広い境内のような所がある。わたしの位置から見ると、その境内の半分が見える。それを仕切っているのは、となりの民家との柴垣である。

わたしの眼が鋭くその人かげを認めたのは、女ひとりで歩いているという用心からであろう。しかし、べつな意味でわたしはぎくりとなったのだ。胸の動悸《どうき》がにわかに高くなった。

わたしの見たのは、たしかに二人の抱擁した姿だった。背の高い男のかげが抱えこむようにだれかを引きよせている。

男の姿は、すぐに杉岡課長だと知った。それだけでもわたしを仰天させたのに、さらにわたしをおどろかせたのは、あいての女性がわたしたちと同じ〝二見屋旅館〟の着物をきているらしいことだった。

わたしはあとも見ずに路を引きかえした。男性の正体はわかったが、女性がだれだか判別がつかない。たしかに宿の着物だから、わたしたち女子社員のひとりにはちがいないのだ。

急ぎ足にもどりながら、わたしの頭には、ふと、わたしたちにわりあてられた部屋にもどってこない、鈴木信子のことがうかんだ。

わたしは小走りに歩いた。

すると、前方にひとりの男のかげを見たので、わたしの脚はまたとまった。

月の光で、その半纏もわたしと同じ宿のものだとわかった。

宿は一流旅館で大きいし、ほかに客も多勢だったが、そのうしろ姿に見おぼえがある。

庶務主任の田口だった。

それとはっきりわかったのは、あいてがうしろの足音を聞いて振りかえった顔を見たからだ。

「おや」

と向こうでも声を出した。

「あんた、三上さんやないか？」

光線のかげんで、かれの顔の半分が淡い月に浮き出している。わたしをぞっとさせたのは、いつもへらへらしている田口のその表情がひどくけわしく見えたことだった。

「なんでこんな所へきやはったの？」

かれはわたしにきいた。

「散歩ですわ。ちょっと酔ったので、風にふかれに出てきました」

わたしはさりげなく答えた。

「ああ、さよか。ぼくもこの修善寺ははじめてやさかい、散歩に出ましてん。ええとこだすな」

田口は何気なさそうにいった。

田口もまたわたしが目撃したと同じような場面を見たのではないかと、あとで気づいた。

2

わたしは、庶務係主任の田口欣作と肩を並べて宿のほうにもどりかけた。前と同じ道なので、今度は川の流れがわたしの左側になっている。

夜の温泉街は、いつまでも人が歩いている。ここまでくると、いろいろな宿の丹前を着た浴客が通っていた。例外なくいえることは、土地の人が足早に歩くのに、浴客はぶらぶらとほんとの散歩の足どりだった。

わたしと田口欣作はゆっくりと歩いていた。よそ目には夫婦者のように見えたかもしれない。

わたしは、この田口がさきほどの場面を目撃したのではないかとうたがっていた。田口欣作がそれを見たとすれば、かれはわたしより早かったはずだ。なぜなら、かれはわたしよりさきにもどりかけていたのだから。

わたしは彼をさぐってみる気になった。

「田口さんは、だいぶ前から散歩に出てらしたんですか？」

それを質問した地点も、わたしはあとまでおぼえている。修禅寺の前をすぎたころだった。やはりどこかの団体客らしいのが五人づれで暗い寺から石段をおりてきていた。

「いや、そう早《はよ》うもおまへんでした。三上さんよりちょっと前に宿を出たかもしれまへんな」

田口はなんでもないように答えた。

「修善寺というたかて、夜はさみしゅおまんな。にぎやかな所かて表通りの土産物を売ってる一筋道だけだんな」

かれは大阪弁でつまらなそうにいった。

そのことも、田口がわざと先刻の目撃から意識をはずしているようにおもえる。そうだとすると、田口はあれを見たのだ。

わたしはボーリングをかれの中にさし入れてみることにした。

「課長さんは、まだ部屋に残ってらっしゃいましたか？」

わたしはさきに宴会の座をはずしているので、そうきいても一向にふしぜんではなかった。ことに田口は庶務係主任なのだ。

「どうでっしゃろな」

田口はかるい口調だった。

「ぼくもあまり酒が好きやおまへんよって、逃げ出してきましてん。課長はぼくより少し前に出たようにおもうてます。えらい人がいつまでも席に残ってはると、ほかの者は窮屈《きゅうくつ》でおますさかいな」

「次長さんがたは、どうでしたでしょうか？」

「へえ、両次長はおりましたぜ。課長が引きあげたあとは、やっぱり次長が残ってぇへんとぐあい悪うおまっしゃろ」

わたしは杉岡課長が両腕の中にささやいていた女を知りたい。

わたしは、その姿にいろいろと想像を働かせている。だが、残念なことに、彼女も宿の着物だった。それに、暗い場所が二つの身体を一つにしているので、はっきりときめにくい。

わたしがこんなことをおもうのは、女子社員のものずきからだろうか。それとも、それは他人に嗤《わら》われそうな嫉妬《しっと》からだろうか。わたし自身は、そのどちらでもないと信じている。

今の田口の話では、杉岡課長はさきに宿を出たらしいのだ。すると、あいての女性は課長と示し合わせて、ほとんど同時か、その前後に宿を出たことであろう。

各部屋に二人か三人ずつ割りあてられているので、途中から自分の部屋に入ったわたしは他人の行動がわからない。自分の部屋以外は、だれがどんな行動をとったかわからないのである。

自分の部屋についていえば、まず、鈴木信子がいなかった。

だが、それだからといって彼女を疑うわけにはいかない。ほかの女子社員全部の行動がわからないと、決定的なことはいえないのである。

決定的といえば、和島好子だけはわたしの出るときあとに残っていたから、彼女だけは課長のあいての「被疑者」からはずしてよさそうである。

宿の建物が見えてきた。層々と重ねられたどの階にも、まだあかあかと灯がついている。

田口欣作は課長にとりいろうとしている男だ。だからかれは課長に不利益な真実はわたしに話しえない立場にある。

「田口さんは、あの路をずっと奥までいらしたんですか?」

わたしはボーリングをさらに深くした。

「そうでんな、三上さんと出あった、ちょっとさきのほうでっしゃろな。あんまり暗いさかい、あそこから引きかえしましてん」

もし、そうだとすると、かれは何も見なかったのだろうか。田口の口調には退屈げな調子以外に何もうかがえなかった。

「あ、そや」

田口は急に脚をとめた。

「ぼく、これから、あっちのほうをちょっとまわってきます。この修善寺ははじめてやさかい、このさい、何でも見ておこうとおもうとりますわ」

田口が指したのは、橋を渡って細長くのびている商店街のほうだった。宿は橋を渡らずに逆にもどるのである。

「ほんなら、ぼく、これで失礼しますわ」

田口はちょっと手をあげた。かれは大阪から着任して日が浅いためか、まだわたしのような女子社員にも遠慮をみせていた。

「さようなら」

わたしは挨拶《あいさつ》した。

「あ、三上さん」

田口は思い出したように、

「もう、時間もおそうおますさかい、早うやすみなはれ。それから、部屋の内側には鍵をかけたほうがよろしゅおまっせ。酔っ払いが迷いこまんともかぎりまへんさかいな」

わたしはかれの忠告にしたがうといった。

わたしは宿に帰った。あてがわれた部屋の前まできたが、さきほどの広間からはもうさわぎ声がきこえなかった。女中さんが軽く会釈《えしゃく》して通りかかった。

「あの、ちょっとうかがいますが」

わたしは呼びとめた。

「はい」

女中さんは立ちどまった。

「もう、宴会のほうはすんだんでしょうか？」

「東亜製鋼さまでございますね」

女中さんは暗くなっている宴会場のほうをふり向いて、

「すっかりおすみになったようでございますよ」

「みんな部屋に入ったんでしょうか」

「いいえ。なんですか、あれから散歩に出るんだとおっしゃって、外へお出かけになりました。男の方はバーをおまわりになるんじゃないでしょうか」

「ここにはバーがたくさんございますの？」

「はい。でも小さな所ばかりでございますよ。男の方は、そこからいい所にいらっしゃるんじゃないでしょうか」

女中さんはここで白い歯を出してうすく笑った。

わたしにもその意味がわかった。今日この宿屋につく前に、車の中から外を見ていただれかが、あすこにヌードスタジオがあるぜ、今夜、ひとつ見学にゆこうか、といっていたのをおもいだしたからだ。

「女の人はどうしていますかしら?」

「はい、ごいっしょに出かけられたかたもあるし、部屋でおやすみになってるかたもいらっしゃるようです」

だれが出ていって、だれが残ってるのか、この女中さんにきいてもわかるはずはない。わたしは部屋に入った。

襖《ふすま》をあけると、蒲団がきちんと三人ぶんしかれてあるが、だれもいなかった。残っているとおもった和島好子の姿もないのである。

わたしは電気を暗くして、ひとりで右はじの床の中に入った。

わたしは、はじめ和島好子が手洗いにでもいったのかとおもっていたが、そうではなかった。

彼女はわたしが出たあと、自分もさびしくなって外出したものらしい。あのとき少し気分がわるいといっていたが、それもおさまったのであろう。

暗い部屋の中にひとりで蒲団にくるまっていると、部屋の空気が身体の中までつつみこんでくるような気がする。わびしい空気だ。

宴会もむなしかった。団体で遊びにくることじたいがむなしいのである。しかし、参加をことわることもできない。これも「社用」と見なされているのだ。そこにむなしさが倍加されてくる。

わたしは学校を出て今の会社に就職するまで勤めには無知であった。今ではこの東亜製鋼というガラス窓ばかりでできた高層ビルの中にある会社のことを、知りすぎたようだ。あまりに知りすぎたための失望であろうか。

会社勤めは社会を知ることだと聞かされていた。社会は人生につながっている。人生もまたこのように砂を噛《か》むようなものであろうか。

わたしは二十八歳だった。わたしはまだ今の会社勤めよりも人生に希望をもっている。わたしはもっと魅力的な人生がさきにあるような気がする。

わたしは宿の部屋に帰ったとき時計を見た。十時二十分だった。それから三十分ぐらいはたったであろうか、入口の襖がそっとあいた。

わたしはうす眼を開いていた。部屋の中が暗く廊下の灯が明るいので、入口の姿がシルエットになっている。和島好子だった。

好子はわたしが熟睡しているとでもおもったのか、足音をしのばせるようにして畳をふんでくる。

時間はたぶん十時五十分ぐらいだろう。彼女は、端の蒲団の傍に立ってそっと着物をぬいでいた。それから静かに身体を蒲団の中にさし入れていた。

ちょうどそのとき、外の廊下で男の声がした。

「いまお帰りですか？」

となりの部屋の前あたりだった。男の声は川口武雄という若い社員で外勤係だった。

「ええ」

かすれた声だ。それだけの短い返事でも的場郁子だとわかった。彼女の声は特徴がある。みにくい顔を声までが象徴していた。

「どこへいってきましたか？」

川口はきいている。女でも的場郁子はかれよりずっと先輩なので遠慮した調子だった。

「そこいらをぶらぶらと歩いてきたわ」

的場郁子の愛嬌のない声が答えた。

「おもしろかったですか？」

「ぜんぜんおもしろくなかったわ」

「だれか、ごいっしょしましたか？」

「いいえ、わたしひとりよ。だれかがついてきたいといってもこちらでおことわりだわ。会社の人で、わたしと気の合った人はひとりもいないんだから」

的場郁子はずけずけといった。会社で彼女の好きな者がひとりもいないように、彼女を好きな者はだれもいない。しかし、社の中に自分がみとめる者はひとりもいないというのが的場郁子のかねてからの主張だった。

彼女は一日中タイプの前にすわり、定時になると、さっさとひとりで帰ってゆく。昼の時間もひとりだし、帰るときもひとりだった。

彼女は、ほかのタイプの女、池田素子と村瀬百代のそばに話しかけてくる若い社員がいれば、怕《こわ》い顔をして、わざとひとりで忙しそうにふるまった。

的場郁子は金を貯めている。この課のだれよりも金をもっていることが、彼女の唯一の支柱のようであった。彼女はそのことに安心し、他人から無視されているのをはねかえし、軽蔑に反撥しているのだった。

「それは、ひとりではつまらなかったですね」

川口はお世辞のつもりでいったが、

「いいえ、ひとりがいちばんいいわ」

彼女はぴしゃりと答えると、襖を閉める音を高くきかせた。わたしは的場郁子の抵抗がわかる。嫌いな女だったが、その心理は理解できた。ひとりがいちばんいいと揚言する彼女も、この東亜製鋼を知りすぎているひとりかもしれない。いや、わたしよりもはるかに古いのだから、それだけ永く、それだけ深いのかもしれない。

廊下が静かになった。

わたしは身体を動かし、かすかに吐息を吐《つ》いた。

すると、その気配に気づいたのか、和島好子が暗い中から声をかけた。

「三上さん、起きてらっしゃるの？」

わたしははじめて気づいたような声を出した。

「ええ。あら、あなた帰ってきていたの？」

「もう、とっくよ」

「そう」

わたしはだまっていた。

「いま、となりに的場さんが帰ってきたのね？」

彼女は、また声を出した。

「そう。なんだか、そんな声が、うとうとしてるときこえたようだけど」

わたしは嘘をついた。はっきりきいたといえば、わたしは和島好子が帰ってきたと き眼を醒《さ》ましていたことにならねばならない。

「あの人、いつもひとりね？」

彼女はいった。

「そうね」

「あれでさみしくないのかしら？」

「他人《ひと》がおもうほどではないでしょう」

「そうかしら」

和島好子はあとをだまった。孤独な的場郁子のことをかんがえているらしい。

「鈴木さんは、まだ帰っていないわね」

わたしは真ん中にしかれてある平べったい蒲団に眼を向けていった。

「ええ、まだらしいわ。どこへいったのかしら？」

「あの人、ずっと早く宿を出ていったんでしょ？」

「どうだか。わたしも気がつかなかったわ」

和島好子はそういったが、

「鈴木さんは、的場さんとは正反対ね、何もかも」

この何もかもという意味は、鈴木信子の性格も、容貌も、年齢も入っていた。

このとき、襖があいた。これも遠慮したあけ方だった。当の鈴木信子が帰ってきたのだ。わたしと和島好子は口をとじた。

わたしは、その時間が大体十一時二十分ごろだと推定している。わたしの時間に対するカンはわりあいとあたるほうだ。

彼女は無言で真ん中の蒲団に入った。もしかすると、鈴木信子は、わたしも和島好子も眼をさましていることを知っているのかもしれない。知っていて声がかけられないでいるのかもしれなかった。

三人はそのまま蒲団の中に横たわっていた。三人とも寝息をたてていなかった。お互いが呼吸《いき》をつめた感じだった。

わたしは、鈴木信子が入口に鍵をかけなかったことが気になっていた。もし、わたしがいちばん遅かったら、それをしただろうし、鈴木信子がもっとなんでもない様子で入ってくるのだったら、彼女に注意することもできた。しかし、鈴木信子も鍵のことには気がつかなかったようである。

それから五分もたったころ、廊下に荒い足音がどかどかときこえた。それは階段のほうから上ってきたが、酔っているような足音だった。

「おう、ここが女性の部屋かい？」

酔った声でいってるのは計算係の佐々木だった。佐々木祥二は、主任の広石良作のすぐ下にいる。

「ちょっと、女性の部屋によって敬意を表そうじゃないか」

「止《よ》せ止せ」

という者がいた。

「こんばんは」

入口の戸を軽くノックして佐々木が声をかけてきた。

「もう、おやすみですか？」

ふざけた声だった。

わたしはだまっていた。和島好子も沈黙している。それに答えたのが、まん中に寝ている鈴木信子だった。

「どなた？」

少し首をもたげて返事をした。

「ああ、そういう声は鈴木さんだね」

佐々木は頓狂な声を出した。

「まだ起きてるんですか？」

「あ、佐々木さん、起きてはいないけれど、眼はさめてるわよ。でも、みんな蒲団に入ってるわ」

「うわあ、そりゃ困った、お茶でもいっしょにのもうかとおもったんだが、いけませんか？」

「勇気があるなら入ってらっしゃい。蒲団が三つしいてあるので、すわる場所もないわよ」

そのあと、彼女はふくみ笑いをした。

外では男の社員たちの、入ろうじゃないか、という声と、止せ止せ、ととめる声とがまじっていたが、結局、佐々木は去っていった。

「このとなりはだれだい？」

と、男の声が少しはなれたところできこえた。

となりは、的場郁子と、池田素子と、村瀬百代の三人のタイピストがいるはずだった。だれかがそれをいったらしい。男の声は静かにその前を通りすぎた。的場郁子を敬遠したのは明らかであった。

わたしは、鈴木信子が暗黙のうちにわたしと和島好子に示威を試みたのだとおもった。今の男たちとのやりとりは、まるで酒場の女か何かのようだった。少なくとも、T塾出身を鼻にかけ、知的な美しさを見せびらかしている彼女には似つかわしくなかった。さっするところ、自分だけがこの部屋におそく帰ってきたことの気おくれがわたしたちへの反撥となって、わざと今のような態度を見せたとおもっている。あとからおくれて帰ってくることは少しも妙ではない。それを妙に意識するところに、彼女の今までの行動をにおわせるものがあった。わざとらしい男たちとのやりとりも、テレかくしとおもえないこともないのだ。

わたしは、杉岡課長はもう帰っているだろうかとおもった。

わたしはだまって起きて、入口の鍵をぱちんと音たててしめた。それからまただまって蒲団の中へ入ったが、それが鈴木信子への皮肉になっていることは自分で承知していた。

横の鈴木信子はくるりと寝がえりをした。それからしばらくしてわたしは睡《ねむ》りこんだ。

朝になった。——

わたしたち三人は寝起きの顔を合わせると、普通に挨拶しあった。

鈴木信子はひとりで風呂にいった。

「お風呂にいかない？」

と、彼女はそれでもわたしたちをさそった。わたしはあとにするといい、和島好子も同じような返事をした。

「そう。じゃ、おさきに」

鈴木信子は少しつんとしたように出ていった。

「鈴木さんってへんな人ね」

和島好子がさっそくわたしにいった。

「おどろいたわ。昨夜、寝ているところに男の人たちを入れようとしたんだもの。わたし、胸がどきどきしていたわ」

わたしは笑って、べつに意見をいわなかった。すると、彼女はもっとわたしのほうに近づいた。

「胸がどきどきしたといえば、宴会場でちょっとしたさわぎがあったらしいのよ。あなたが外に出ていったあとだわ」

小さな声だった。

「どんなことがあったの」

「みんなだいぶ酔っぱらっていたでしょ。課長さんもいないし、あとに残ってるのはお酒飲みばかりだったわけね。で、とうとう、喧嘩がはじまったのよ」

「喧嘩？」

「というほどでもないけれど、佐々木さんがね、富崎さんにからんだらしいのよ。よくわからないけれど、なんでも、この中にお茶坊主がいるということをいったらしいの。それで富崎さんが怒りだし、どちらがさきに投げたか知らないけれど、盃《さかずき》をぶっつけたり投げかえしたりしたらしいわ。野村さんがとめに入ったりして大騒動……」

「あなた、見たの？」

「見にいったのだけれど、怕いから、広間の手前の廊下に立っていたの」

これはおもしろい話だ、とわたしはおもった。杉岡課長と富崎次長とのコンビで課の主流はできているが、日ごろは何一つそれに反逆が出ないのに、やはり酒を飲むとその鬱憤《うっぷん》が出るものかとおもった。

佐々木祥二は、どちらかというと、富崎に目をかけられている。計算係は内勤次長の管轄下になっている。富崎と計算係主任の広石とはひどく仲がいい。ということは、富崎は計算のことがあまりくわしくないのである。そういう点で何かと、広石君、広石君、といってかれを味方につけている。広石の下にいる佐々木にはそれが忿《ふん》懣《まん》だったのだ。ゆうべ、酔っぱらって鈴木信子と廊下からやりとりをしたが、佐々木祥二はまだ社内政治的な意識のない好青年だった。

佐々木祥二の酔いにまかせた行動は、まず称讃されていいのではなかろうか。富崎に正面きって反抗する者は、課にはひとりもいない。杉岡・富崎のラインはがっちりしているし、富崎はやがて杉岡のあとを追って課長のイスをねらっている。杉岡課長自身はさらに販売部長の有力候補だ。いま富崎に反抗することは、将来冷遇されることを意味する。

酒の手伝いはあったにせよ、わたしは佐々木祥二の勇敢な行動に拍手をしたかった。

だが、そうおもっているのはわたしだけではあるまい。男の社員の何人かも口に出さないだけで、佐々木と同じおもいでいる者もあるにちがいない。お茶坊主がいると皮肉られて、富崎がおこりだしたのも愉快だ。自分も日ごろから気にしているのだろう。

仲裁に入った男たちの中に、もし、田口欣作がいたら、かれのもっとも活躍する舞台をあたえられたといっていいだろう。田口はなんとかして富崎ラインに近づこうとしている。大阪から転任してまもないかれは、そのぬけめのなさから、自分を少しでも主流の中にもぐりこまそうとしている。

佐々木が富崎に盃を投げつけたのは、暗黙のうちに外勤次長の野村俊一に同情しているからだとおもう。これは、杉岡・富崎のラインから冷遇されている男子社員全部の気持でもあった。

だが、かんじんの野村俊一じたいがいかにも線がよわいのだ。かれはひたすら課長にも富崎にも遠慮して、いつも身をひくような態度に出ている。

もし、わたしがその現場に居合わせたら、その騒動はちょっとした見ものだろうとおもった。それぞれの社員の、そのときの表情を観察したら、どんなに興味ふかいものがあったかしれない。

およそ会社では、女子社員はつねに傍観者である。男たちは必死だ。それは直接に出世コースにつながることであり、生活に結びついていることだった。五十五歳の定年まで、かれらは人生をその職場に賭けている。

だが、女子社員の多くは結婚までの足がかりにすぎない。彼女たちは男たちのはげしい相剋の見学者である。いっしょに男たちと机をならべてはいても、雲泥のひらきがあった。

わたしは、ふと、田口欣作があれからどこにまわったのだろうかとおもった。

朝食はみなといっしょにとった。この時がまた見ものであった。和島好子の話によると、ゆうべ、広間での騒動があったというのに、けさはみんなけろりとしている。佐々木も富崎も何もなかったような顔でご飯をたべている。にこにこしてきげんのいい顔なのだ。わたしは和島好子の話がウソではないかとおもったくらいだ。

ところで、今朝は少し意外なことがあった。正面の席に当然すわるべき杉岡課長の姿がないのである。かれが食事におくれたわけでないことは、その前に食膳もおいてなければ、座蒲団もないことで知れた。

その事情は、やがて庶務の田口が説明した。

「課長は急用があって、昨夜、東京に帰りはりました。皆さんによろしゅういうてくれちゅうことだす」

そのことは、両次長と田口にはわかっていたらしい。

杉岡課長は、なぜ、ここに泊まらずにひとりでぬけて帰京したのだろうか。田口がいうように、ほんとうに急用ができたのだろうか。それとも、それは口実で、みなの気持をほぐすためにわざと一行からぬけたのだろうか。あるいは課長自身の事情があったのだろうか。――わたしは食事をしながら想像をめぐらした。

また、それがゆうべ目撃したことと関係があるのだろうか。新しい疑問だった。

庶務主任の田口は、食事のあとで、みなに東京に帰るまでの交通費をくれた。一同はこれから自由行動だった。

女子社員の間にも、伊東に出て熱海をまわって帰ろうという者もあり、三島に出て箱根を通って帰京しようという相談もそれぞれにあったようだった。わたしはそのどちらの仲間にも入らなかった。ひとりで東京に帰りたかった。男の社員もまっすぐに帰る者はいなかった。

課長はいないが、旅館の玄関で一同の記念撮影があった。みんなどんな顔をしてうつっているのか。それぞれがばらばらの気持なのに、写真だけは気持が合ったように満足そうに微笑しているにちがいない。

わたしは駅に向かった。宿から駅まではバスが出ている。

バスの中で、またしても空疎な気持がよみがえってきた。きのう一日と昨夜、まるで損をしに修善寺にきたような気がした。充実感は何ひとつなかった。

ただ、興味をもったのは、杉岡課長の「恋愛」だった。およそかれについてはかんがえられなかったことである。

課長は若いころ遊んだ男だときいている。今でもそのなごりはあり、いつも服装に神経をとどかせているし、遊びごとはなんでも得意である。マージャン、囲碁、ゴルフ、将棋、どれも強いし、酒もそうとうなものだった。現在、かれに愛人がいるとしてもふしぎではない。

しかし、それは社外の女性をかんがえてのことだった。かれの部下にその愛人がいるとは想像もできなかった。あいてはだれだかわからない。しかし、わたしの目撃したかぎりでは、たしかにわが課の女子社員だとおもえる。

ふだん杉岡課長は、まん中の机の前に気むずかしげな顔をしてすわっている。およそ女の子には眼もくれない態度だった。女子にたいしてはずっと言葉がやさしいが、それは一人前の人格として認めていない評価に立っているからだろう。そのかわり男性の部下にはきわめて手きびしい。みんな杉岡課長の前へ出るとぴりぴりしている。

それに、杉岡課長はスタイリストだ。その服装の吟味でもわかるように、かれはいつも自分自身を演出しているようにみえる。いずれはこの会社の幹部になることをかれは自負して、その準備をその動作の上にはじめている。ようするに、杉岡課長は、いずれは重要なポストをねらっている優秀な幹部要員で、課長としてもひどくおのれ自身を峻厳《しゅんげん》にたもっている印象だった。

その課長が自分の課の女子社員と恋愛する。――わたしはことの意外に、このおどろきからはなれられない。

あいてはだれだろうか。というのは、あの目撃以後、ずっとかんがえつづけてきたことだ。あんな場所で急にあいての女性を抱擁するわけはないから、この恋愛はかなり前から進行していたとみなければならない。

だが、そのけぶりすらわたしには見えなかった。いや、そういう事実があると、当事者がどのように秘密にしていても、目ざとい女子社員のだれかに捕捉されるものである。それがないのは、よほど課長が秘密裡にそれを進行させているからだろうか。

もし、わたしが昨夜の目撃をほかの人間からきかされたら、とうてい信じなかったにちがいない。だが、ことはわたしがこの眼で見たのだ。わたしはその目撃者だ。いや、もうひとりいる。たしかに庶務の田口もそれを見ている。

わたしはかんがえる。わたしはそのことをだれにもしゃべりはしないが、田口はあれを何かに利用するつもりがあるのではなかろうか。かれのなめらかな大阪弁と、だれにでもあいそのいいものごしのかげには、どのような意図がかくされているかわかったものではない。

駅についた。

ふと、見ると、改札口にならんでいる中に的場郁子の姿があった。

わたしははっとして自分の姿をかくした。それから彼女の様子をじっと見ていた。

的場郁子はひとりらしい。その特徴となっている抜けあがった額と、くぼんだ眼とが、改札口のほうに少しずつ進んでいる。やせた肩、少し猫背とおもえるような屈みこんだ姿勢。彼女は、スーツケースと、温泉みやげとを手にさげてさびしそうに立っている。

いや、さびしそうだというのはこちらの想像かもしれない。あれであんがい彼女は孤独をたのしんでいるのかもしれない。

彼女は、今日はよそゆきのスーツに着がえていた。頸《くび》にまきついているパールは、まぎれもなくホンモノだった。プラチナ台の大きなオパールの指輪。ベージュのシルクのスーツ。高価そうな靴。それがみにくい中年女のやせたからだにまつわっていた。彼女としてみれば、日ごろから無視されている社員たちや、女子社員たちへのおもいきりの報復のつもりかもしれなかった。

むろん、それは報復にはなっていない。かえって滑稽《こっけい》でさえある。だが、人間は本人の意志が世界観だ。彼女の主観が「仕返し」と決定すれば、それで彼女の報復は成就しているのである。

わたしは、三島までの電車も、三島から東京行きの電車も、ぜんぶ、的場郁子とは車輛をちがえていた。

3

その翌日は、みんなみちたりたような、つかれたような、はずみをおびた顔をして出勤してきた。

一泊二日の小旅行が、このような微妙な変化を一同にあたえたというのは、ちょっとしたおどろきだった。定刻九時にほとんどの顔はそろい、あとおくれているのは、杉岡課長と富崎次長とであった。

富崎次長がおくれるのはめずらしくない。ときには、課長がきて三十分ぐらいはおそく席につくことがある。かれは酒がすきなので、夜中の一時ごろまで銀座や新宿辺をうろつくとみずからじまんそうにいっていた。野村次長が正確に出勤するのに富崎がおくれてくるのも、かれが杉岡課長から信任をえているという自負があるためだ。

事実、課長もそういう富崎をあまやかしているところがある。

けさも、その富崎は九時二十分にやってきた。

「お早う、お早う」

と、威勢のいい声を机についている課員たちにかけ、イスをがたんと引いていさましく腰をおろす。それもかれのくせだった。

「どうも」

と、さっそく、かれは前の机の野村次長に笑顔を向けた。

「昨夜は十一時ごろ東京についてね。つい、熱海で飲みすぎたもんだから、おそくなった」

内心はともかくとして、両次長の間は表面はなごやかである。

野村次長もおだやかに微笑して、

「きみはまだ若いんだな。ぼくはつかれて、日曜日は早くねてしまったよ」

と応えていた。

わたしの眼にはそれでもう両次長の性格がわかるし、また、見ようによってはそこはかとない暗闘が開始されているようにもおもえる。

そこに庶務主任の田口欣作がひょこひょことやってきて、富崎の横に立った。

「やあ、おつかれさま」

富崎はじょさいなくきのうの幹事役をいたわった。

「へえ、昨日はご苦労はんだした」

田口はぬかりなく富崎と野村とに等分に頭をさげた。

「たのしゅうおましたな。ぼくは東京にきてから、伊豆のほうははじめてだす。そやよってに、このさいやとおもうて、修善寺から伊東《いとう》にぬけましてん」

「ほう、きみひとりでいったのかい？」

「いや。ほかに川口君と佐々木君、それに和島君がいっしょだした」

川口は外勤の若い社員、佐々木は計算係員、和島好子はいうまでもなく田口庶務主任の部下だった。

「富崎はんは、あれからどこへおまわりでしたか？」

「ぼくかい」

富崎はしきりと煙草をすっていた。

「どこかゆっくりと飲ませる所はないかとおもってね、熱海に出たんだよ。そして、あのへんのなんとかいう小さな旅館にあがりこんで、風呂に入ったり、酒を飲んだり、そんなことをしておちついていたもんだから、東京に帰ってくるのがおくれてね」

「そりゃ清遊だしたな。野村はんはどこにいきゃはりましたか？」

「ぼくはね」

と、野村はちらりと田口を見ただけで、机の引出しをあけ、書類をさがしながら、

「あれからまっすぐに東京へ帰ってきたよ。伊豆も、もうめずらしくないので、早く帰ったほうがましだとおもってね。もうとしだからな」

野村は四十歳だが、大学時代テニスできたえたという身体は筋肉質でひきしまっている。このごろ、髪に白いものがまじるようになったが、落ちついた、渋い、いい顔である。そして、としだというのは、もちろん、かれの冗談にちがいない。その証拠に宿にとまった夜も、散歩から帰ってきたあと、佐々木やほかの社員を相手に徹夜麻《マー》雀《ジャン》をやっていたということだった。

富崎は課長の席を見て、

「課長はおそいな」

自分の遅刻のことはわすれていった。

「そうだんな」

田口は壁の電気時計を見あげた。九時四十分になっていた。杉岡課長の出勤はいつ

も正確なほうだった。

「やっぱり、くたびれなはったんでっしゃろな」

田口が追従笑《ついしょうわら》いを見せていった。

「もうそろそろきてもらわんと……、きみ、今日は課長会議があるんだろう？」

と、野村が富崎の顔を見る。

「そう、十時からだったな」

富崎もちょっとしんぱいそうな顔をした。山根という販売部長は役員待遇で、なかなかのうるさ型だ。

「ほんまに、今日はおそうおまんな」

「きみ、きょう十時の会議のことは、課長は知ってるんだろう？」

富崎は田口の顔を見あげる。

「へえ、そりゃ知ってはりま」

「まさか課長は忘れてるんじゃないだろうな？」

「そんなことおまへんやろ。課長はモノおぼえがええほうですさかい」

「課長の自宅に電話してみたらどうだい」

野村が富崎にともなく田口にともなくいった。

た。

「そうだんな。……もしかしたら、いま出たいうとこやおまへんかな」

田口は、さっそく、自分の席にもどって、交換台に杉岡課長宅につなぐようにいった。

田口は電話器の傍に待っていたが、容易にかからないらしい。

時計は十時五分前になった。田口は電話器を二度ほどとりあげて交換台を請求していた。

「さよか。あいたら至急につないでや」

田口はそういうと、席から立ってきて富崎に、

「話中やいうてます。長い話中だんな」

とぼやいているときに、ふとった身体の販売部第一課長が部長室のドアをあけてちょこちょこと出てきた。

「きみ」

第一課長は、野村のほうに顔をつきだした。

「杉岡君はまだか？」

「はあ」

野村が腰をうかして、

「いま、自宅に連絡をとっています」

「そうか」

と不服そうに、

「もう、会議ははじまりかけているんだがな」

と両手をポケットに入れて部長室へ引きかえした。

第一課長の姿がドアの中にきえるとすぐに、和島好子が田口のところに走ってきて、

「課長さんのお宅が出ました」

とつげた。

わたしは伝票の数字を計算しながら、田口の声をきいている。

「えっ？　……そりゃほんまでっか？　なンぞ課長はんから連絡はおまへんでしたか？　……はあ、さよか。……いいえ、こちらにもぜんぜんなんの連絡もおまへんねん。……へえ、修善寺の晩はいっしょだした。昨日は現地で自由解散やよってに、みんなばらばらに行動しました。そやさかい、課長はんもひとりでお宅に帰りはったとおもうてましてん。……へえ、わかりました。いいえ、心配なことはおまへん。そんなことはぜったいにおまへんさかい、どうぞご安心ねがいます。もし、課長さんから

連絡でもありましたら、会社のほうへ至急にお電話をねがいます。へえ、どうも」

　それからがさわぎだった。

　田口庶務主任はぼうぜんとした顔つきで、富崎の席にゆき、耳もとでこそこそとささやいた。つぎに課長の席を迂回《うかい》して、向かいがわの野村次長に近づき、同じように低声《こごえ》で話していた。

　田口がどんなに声を細めても、いまの課長夫人との電話の会話で事情はつつぬけだった。それは田口にもわかっているのだろうが、ただ必要以上にかれが大げさな身ぶりで両次長に耳うちしたのは、どうやら課長のゆくえ不明のうらを知ってのことのようだった。

　両次長ともさすがに顔色をかえている。富崎も落ちつかぬげに椅子から立ち、野村のところにきて、そこで三人の秘密めいた打ちあわせがはじまった。

　わたしはそれを横眼で見て、この三人が修善寺の旅館の朝、課長の姿が会食の席に見えなかったことに何やらなっとくしているような表情だったのをおもいだした。あの席で、田口は一同にこう説明した。

（課長は、急用があって、昨夜東京に帰りはりました。みなさんによろしゅういうてくれちゅうことだす）

むろん、両次長も事前にそれを承知なのでなんにもいわなかったにちがいない。

その杉岡課長がきょうになっても帰宅していないとわかった現在、両次長の驚愕《きょうがく》の表情はもっと素朴《そぼく》なものでなければならないとおもう。だが、わたしの観察しているところでは、両次長も田口もおどろいてはいるものの、その表情の底にはふくざつなかげりが見えていた。げんに、三人は、野村の席でひそひそと話しあっている。なにもそんな秘密めいた会話をすることはないのだ。ふつうの驚愕だったらふつうの表現であっていい。

それで、三人は課長が二十一日の晩、修善寺の宿からぬけた事情を知っているな、とわたしは想像した。

このとき、また第一課長が部長室からせかせかと足をこっちにはこんできた。

「おい」

三人で額をよせているところに、ふきげんそうな声を出した。

「杉岡君は、どうしたんだい？」

「はあ」

三人は急に顔をはなして姿勢をかえた。野村次長が代表格で、

「いま自宅に連絡をとってみたんですが……」

と答え、突っ立っている第一課長のそばにゆき、あたりをはばかるようにして小さな声で、杉岡がまだ自宅にも帰ってないことを報告した。

さすがに第一課長はおちついて耳をかたむけている。

「そうか、こまったな」

小さくつぶやいてうなずくと、渋面《じゆうめん》をつくりながら部長室にもどっていった。

部長室は、わたしの席からでも見える。それはこの広い事務室のほぼ中央部にあっていて、こぢんまりした個室がつくられている。正面だけスリガラスのドアが付いていて、そのガラスにはすかし文字で「販売部長室」と書かれてある。

スリガラスに四、五人の人かげがちらちらするのは、この販売部と総務部との幹部クラスがあつまっているとみえた。販売部長は、箱のような身体つきに、くぼんだ眼と、たかい鼻と、角ばったあごとを持ち、みじかい口ひげをたくわえている。ちょっと外国人みたいな顔つきだし、眼つきも精悍《せいかん》だった。

ふたたびドアがあおられて、第一課長があらわれた。かなりあわてた顔をしているところを見ると、販売部長にしかられたらしかった。

「こまるな」

第一課長は野村次長のところへきていった。

「きみ、ちょっと、部長室まできて説明してくれよ」

「はあ、わかりました」

野村も緊張したかっこうで第一課長の後について歩いた。そのあとを富崎も田口も突っ立ったまま見送っていたが、野村の姿が部長室の中にきえると、二人は顔を見合わせ、富崎はだまって席へすわり、田口は庶務係の自席にもどった。

ここまでくると、さすがに課員の間にも見えない動揺がひろがった。みんな仕事にせいだしているように見えるが、さきほどからのなりゆきにきき耳を立てているのだった。なかには、たとえば的場郁子など、ろこつにタイプの席から次長席の模様をながめ、ときにはのびあがったりしていた。

となり同士の課員たちは、低い声でみじかい会話をかわし、あとの様子をうかがっている。いまや、杉岡課長のゆくえ不明をめぐって、販売部第二課は目に見えない動揺の中に全体がしずんでいた。

それにしても、とわたしはおもう。杉岡課長は二十一日の晩はどこにいったのであろうか。——

わたしが見た杉岡課長の最後の姿は、修禅寺の石段をすぎて、しばらくさびしい町なみを通過したあと、暗い木立のある場所で、ある女性とだきあっていた。その女性がだれだかはいまだにわたしには思いあたらない。しかし、前にも書いたように、それは社いがいの女性とはかんがえられないのだ。なぜなら、その女のひとはわたしたちのとまった宿の「二見屋旅館」の着物をきていた。くらい中の、しかもかなりの距離があっての目撃だったが、うすぼんやりとした明りの中で見えた着物の柄でそれとわかったのだ。どこの温泉地でもそうであるように、旅館ごとに浴衣や、半纏や、丹前の模様がちがっている。

課長の失踪《しっそう》――。まだゆくえ不明になったとはっきりきめるのは早すぎるが、かりに失踪したとすると、それがあの晩の目撃とどこかでつながっているようにもかんがえられる。

きのうは朝の食事がすむと、各自が自由行動で、宿を出ると、団体編成も解散になったのだ。だから、わたしはみながそれからどこにいったかは知らない。さきほど次長席で話をきいたから、両次長と田口と、田口といっしょに伊東にいったという三人の課員の行動だけはわかっている。

だが、あとの課員たちはどうだろうか。いや、そのほかにわたしとタイプの的場郁子とは行動のわかった組の中に入れなければなるまい。

彼女とわたしは解散になると同時に、修善寺の駅へいき、三島行きの電車に乗った。だから正確には以上八人の行動はだいたいわかっているわけである。あと四十二人のそれはまだ不明だ。

だが、このことはべつに、なんの役にも立たないかもしれない。なぜなら、杉岡課長の失踪は三月二十一日の夜のことだ。きのうの二十二日には関係はない。二十二日に各自がどのような行動をとろうと課長のゆくえ不明とはかかわりのない話であろう。

しかし、とわたしは気がついた。

課長は、二十一日の夜、わたしの目撃した場所からいったん宿に帰ったはずである。それは帰京のため洋服に着がえなければならないからとうぜんだ。おそらく、このとき、杉岡課長は両次長と田口庶務主任に自分は今から帰京しなければならないとつげたにちがいない。それが何時ごろだったのだろうか。

例の二つのあいよる人かげを目撃したのは、たしか夜の十時近くだった。わたしが宿に帰ったのが十時二十分で、課長はとうぜんわたしよりおくれて宿に帰っているはずだから、いろいろな条件をかんがえて十時四十分以前ではありえない。そうして、宿の着物を洋服に着がえたり、両次長と田口に話したり……、いや、それはおかしい、そんなはずはない。だって、あのときは、たしか、この三人は宿にもどっていなかったはずだから――

宴会場で酔払いの喧嘩がはじまったことはわたしも和島好子にきいている。わたしが外出から宿にもどってきたときは男たちはだれもいなかった。そして、わたしが蒲団にくるまっているときに、どやどやと外出者の帰る足音がした。そういえば両次長の声もしていたようだ。あれは十一時半ごろだった。

(田口のほうは、わたしとあの目撃の現場から帰りがいっしょだったが、かれだけは商店街を見てくるということで途中でわたしと別れている)

そうかんがえると、課長があの場所から旅館にもどったのは多勢が外からいちどきに帰った後でなければならぬ。でなければ、課長はこれから帰京するということを、旅館で両次長と田口にいえないはずだ。

課長が旅館にいったん帰着したのは十一時半以後でなければならぬ。いったい、そんな時刻に東京行きの列車があるだろうか。

わたしは、第一課にいった。庶務の川村さんはミセスだが、いい人である。

「すみません。ちょっと汽車の時刻表を貸してくださいな」

わたしはさりげなくいった。

「ええ、いいわ。……でも、どうしてここまで見にくるの？」

川村さんは、わたしがわざわざ第一課まで時刻表を借りにいったのでふしぎにおもったらしい。同じものはわたしの課の庶務係の和島好子にいえば、気がるに出してくれるからだ。だが、それではわたしが時刻表をしらべていることが課員の全部に見られる。それをさけたかったのだ。

修善寺発の最終は二三時〇六分だった。三島着二三時三六分となる。

「どうもありがとう」

わたしは川村さんに時刻表をかえして席へもどった。

この時間だと、とても課長は新幹線の終列車に間にあいっこない。すると、課長は自動車で東京へ向かったのだろうか、あるいは、やはり車で、沼津まで出て、そこから東京行きの深夜の列車をつかまえたのだろうか。——

しかし、かりにわたしが、この時刻表で列車時間をたしかめえたとしても、べつにどうということはなかった。わたしははじめから、課長が列車で東京にもどったとはおもっていないからである。

わたしはこう想像していた。杉岡課長は、あの晩、つまり、二十一日の夜十一時四十分ごろから、同じ土地のよその宿に引き移ったのだ。説明の要はない。課長は別の旅館である女とあっていたのだと。

そのあいてがだれであるかは別としても、課長は、団体行動の途中、まさか責任者である自分が脱出することはできないので、両次長に急用があって東京に帰ると口実をいったにちがいない。

両次長も、田口庶務主任も、それにうなずいた。だからこそ翌朝の会食のとき「課長の伝言」を田口が披瀝《ひれき》し、両次長はだまっていたのだ。

しかし、とわたしはまたおもう。

そのころ課長が東京に帰るといえば、両次長も、田口も、まずいちばんに課長の乗るべき列車をかんがえはしないか、ことにあのぬけめのない、万事ちょこちょこことこまめにうごいている田口などは、

「課長、今からそんな列車がおまっしゃろか？」

と手早くぱらぱらっと時刻表をくるはずだ。この旅行中の幹事役だったかれは、そのスーツケースの中に分あつい時刻表を用意してきていたから。が、そのことはなかった。

すると、……それでわかった。

両次長も、田口も、課長のその言葉通りを信じていなかったのだ。だから課長がけさ出勤しないのを見て複雑なあわてかたをしたのだ。あれは事情を知った者の狼狽《ろうばい》ぶ

りだ。

あるいは、当夜、課長がはじめから三人にカブトをぬいで、

（きみ、ちょっとぼくは都合があってな、てきとうにきえるから、みんなにはよろしくいってくれたまえ）

ぐらいはいったのかもしれない。いや、それでなければ、いくら課長でも翌日の弥《び》縫策《ほうさく》がきくまい。してみると、両次長と田口とは、課長の「失踪幇助《ほうじょ》」（事情はわからないままに）ということに結果的にはなりそうだ。

――だが、それにしても、なぜ、課長は自分のゆく先をくらましていまだに出社しないのか。

わたしは、くらい中で課長に抱かれた女性のことをかんがえる。そこで、いまもなにげなく女子社員たちを見わたしたのだが、なんと今朝はひとりも欠勤がない。みんな神妙に顔をうつむけて帳簿に記入したり、ソロバンをはじいたり、タイプを打ったりしている。

ようやく野村次長がよわりきった顔をして部長室から出てきた。

かれは浮かない顔で富崎のところにきて、耳打ちした。部長にどういうことをきかれ、それに自分がどのようなことを答えたかをつたえているらしかった。富崎も今ま

での元気を急に失って、しょげたかっこうになっていた。

打撃は富崎にもっとも大きいとおもう。かれは杉岡久一郎の腹心だ。ただひとすじに杉岡課長に気にいられることによって出世へののぞみをつないできた。その直属ボスの杉岡がこういうありさまになったのだ。かれとしては杉岡だけの問題ではない、わが身の出世にもひびきかねない。

騒動はいよいよ大きくなった。杉岡課長は、ついに終日社に姿を見せなかったからだ。

その日だけではなく、翌日も課長の消息はわからなかった。

わたしは家を出てゆくとき、あんがい、杉岡課長が、あの長身を自分の机の前にすわらせて、何ごともなかったように、とりすました、気むずかしげな顔つきをしているようにも空想していた。また逆の場合も想像した。事実はあとの予想があたったのだ。

第二課は、きょうも全員が何ごともなく執務していた。しかし、その底には、きのうよりももっと大きな動揺がみなぎっていた。その動揺は複雑な波をもっていた。課長の不始末に自分の危機を感じている者、逆にそれがひとすじの光明とおもっている者、またヤジウマ的に、いったいどういうふうに舞台がまわるのかと好奇心をもやして傍観している者、単純に課長の身を気づかってしんぱいしている者、さまざまな感情をもった波浪であった。

午前十一時ごろ、富崎次長が部長室によばれて二十分ばかり中にこもっていたが、そこを出るとつかつかと庶務の田口のところへいった。

田口の席もわたしの机から真正面である。いやでも眼に入る。

富崎は田口の背中にかがみこみ、その耳の横で何ごとかをふきこんでいた。

田口はしきりとうなずいている。

富崎が席に帰ると、田口は急に立ちあがり、そわそわしながら机の上をかたづけはじめた。それから和島好子に、

「ぼく、ちょっと用があるさかいな、きょうは帰れんかもしれへんよってに、あと、あんじょうたのみまっさ」

といいのこし、コートのかかっているほうへ歩いていった。

わたしは、ペン軸を口のはしにくわえて田口のうしろ姿をながめていたが、かれは出口のほうへ向かうのではなく、そそくさと反対のほうへまがった。そこのつきあたりは経理課になっている。さっするところ、田口は富崎次長の命をうけて、会計で旅費をもらい、どこかに急遽《きゅうきょ》出張するらしかった。もちろん、田口はこの部屋にはもど

ってこなかった。

それがどこだかは、わたしには容易に見当がつく。田口は修善寺だ！

田口が修善寺にいった目的は、おそらく、富崎の密命をうけて、あのへんの宿をまわり、杉岡課長の足跡をもとめるためであろう。いや、それは修善寺だけとはかぎるまい。あのへんは温泉が多い。もし、修善寺に課長の手がかりがなかったら、いったい、田口の忠勤的行動はどんなことになるだろうか。

古奈《こな》、長岡《ながおか》、大仁《おおひと》、湯《ゆ》ケ島《しま》の温泉旅館をかたっぱしからシラミつぶしにたずねて歩く気だろうか。

野村次長も、平静な顔つきで執務していた。それは、まだ正式に杉岡課長の異変を課員全部につたえてないからだ。それで、なるべくなんでもないようなポーズを、責任者として今はとらなければならないのであろう。

だが、同じシュンとした様子でも、野村と富崎とではおのずから様子がちがっている。富崎次長は日ごろの勇敢な態度に似合わず、ひどくしょんぼりとしている。

いつもだったら、何かきばつなことをいって大声で笑うのだが、きょうはそんな様子もない。ただもくもくと帳面を出したり、しまったり、ソロバンをはじいたり伝票をくったりしている。もっとも、こういう動作のほうが、かれとしては能率があがっているのかもしれなかった。

野村次長も同じようにしずかな様子だったが、わたしの僻目《ひがめ》か、その態度にはどことなく明るさがひそんでいるようだった。もとより、他人《ひと》の心まで見通すわけにはいかないが、杉岡、富崎のラインはこれまで野村次長の存在をつめたくあしらってきていた。

野村としては杉岡課長の失踪が心からかなしいはずはない。それは感情的にもそうだったが、自分の近い将来の地位の異動ということをかんがえれば、その希望の本心が、おさえてもどこかににじみ出てくるのであろう。

第二課は笑い声ひとつきこえず、また、各自の動作もまるでお通夜のように静粛そのものだった。それにひきかえ、課長失踪のことは社内全部に知れわたっているとみえ、第一課はもとよりのこと、日ごろここには用事のない、総務の下の管理課、文書課、宣伝課、厚生課などの連中まで用もないのにわざわざこの近くを通り、じろじろとみなの様子を見てすぎるのである。

その中に、課長の席だけはあらゆる人びとの興味と疑惑をあつめて、ぽつんと穴があいていた。

わたしがもっとも注目したのは鈴木信子である。彼女はあの晩早くから旅館を出ている。わたしと同じ部屋だったからよくわかるが、わたしが宴会の席から中座してもどったときも、すでに彼女の姿はなかった。それにわたしが外出から帰ったときも、ずっとおくれて部屋にもどってきた。たしか十一時二十分ごろだった。

そのときの様子が少しおかしかった。彼女は、足音をしのばせるようにしてこっそりと入ったのだ。しかも、わたしと和島好子とがまだ睡っていないとわかってからも、わざと声もかけないでいた。つまり、最初は秘密めいた動作だったが、わたしたちが眼をさましていると知ると、ふてくされたような様子にかわったのだ。

彼女はT塾を出ていることを鼻にかけ、横文字の本など、ときどきもってきては机の上にひろげている。その知的な「美貌」をいささかじまんにして、男子社員と交際するのにもおのずから区別をつけていた。すなわち、杉岡・富崎につながるいわゆる主流派にはあいそがよく、そうでない者にはじつにそっけなかった。

あの晩の行動もたしかにおかしいから、わたしは自分のななめ前にすわっている鈴木信子の顔色をそれとなく観察した。間に帳簿立てが壁になっていて、彼女の顔はときどきそのかげにかくれる。しかし、その表情はわたしのするどい観察にもかかわらず、それほど変化が見られなかった。いつもの通りの鈴木信子で、つんとすまして、気取った手でペンをうごかしている。

彼女は派手な化粧の橋本啓子とはちがうが、それでも、高価そうな香水の匂いをほのかにただよわせて仕事をしていた。眼は美しくすみ、細く通った鼻すじは驕慢《きょうまん》げに高く、かたちよく引いたルージュの唇はかすかながらほほえみをおびていた。動作もおちついているし、眉ものびのびとひらいている。ようするに、彼女の顔も態度もいささかのうれいもおびず、動揺もなく、不安も見えなかった。まるきりふだんの表情と同じだった。

わたしは、はてなとおもった。あのときの抱擁のかげの一つが彼女だったとしたら(事実彼女は宿の着物で外出した)課長のゆくえ不明に少しは感情を見せなければならないはずだ。もちろん、たぶんに人目をはばかるということはある。だが、もし課長の恋愛のあいてだったら、ときにはその動揺が彼女の顔色にあらわれなければならない。わたしの長い時間の観察でも、それが少しも出てこないのだった。

けれど、わたしはまだそれだけではゆだんしなかった。もっと長い目で彼女を観察しつづけなければならない。あのときの恋人だったら、かならずそのうち何かの変化が見られるとおもった。

ほかの者はどうだろうか。——

鈴木信子についでこの課できれいな女子社員は橋本啓子だ。もっとも、ついでというのはわたしの主観だが、橋本啓子にしてみれば、教養の点ではともかくとして容貌では自分のほうが鈴木信子よりすぐれているとおもっているにちがいない。

彼女はいつも杉岡課長に接近をこころみていた。じじつ課員たちの動静をつげ口していたらしい。したがってこの入社歴五年の計算係は、ある意味でもっともその「嫌疑」が濃厚といわなければならない。だが、二十一日の晩の宿の部屋割りはわたしとは別であったから、彼女の行動を知るよしもなかった。

橋本啓子につづいてきれいなのは池田素子だった。これは的場郁子の下で、まだ二十歳になったばかりのタイピストだが、かわいい顔の女だ。が、ざんねんなことにうしろ向きにすわっている彼女の背中しか観察することができなかった。彼女もやはり、ふだんと同じようにおちついた物腰でタイプをたたきつづけている。

顔のいい女ばかりをわたしがえらんでみたのは、あいてが杉岡課長だからだ。高い背の典雅な身体つき。ひろい額とたかい鼻梁。四十歳になってもちょっとしたダンディだ。恋のあいてにぶきりょうな女をえらぶはずがない。

そのつぎは、――きれいなという順からいえば、和島好子と浅野由理子だ。これは甲乙がつけがたい。もっとも和島好子はこの嫌疑からはずしていいだろう。なぜなら、彼女はわたしが外出したあとで宴会の乱闘を見ているからだ。それをわたしにおしえているので、わたしの前に外出した女性ではありえない。

浅野由理子はあいにくと部屋がちがったので、あの晩の行動はわからない。だが、この二人は十人並みのまずまずの容貌だから、いちおう「準圏外」としておこう。

美しくないほうの女では的場郁子と村瀬百代があげられる。二人ともタイピストというのも妙だが、年齢のことをかんがえると、まだ若い村瀬百代のほうに分がある。しかし、それは落ちくぼんだ眼と、貧弱な鼻と、まずしい唇を素顔のまま見せている的場郁子に比較しての話で、背が低いのに横はばがあり、いつも脚の太さを気にしている村瀬百代は、きのどくながら杉岡課長の恋愛の対象にはなりえない。

さて、こういちおう女子社員をならべてみたが、各人の様子にはいずれもとくべつな変化はなかった。みんな日ごろと同じ顔で、その動揺のないことは鈴木信子とともにかわらない。

わたしはあの晩の目撃が自分の錯覚ではなかったかとかんがえたくらいだ。

いやいや、そんなはずはない。あのときの女性の着ていた着物の柄は、たしかにわたしたちの泊まった旅館のものだった。

わたしは迷った。しかし、そうあせることはない。いずれは女子社員のうち、だれかが本性をあらわすにちがいない。それは、おそらく、杉岡課長が永遠に失踪したとわかったときであろう。

今晩あたりから、田口欣作は必死になって修善寺の旅館をたずねまわるにちがいない。いささかこっけいだが、きのどくでもあった。ほかの客はドンチャンさわぎをしていたり、好きなあいてと、たのしいひとときをすごしていたりしているのに、田口はごくろうにも、杉岡課長の人相をのべて、こういう人が二十一日の晩お宅に泊まっていなかったでしょうかと、例の大阪弁できいてまわっているわけだ。

わたしはそんな田口の姿をかんがえていると、あの夜、目撃の現場からの帰り、かれとわたしがいっしょになったことにおもいがはしる。

田口はわたしよりさきにあの現場にきていた。だからかれもわたしと同じように、暗い木立の下でよりあっているふたつのかげを見たはずである。あのときわたしと出あったかれの様子にはどこかとぼけたような、そらぞらしさがかんじられた。たしかに田口も見たのだ。

かれはその目撃のことを両次長にうちあけただろうか。ふつうならばだまっているところだろうが、この田口も大阪から転勤したばかりで、杉岡・富崎の線に露骨に近づこうとしているので、あるいは野村をはずして富崎次長にだけは忠勤ぶって、さも心配そうにこっそりうちあけたかもしれない。それはかんがえられる。なぜなら、田口を調査のためいそいで修善寺に派遣したのは富崎の指図ではないか。

たいそう面倒ななりゆきとなった。

三日目となった。――

依然として杉岡課長は所在不明だった。が、もはや課長が無断で会社を欠勤しているとはかんがえられなくなった。まちがいなく杉岡久一郎の身辺に変事がおこったのである。

わたしは、杉岡課長の失踪を社がいつ警察にとどけるだろうかとかんがえていた。だが、社の体面もあり、本人の名誉もあることだから、そうすぐには「家出人捜索願」などというものを提出するわけはない。社ではもう少し様子をみようと、一寸《いっすん》のばしにのばしているにちがいなかった。しかし、それは無期限にはゆるされないことだ。もっとも、それをだれが警察にとどけるかは、わたしにはわからないことだった。

田口は昨日出張したまま、今日ももどってこない。しかし、出張先からかならずかれの連絡はあるにちがいなかった。たぶん、富崎次長に向かってであろう。しかし、課員たちの耳に電話の応答が入るから、別の電話、たとえば個室になっている販売部長の専用電話もかんがえられる。そのわたしの推定にあやまりなかったことは、何度か販売部長の秘書が富崎を呼びにきたことでもわかる。そのたびに、富崎は大股でそそくさと部長室へきえていった。

わたしは、部長室からもどってくる富崎の表情を見る。それはいつも暗い顔色だった。もはや、富崎の面上には日ごろの快活さはかけらものこっていなかった。

その日の夕方、田口が修善寺の出張からむなしい表情で帰社した。——

ついに捜索願は警察にとどけられた。

木曜日の朝、正確にはわたしたちが修善寺の旅館に泊まった二十一日からかぞえて五日目、頭の禿げあがった中年の男を先頭に三人づれの男が社の外から入ってきた。一人は角刈りの背の高い二十七、八ぐらいの男、もう一人はオールバックの背の低い男で、かれらはまっすぐに部長室へ入っていった。頭の禿げあがった男は眉がうすく、顴骨《ほおぼね》が出ていたが、かれだけが終始にこにこしていた。

かれらは刑事だった。

その頭の禿げあがった男は、こんどは部長室にがんばって、修善寺に旅行した第二課の課員をひとりずつ呼び入れたのであった。

多勢の課員だから長い時間がかかった。わたしの番がきたときは、もう外の陽が落ちかかっていた。

「さあどうぞ」

わたしが部長室へ入ってゆくと、その男は眼を細めて微笑しながら、自分の前の椅子をさすのだった。男の両側には角刈りとオールバックがひかえてメモをもっている。わたしは、ちょうど、医者の診断をうける患者のような位置で椅子にすわり、いやににこにこしている中年の刑事と向かいあった。

この部長室は社の者がひとりもいなかった。部長もこの部屋を明けわたしてどこかに待避したらしい。社の幹部は警察側のとりしらべに立ちあうのをさけている。

「あなたが三上田鶴子さんですね？」

正面の刑事はうすい眉の下の眼を細め、あいそ笑いをつづけながらわたしにきいた。

「そうです。管理係勤務の三上田鶴子です」

若いふたりの刑事は、わたしが口をひらくたびに鉛筆をはしらせた。

「あなたもうすうすごぞんじだとおもいますが、課長さんのゆくえがわからなくなっています。知っていますね？」

「はい」

「いまだに課長さんから連絡がないとなると、万一という場合もかんがえられます。それで、われわれがこちらの社の依頼をうけて少し調査に乗りだしたのですが、ひとつ、ざっくばらんになんでも話してください。これはまだ犯罪だとかいうようなものではありませんから、かくさないで、ありのままを平気でいってください。いいですね？」

「はい」

「三月二十一日から二十二日にかけて、あなたも修善寺に社の慰安旅行でゆきましたね？」

「はい、まいりました」

「課長さんは、二十一日の晩に東京に帰るといって宿を出られたのですが、それについて心あたりはありませんか？　いや、じつは、課長さんは東京にはもどらなかったんですよ。ですから、修善寺での課長さんの様子に、ちょっと日ごろとちがうようなことがあったらいってください」

わたしはあの目撃のことははじめからかくすつもりでいた。それで答えはすらすらと出た。

「いいえ、何もありません」

「そうですか。それならそれでいいんです。ところで、翌日の二十二日は、午前九時ごろに朝食がおわって、みなさんは自由行動ということになりましたね？」

「はい」

「あなたは、その日、どうなさいました？」

ひどく禿げあがった額の刑事は、やはりにこにこしていた。

「わたしはどこも見物をしないで、修善寺の駅からまっすぐ東京へ帰りました」

「それは何時の電車だったかおぼえていますか？」

「九時二十三分修善寺発の電車でした」

「なるほど。で、東京は？」

「東京着の正確な時間をおぼえていませんが、だいたい、午《ひる》ごろだったとおもいます」

「あなたがその電車にのったとき、ほかに同僚のかたも乗っていましたか？」

わたしは的場郁子と修善寺発の電車にのっていた。

「タイプの的場さんが同じ電車でした」

「的場さんね。そうですか。東京駅へついてからは、まっすぐにお宅に帰られたわけですね？」

「そうなんです。疲れましたから、その日ずっと家にいて休養しました」

「どうもありがとう。それだけですよ、おたずねするのは」

と、刑事はやはりやさしい笑みをうかべてかるくわたしに頭をさげた。

刑事から広間の乱闘の一件の質問が出るかとおもったが、それはなかった。

わたしは部長室を出た。とうとう、あのことは話さないですんだ。

自分の席に歩きながら、ふと、わたしの眼が向こうのタイプの席で背中を見せている的場郁子に移った。

わたしは気がついた。

たしかに的場郁子は修善寺駅からわたしと同じ電車に乗った。面倒なので話こそかわさなかったが、駅のホームで見たのだ。だが、車輌はちがっていた。わたしは彼女があまり好きでないから、わざとちがえてのったのだが、三島についてからも全く別々だった。わたしは修善寺駅で彼女の姿を見たから、すっかり、彼女がわたしと同じ列車で東京に帰ったものと今までおもいこんでいた。

けれども、的場郁子ははたしてあのままっすぐ東京に帰ったのだろうか。——

4

的場郁子は修善寺から三島までは電車にのったにはちがいないが、それからさきどういう行動をとったか、わたしは疑問におもっている。

的場郁子はいつも心の奥に何かをかくしてるようにおもえる。彼女はあまり他人《ひと》との交際をこのまない。あるいはみなから除外されてきたからそうなったともいえる。たとえば、タイプの席には三人の女がいるが、いちばん旧《ふる》い彼女が、ほかの女からはなれている。お茶を飲みにいくのも、池田素子と村瀬百代とはいつもいっしょだが、的場郁子だけはとりのこされている。いや、彼女からすれば、若い二人を問題にしていないのかもしれない。わたしは、十四階の高い窓からひとりで外をながめている彼女をよく見かける。それをさびしい姿とみるのは他人のかんがえで、彼女はけっこう、孤独をたのしんでいるのかもしれない。

いつも孤立している彼女はそれになれている。孤独になれた者は自分で独自の世界をつくっている。その自分のつくった穴の中に入りこみ、外へつめたい眼を向けているような感じだ。彼女は排他的であり、つねに他人に批判的であり、冷笑的だった。

それで自然と自分をいとおしむような心理になるのだろう。彼女は自慰的であり、閉鎖的である。

しかし、彼女はたえず敵を感じていなければならない。孤立に徹していれば、たえず周囲からの不安を感じる。彼女は懐疑的で、猜疑心《さいぎしん》がつよい。友情の紐帯《ちゅうたい》をもたないから、つねにみずからをまもる用意をしなければならない。彼女が金銭をためるのはその武装であろう。彼女がたよるべき唯一のものは金銭しかない。彼女を周囲の敵意に対立させるただひとつの自信であった。

しかし、このような消極的な態度は、ときとして守勢から積極的なものにうつる。他人の不幸に満足する意地悪、ひそかに他をおとしいれてよろこぶ策略、陰湿な攻撃。——それは自分を冷視しているものへの仕返しであり、復讐である。彼女のひろいおでこの下にしずんだ眼の奥の光は、細心に敵の動静をうかがっている斥候《ものみ》のそれだった。

そんな的場郁子が三島でおりて、それからどんな行動をとったか、わたしにはたいそう興味がある。

修善寺に慰安旅行にいった販売部第二課の五十人近い社員は、一人ひとり刑事から当日の行動をきかれた。

課長の失踪した三月二十一日の夜は、全員が宿に就寝している。むろん、夜の宴会がおわってから各自が自由行動で外出はしているが、宿に帰らなかった者はひとりもいなかった。

それで刑事——あの頭の禿げあがった、終始笑ってばかりいた刑事は、翌朝、つまり二十二日の朝食後の各自の行動をきいたのであった。なぜ、そんなことをするのかはわかっていた。つまり、課長の杉岡久一郎の失踪がすでに生存の見こみをうしなっているのを意味しているからだろう。

刑事が各自からききとったそれぞれの行動はどのようなことであったか、むろん、わたしにはわからない。だが、それはなんとなく自然と耳につたわってくるものだ。それは、庶務主任の田口欣作が刑事にならって、自分なりの立場からもう一度みなにきいてまわったためである。田口はそれを公表したわけではないが、おしゃべりなこの男の口からもれて、およそのことはわたしに推定できたのだった。

野村次長が修善寺から東京にまっすぐ帰ったことは、先日、富崎次長と話していたことでもわかったが、かれは伊豆地方は何度もきているのと、としのせいで歩きまわるのが大儀だという理由で、旅館での朝食がすむと、二時間ばかりしてから列車で東京に帰ったというのだった。自宅についたのが一時すぎで、ひとやすみしたあと、親戚の家をたずねたといっている。

富崎次長もまたあのときの話で、修善寺から熱海にまわり、なんとかいう旅館で酒を飲み、ついおそくなって、東京についたのが夜の十一時ごろだったという。かれはがんらいが酒好きだから、熱海の宿に腰をすえてひとりで飲みなおしたのであろう。やはり酒飲みは、多勢の団体の中にいるよりも、自由なひとりのほうが酒の味がたのしめるのかもしれない。

庶務主任の田口欣作も、計算係の佐々木祥二、外勤の川口武雄と、和島好子の四人で伊東にぬけたといっていた。それが今度は少しくわしくなり、朝の十一時ごろ、ハイヤーをよんで、修善寺から峠越えで伊東に出て、熱海をまわって東京に帰ったという。東京帰着は夜の七時ごろだった。

問題は鈴木信子である。

これもはじめてわかったのだが、彼女は村瀬百代、浅野由理子と三人で沼津《ぬまづ》のほうへ出て、千本松原であそび、それから箱根をこえて湯本《ゆもと》から小田急で新宿駅についたという。東京帰着が夜の八時ごろだったそうである。なお、これに広石が同行し、ほかに三名の男子社員がいっしょだった。

池田素子、橋本啓子はほかの男子社員十名といっしょに、修善寺から湯ケ島を通り、天城《あまぎ》をこえて下田に出た。下田では三時間ばかりあそんだ。それから伊豆急で熱海に出て東京へ帰ったという。

なにしろ、五十名近い社員だから、その一人ひとりの行動をきくだけでもたいへんだが、そのほかには、修善寺から東京に直行で帰った者が十二名。また仲のいい同士で二、三人ずつくんで帰った者が八名という区分だった。

これをわかりやすいように、わたしに関連のふかい主な人物をリストにするとつぎのようになる。

野村俊一——修善寺・東京直行。
富崎弥介——修善寺・熱海（旅館で休憩）・東京。
田口欣作、川口武雄、佐々木祥二、和島好子——修善寺・伊東・熱海・東京。
鈴木信子、村瀬百代、浅野由理子——修善寺・沼津・箱根・湯本・新宿。
池田素子、橋本啓子——修善寺・天城越え・下田・東京。

もしかしたら杉岡課長は蒸発したのか、——とも、わたしはおもった。だが、出世コースにあり、仕事に自信があったかれが、何かよほどの事情でもないかぎり、すすんで「蒸発」することなど、とてもかんがえられない。それにそうだとすれば仕事の整理とか身辺の整理などがとうぜんなされていていいはずである。ところが、杉岡課長は机の上もふだんのままだし、何も整理した形跡がないという。そのことはまた「自殺」もありえないことになる。

杉岡課長が殺されたとしたら、その死体はどこにあるのだろうか。

まだ発見されてないとなると、どこかに埋められているものとおもわなければならぬ。人目につかない場所。――それは、あるいは海かもしれない。

どこの海だろう。修善寺を中心に、伊豆半島の西海岸、南海岸、東海岸のどこにいくにも、車ならば数時間のうちに到達する。

ことに西海岸は、石廊崎《いろうざき》から入間《いるま》、妻良《めら》、子浦《こうら》あたりの漁村を過ぎると、波勝崎《はがちざき》のけわしい断崖が松崎《まつざき》から堂ケ島《どうしま》にまでつづいている。このへんは、わたしもかつて一度いったことがあるが、白色の凝灰岩の海蝕《かいしょく》洞窟ができていたりして、小舟で洞窟内を見物するようにもなっている。

また堂ケ島をすぎると、田子《たご》、安良里《あらり》という漁村があり、土肥《とい》から北の大瀬崎《おせざき》までは達磨山《だるまやま》が海にせまって、壮大な絶壁をなしている。

南の海岸は下田から石廊崎にかけて、これまた溶岩台地が海に急迫している。南から西海岸に至るどこの断崖からでも人を海につきおとせば、死体の発見は困難にちがいない。

湖ならどうであろうか。まず芦ノ湖《あしのこ》がかんがえられる。一碧湖も入るだろう。だが、これは海よりずっと死体の発見が容易だろう。

土地に死体を埋めるとなると場所にはことかかない。天城の連山や箱根一体の山中には、人がめったに入らないような山林や原野がおびただしくある。どこに埋めても、とうぶんは人の眼にふれない。ことに、修善寺からは天城の連山は近い。ここでは、炭やき、樵夫《きこり》が山林の中に入って、白骨化した自殺死体を発見することはしばしばである。

修善寺といえば、位置からしても伊豆半島のほぼ中心になっているので、死体のかくし場所は、四方八方にひろがっているわけである。

このことは二十一日の晩、杉岡課長が修善寺の旅館を出てからの行動にもいえる。課長は東京に急用があるといって夜中に出たのだが、もちろん、東京には帰っていない。近くのどこかの温泉の旅館に移ったとおもわれる。

この思案はまたたいそうやっかいなことだ。修善寺を中心にすると、箱根一帯の温泉郷もあるし、南にきては長岡、古奈、大仁がある。修善寺をこえてさらに南へゆくと湯ケ島、船原《ふなばら》。さらに天城を越えると湯ケ野《ゆの》、根岸《ねぎし》、河津《かわづ》などがある。東にいくと、伊東、熱海、伊豆山と伊豆半島はまるで温泉にかこまれている。修善寺がその中心部になっているので、課長がどこの温泉地に移ったかはちょっとけんとうがつかない。

しかし、警視庁の刑事たちも杉岡課長がその晩東京に帰ったのではないと知っている。もちろん自宅にはもどっていないが、東京近くの旅館に入ったとも信じていないのだ。課長が修善寺の旅館を出た時間からみても、杉岡課長は修善寺に近いどこかの温泉地に泊まったと推定しているのだろう。今度は田口欣作の場合とちがって、警察では、箱根、伊豆一帯の温泉郷にわたって、徹底的な捜索をするだろう。二十一日の晩、杉岡課長がどこの温泉地に泊まっていたかということで、その死体のありかもそのへんから推定できるのではなかろうか。

だが、ここで問題なのは、課長が使用したとおもわれる自動車である。課長がそのことば通りに東京に帰ったとしても、列車でないことはすでに時刻表で見た通りである。同じように、修善寺からいずれの温泉地にいくにも車を使用しなければならない。

もちろん、このようなことは、あのにこにこしている刑事にはよくわかっているにちがいなかった。目下は課長が修善寺からのったとおもわれる車と、宿泊地からいずれかへはこばれていったとおもわれる車の二つに捜査の重点がおかれているのではあるまいか。

この場合、その車が営業車だったら、追及はきわめて簡単である。だが、もし、自家用車となると、ちょっとやっかいになろう。

それにしても、杉岡課長が殺されたとすると、犯人の動機はなんであろうか。もしかしたら女性問題からではないか？

わたしがそうかんがえるのは、やはり二十一日の晩、修禅寺の前をすぎたさびしい広場での一組の人かげである。

男が杉岡課長ということはわかるが、あいての女はいまだにけんとうもつかない。だが、彼女の着ていた宿屋の着物がわたしたちの泊まっていた二見屋旅館のものと見えたから、女子社員のだれかではないかといううたがいは、あいかわらず強くわたしにのこっている。

あの場面を目撃したのはわたしだけでなく、田口欣作もそのひとりだとおもっている。田口欣作のほうは逆にわたしもあれを見たとおもっているのではなかろうか。かれもあの場面を目撃しているからだ。

田口欣作は、会社に出張してきた、あのにこにこ顔の刑事にあのことを話しただろうか。わたしはかれがそれをしなかったとおもっている。

なぜなら、もし、そんな事実が刑事の耳に入っていれば、わたしたち女子社員はもっとべつなかたちでのとりしらべをうけるはずだった。それがなかったというのは、田口庶務主任もまたわたしと同じようにそれを秘密にしていたのだ。

そうおもってみると、田口がわたしを見るときの眼、表情に、たしかにそんな意識的なものがかすかに出ているようにおもえる。もちろん、かれのことだから、今まで通りにわたしに知らぬ顔をしているが、できるだけふつうにふるまっているような態度のどこかには、やはりぎごちなさがうかがえるのである。わたしがそんなふうにおもって見るために、そう眼にうつるのかもしれないが、かれはわたしにものをいいかけるとき、ひょっと顔を合わせるとき、あるいはすれちがうときなどに、瞬間的なまぶしい表情が出るのをわたしは見のがさなかったつもりだ。やはりどこか正直な感情が瞬間的にのぞくものである。

田口はあれを見たのなら、なぜ、警視庁の刑事にそれをいわないのだろうか。かれもまたわたしと同じように、それとなく女子社員のだれかに凝視をつづけているのだろうか。

課長の死によって、社内のだれが利益を受けるだろうか。

どこの社内でも大なり小なり派閥というものがあり、たがいに対立し、闘争をしているのはありうることである。それが社内全体のながれと、それから派生する各課の小さなグループの対立にまで細分される。

ことに、この販売部第二課の課長のポストは出世コースとして知られている。今の販売部長もかつては第二課長であった。

それで、杉岡久一郎は販売部第二課長としてある意味で最右翼の課長であったわけだ。この主流派、――イヤなことばだが、とにかく、陽のあたる系列に富崎次長もいるのである。

この二人をマークして主流にのろうとする人びとが販売部第二課の中にはいる。が、一方、彼らから一顧もされない人びとは、表面にそれを露骨には出さないにしてもアンチ杉岡・富崎ラインとなってくる。ここで自然のいきおいとして、その中心的な人物とみられるのが野村次長だった。

杉岡課長と野村次長とがどうしてしっくり合わなかったかわたしには原因がよくわからない。たぶん、それは、二人の次長のうちの一人が課長にむすんでいるので、あとの一人が疎外されるという結果になったのかもしれぬ。さて、杉岡課長が失踪または殺害されたとなると、販売部第二課には不安な中にもべつな落ちつかなさがただよった。まるで穴があいたような課長席をめぐって、見えないうずがまわっている感じである。

関心の中心は、やはりだれが課長のあとがまにすわるかということだ。杉岡課長はたとえ生存していても、これほどの騒動をおこしたのだから、とうぜん、責任をおってやめざるをえない。かれが生きていようと死んでいようと、それにかかわりなく課長のポストがあいたわけだ。

杉岡課長は、山根販売部長にひどくとりいっていた。とりいっていたといういいかたがいやらしかったら、信任をえているといいなおしてもいい。だから、富崎もあるいみでは杉岡課長を通じて山根の線にあるともいえるのだ。それで、杉岡課長が脱落すると、富崎があるいは第二課長におさまるという可能性もある。

しかし、そうでないという理由もある。それは、富崎が内勤の畑ばかりしか歩いてきていないというキャリアである。だいたい、どこの会社でもそうだが、こういう営業会社になると、内勤よりも外勤に重きをおく。つまり、販売部の本体は、商品をうって業績をあげるほうに重点がおかれる。それで、これまでの人事を見ていても、課長になる者はほとんどが外勤をつとめて成績をあげた者が多い。また同じ次長でも、外勤次長のほうが内勤次長よりも格が上に見られている。

そうなると、富崎内勤次長よりも野村外勤次長のほうが、順序からいって課長をつぐ可能性が強いのである。こういう点で、富崎がいくら販売部長によくても、正論からすると野村が課長になる理由がある。公平にみて、わたしは野村次長が課長になる資格をもっているとおもう。

　およそ社内の人事というのは、風がふいて桶屋がよろこぶというたとえの通り、ひとつのポストがかわると、次々に下のほうへ、あるいは周囲へさざなみのようにひろがってゆく。

　両次長のうちひとりが課長のあとをつぐと、次長のポストが一つあく。そこで主任クラスのだれかが次長になる。主任のあいたところは平社員のだれかがおそう。したがって、空席の課長のあとにだれがすわるかということは、そのことによって、あるいはうかびあがるかもしれない課員がかなりあるわけだった。

　課の中はいうにいわれぬあわただしさが沈潜していた。沈潜していたというのは妙ないいかただが、表面にそれが出ないで、底流みたいにただよっているからだ。もっとも、男子社員たちは、課長に空席ができようとどうなろうと自分たちの知ったことではないような顔つきを表面ではしている。かれらはいつもとかわりなく仕事をし、雑談をし、お茶をのみ、食事に立つ。

　しかし、課長の失踪以後、そこに微妙な変化があらわれていることは見のがせなかった。かれらは仕事に急にしんけんになったようである。それまでは惰性めいたものがみなの上にながれていたが、あれいらい、一種の緊張感がその姿にあらわれている。冗談もあまりいわなくなった。以前は、課長がちょっと席をはずすと、急にほっとした雰囲気になってざわめくのだったが、課長が永久に席にもどってこない今、りくつからいえば、かえって気楽になりそうなものだが、事実は全くはんたいであった。また、そのへんを歩くにしても、なんとなくあたりをうかがうような、しずかな動作になり、靴音さえもしのびやかになったようにおもえる。

おたがいが話をしていてもさぐりあっているような感じだ。こうなれば、殺された人間よりも、生きている人間のほうを注意しろ、とでもみながいいたげだった。だれしも他人の身の不幸よりもわが身の目前の運命が気になるのである。

そういうことは、さまざまな小さな現象であらわれる。たとえば、気の合った者同士がこそこそと話しあっているところへ人が通りかかると、ぴたりと密語がやんで、急に雑談にかわったりする。

すべては立身出世への懸念《けねん》からだ。

一方、女子社員はこんな場合平然としていられる。

いったい、女子社員というのは会社の中でどのような位置をしめているのだろうか。それは永久にビジネスの補助者にすぎないのだろうか。

どんなに仕事にたいして忠実で、かつ優秀であっても、けっして課長にも係長にもなれないのである。のみならず、きのうの新入社員が二年もたつと、女子社員をよぶのに「君」とかわってくる。女子は会社にながくいればいるほど男子社員からの軽蔑と冷視がくわえられる。男子社員たちのほとんどは、たえず女子社員が交替するのをのぞんでいるのだ。かれらは女子社員の顔がたびたびかわって、いつも若く新鮮であってほしいとおもっている。それに、女子社員はいつまでたってもお茶をくんだり、男たちの机の上のふきそうじをする運命になっているから、的場郁子など始終ふんがいしているのだった。女性というだけで、このような封建的な差別待遇があっていいものだろうか。こういう話になると、女子社員はたちまち感情が一致するのだった。

だから、今度のような事態になると、女子社員たちは男子社員の世界をただ傍観していればいいわけで、これはなかなかおもしろい見ものだった。わたしたちは、課長が失踪しようと、次長が死のうと、なんら利害関係はない。いや、たとえ課長、両次長の三人が一どきに死んだとしても、ちっとも影響ないわけである。

今や、男たちの微妙な変化を観察するのは、なかなかたのしかった。この連中の生態が滑稽に見え、愉快にうつるのだ。

富崎次長は、いつも朝おそく出勤していたが、あれいらい、定時より少し早くきて、上衣をぬいで、めずらしくソロバンをいそがしげにはじく。これまでは、部下の広石良作や、佐々木祥二あたりに仕事をまかせっぱなしだった。それに、杉岡課長のころは遅刻してきても少しもわるびれた様子もなく、かえって大きな声で、お早う、お早う、と元気そうに課員たちにいっていたのが、こんどはすっかりなりをしずめて、まるで人がかわったようになった。かれは課の「非常時」をひとりで意識しているかのようで、あるいはそのかっこうを山根販売部長に見せているのかもしれなかった。

それに比べると野村外勤次長は、前と少しも様子がかわっていない。やはりものしずかな態度で席にすわり、外部との交渉にあたっていた。かれも杉岡課長がいなくなってからは、いっさいの出張をとりやめて、ずっと席にいるようになった。わたしはかれのそういう感じが好きだが、これも皮肉な眼で見れば、いつ、課長のあとがまを富崎にうばわれるかもしれないという心配で、うっかり外にも出られないといった気持かもしれない。

この富崎と野村との間は、課長のいなくなったことによって格別な変化はおこらなかった。表面はかえって仕事のことなど二人で相談しあい、とりきめているようで、親密さがくわわっているようであった。だが、内心は、そんなことで両方が牽制《けんせい》しあい、少しでもあいてをだしぬこうとはやっているのかもしれない。

例の田口欣作庶務主任も、あれいらい、大阪弁でへらへらと笑いながら軽口をきいてまわることも少なくなった。この男は、今度は富崎次長にだけくっつかずに、野村次長のほうにも顔を向けるようになった。ぬけめのないこの大阪人は、両方に等分のウエイトをおいて、しばらくは形勢観望といったところかもしれない。

杉岡課長が失踪してから、ちょうど、一週間たった月曜日、第二課では待望の人事異動の発表があった。

もっとも、待望といっても全課員をゆり動かすような辞令ではなかった。営業部の中央に掲示板があるが、それに複写タイプの辞令のうつしがはりだされることになっている。その日の午後、たった一枚はりだされたタイプには、「販売部長山根弥吉郎、第二課長兼務ヲ命ズ」とあった。

つまり、社の幹部は、さしあたっての応急措置《そち》として部長の兼務にしたらしい。

この辞令の発表は、わずかな衝撃を課員たちにあたえはしたが、また同時におちつきをあたえる効果にもなった。

いや、課員たちはこの一時のおあずけをくって、今後への期待にかえって気持が向かったともいえる。幹部はさしずめ「人心の安定」をはかったのだろう。

販売部長が兼務したことでもわかる通り、この措置はそう長期ではない。早晩、販売部第二課というかなり重要な課長のポストが埋められることは必至なのだ。

表面上では、課員たちの様子にいくらかのおちつきができたが、そのかわり、たがいの牽制、誹謗、作戦といったものは、さらに裏面へともぐっていったといえよう。

さて、こういう男子社員の生態をたのしく観察しているはずの女子社員たちにも、些少《さしょう》の変化はおこっている。

まず、的場郁子だが、彼女はあれからすっかり明るくなっていた。わたしが的場郁子を見た期間の中で、今の時期がいっとうたのしそうであった。彼女は会社に出てくるのが、いかにもはりあいありげだった。みなから孤立することにかわりはなかったが、タイプの前にすわった姿勢は、たえずみなの観察に眼と耳とをとぎすましているといったかっこうだった。彼女はさも生きがいありそうな眼を自分の穴の中から光らせていた。

つぎにわたしがよく観察しておかなければならないのは鈴木信子だった。この知的な美しさをほこっている女は事件いらい、いくらかおとなびたような様子にもみえた。だが、べつにかなしそうな顔をするでもなく、失望したような様子もなく、あいかわらず手入れのゆきとどいた顔をまっすぐにあげて颯爽《さっそう》と会社へやってきていた。そのほか、いつも課長につげ口をしているとみなから信じられている橋本啓子は、念入りな化粧にかわりはないが、課長の失踪でちょっとしょげたふうにも見えて、それは対象をうしなった人間が少しの間ぼうぜんとしているときに似ていた。

そのほかの女たちにはさしたる変化はない。かわいい池田素子はやはりうきうきとしているし、村瀬百代は美しくないかわり仕事だけは忠実にやろうというように、タイプをまじめに打っているし、浅野由理子は計算係主任の広石良作のよき助手となって何かと気をきかせている。

始終、わたしにたよってくる和島好子にいたっては、いったい、この騒動をどうかんがえているのか、さっぱりわからないくらいむじゃきだった。

すると、その辞令が出て三日目だった。だから正確にいうと四月二日である。あれはわたしが昼食に立とうとおもっている矢先だったから、十二時ちょっとすぎていたであろう。山根部長がいそぎ足に主のいない課長席のところにやってきて、仕事をしている野村、富崎両次長に小さな声で何かつげていた。

両次長ともすぐに仕事を中断し、山根部長のあとについていった。

この部屋からは総務部長室がよく見えるが、三人はそこに入るのではなく、山根部長だけが中に入って、すぐに出てきた。今度は総務部長もいっしょになって廊下に出て奥のほうにゆく。隣室は支社長を兼務している専務の部屋だった。

わたしはそれを見て、いよいよ正式な人事異動が発令されるのかとおもった。しかし、ちょっとおかしいとおもったのは、両次長を同時によんだことである。もし、二人の次長のうちひとりが課長になるのだったら、ひとりずつ呼ばなければならない。それを二人いっしょによんだのは、もしかすると、第二課長にはよその部からだれかがあまくだり的にうつってくるのかともかんがえた。つまり、両次長は、その了解を専務からもとめられるために、販売部長・総務部長立ちあいの下にいいわたされるのだろうという推察である。

ところが、両次長はすぐ席にもどってきた。時間にして五分とたっていない。おかしいな、とわたしはかんがえた。もし、人事異動の相談だったら、もう少しは支社長室にいそうなものである。ほかからの「輸入」課長だったら、たとえ上部では決定していたにしても両次長の了解というかたちがとられるからである。

二人の次長はひどくおちつかない様子で、両人とも顔色が少しあおくなっている。へんだなとおもっていると、富崎次長が田口庶務主任のところまで自分から出かけていき、田口のそばにかがみこんで何やら耳うちをした。

すると、田口はぴょこんと身体を硬直したようにおこし、何やらあわててうなずくと、大股で部屋を出ていった。わたしが見おくると、かれは十三階におりる階段のほうに向かったのである。どうやら総務部にいったらしい。階段の前の部屋は総務部の別室になっていて、主として自動車の世話をしたり、この社全部の雑務を見ているところだった。

やがて田口がもどってきたころには、両次長ともオーバーを着て外出の支度をすませていた。机の上は仕事がやりかけたままになって書類をかたづけるひまもないらしい。

三人は大いそぎで部屋を出ていったが、その様子を見ると、ひどく緊張しているようだった。その間、両次長も、田口庶務主任も、ひとことも口をきかなかった。

わたしはすぐにさとった。三人は警視庁に出かけたのだ。

杉岡課長の死体が発見されたのである。

5

野村次長が外出からもどってきたのは、二時間ものちだった。富崎次長と田口庶務主任の姿はなかった。

かれはあたふたと販売部長の個室に入った。なるべく自分をおさえようとしているのだろうが、こうふんした足どりはかくしようがない。

わたしたちに杉岡課長の死が正式につたえられたのは、それから一時間後だった。野村次長が課の者をイスから立たせて、かれの机の前後にあつまらせた。

「みなさんにおつたえします」

野村は悲壮な表情でいった。

「杉岡課長のことについては、みなさんも内々ごしんぱいになっていたようですが、きょう、その結果がわかりました。わたしはさきほど警視庁捜査一課によばれて、はじめてその事実を知らされてきたのですが、杉岡課長はおもいもよらない死をとげられていました……」

うすうすは予想がついていたが、さすがにこうはっきりときかされると、みなは動揺した。わたしの耳には、その一瞬、声のないどよめきがつたわった。

「事実をそのままにおつたえすると、杉岡課長は、きょう早朝、静岡県の修善寺近くで死体となって発見されました。とどけ出は現地に居住しているかたから所轄警察署にあったのですが、その被害者が杉岡課長とわかったのです。ただ今、富崎次長と田口庶務主任とが杉岡課長の奥さんを同道して、確認のため現場に向かっています……」

一種悲壮な空気が一同の間に突風のようにながれた。それは、やがて徐々にわたしたちの身体をしめつけた。

「いま、わたしは被害者といいましたが」

と、野村次長のことばがつづいた。

「課長はふつうの自然死ではありませんでした。はっきり申しますと、何者かに殺されたのであります。しかも、死体の状態は手と首をきりはなされていた、ということです…」

わたしたちは息をのんできいていた。

「検視の結果、死後の経過時間はだいたい十日から十二日だということであります。これからかんがえますと、杉岡課長は、三月二十一日の晩、わたしたちがとまっていた修善寺の二見屋旅館を出たままゆくえをたたれたので、あるいはこの夜か、その翌日に殺害されたという見方がつよいわけであります。ただ今、警視庁にいって捜査課長の話をきくと、そういうふうに当局は見られているようであります。……杉岡課長をこのような死にあわせた人間はだれか、そしてその原因はなんであるか目下のところいっさいわかっておりません。わたくしたちとしては、日ごろ敬愛しているわれわれの課長がこのようなおそろしい最期をとげられたことにかぎりない悲憤をおぼえます。おそらく、みなさんも同じおかんがえだろうとおもいます」

野村次長の話はつづいた。

このころになると他の課にもこの事実がつたわったとみえ、次長を中心にあつまっているわたしたちの環《わ》に眼が集中していた。

「そこで、われわれとしては、一日も早く犯人を当局にあげていただくことを念願するばかりです。今は、ただただ故杉岡さんのご霊魂にたいして冥福《めいふく》をおいのりするしだいであります」

野村次長の言葉は次第に四角張ってきた。このような異常事にあって、しぜんと緊張した結果であろう。わたしには野村次長のきびしい顔が男の美しさに見えてきた。

「それから、いずれこのことについては新聞紙上で発表されるとおもいますが、社外の人から何をきかれても、よけいなことはいっさいお話しにならないようにねがいたいのです。これは販売部長から、固くみなさんにおねがいしてくれということでした。なんといいましても、こういうことはわが社はじまっていらいの事件で、あまりよろこばしいことではありません。したがって、とうぜんわが社の名誉ということもみなさんの頭においていていただきたいのであります。……ええ、富崎次長と田口庶務主任は、今夜沼津の病院でおこなわれるはずの死体解剖に立ちあい、それがすみしだい、遺体といっしょに東京にもどる予定です。そういうわけで今夜は課長の奥さんも自宅にはおられませんので、いずれ明晩お通夜があれば、課長の霊前におまいりをしていただきたいとぞんじます」

課長についての記事は、その日の夕刊に出た。それは、かなり大きなスペースで報道されていた。

わたしはその記事を熟読した。「東亜製鋼東京支社の課長バラバラ死体で発見さる、伊豆修善寺近くの道路工事現場で」という見出しだった。

「二日午前六時ごろ、静岡県田方郡中伊豆町字黒岩の道路工事現場の土置場の中から靴の先がハミ出ているのを工事作業員が発見、駐在所に届け出た。大仁《おおひと》警察署より係員が現場に急行、発掘したところ、ズボンと肌着姿の胴体と両脚、肩から切り取られた両手、および首が現われた。首は当人のものと思われる背広とワイシャツに包まれていた。衣服、人相などから、かねて届け出のあった、東京都千代田区日比谷××ビル内東亜製鋼東京支社販売部第二課長杉岡久一郎氏（四〇）と判明。

検視の結果、死後経過十日から十二日、頸部《けいぶ》に麻縄様のもので絞められた索条の跡がみとめられ、犯人は絞殺したうえで首と手を切りはなしたものとみられる。静岡県警捜査一課では大仁署に捜査本部を置き、直ちに事件捜査にとりかかった。現場は修善寺町より伊東市に出る街道筋に当たり、修善寺町と中伊豆町のほぼ中間に当たる国道の工事現場で、目下補修工事中であった。死体の埋まっていた土は付近の山を崩したもので、二週間前からそこに堆積されたままだった。死体をその土の中に埋めたのは、この工事の事情にくわしい者の犯行ともみられるので、目下、その辺の事情を工事責任者の『岩間組』の現場監督について聴取している。

殺された杉岡氏は、家族より家出人捜索願が出ていた。同氏の絞殺されたのは、社員旅行で泊まった二見屋旅館を出た三月二十一日の深夜か、その翌朝未明という線が目下のところ強い。

なお、死体確認に東京から急行した同社の人は、杉岡課長が殺害される理由については全く心当たりがないと言っている。さらに、同課長は二十一日の晩東京に帰るといって宿を出ており、財布など所持品がないところから、あるいは途中で強盗に遭《あ》ったという説もあるが、それなら何のために手や首を切りはなしたかは全く不明であり、怨恨《えんこん》、あるいは変質者の犯行などの線が言われている。絞殺に使用したと思われる紐、また身体切断に使われた鋸などの凶器は付近一帯の捜索によっても発見されなかった。捜査本部では引きつづき聞込みに当たっている」

杉岡課長の殺人事件から課の中がどのように動揺したか、わたしがここにくわしく書く必要はない。ただ、こんどの結果は前々からほぼ予想されていたし、また課長の死が直接に仕事に影響をあたえるということはなかった。すでに課長代理としては部長が兼任している。

翌晩、みなで課長の自宅をたずねてお通夜をし、その翌日は告別式に参加した。わたしはそこで杉岡課長の奥さんをはじめて見た。

課長の死体についてくわしいことがわかった。

それは主に田口庶務主任がわたしたちにいくらか得意そうに話してくれたことだった。田口は自分でも死体確認に富崎次長といっているし、解剖がすむと、棺に入れた遺体を東京からのっていった社の車でつれ帰っている。

田口は社内では何もいわなかったが、わたしたちを喫茶店にさそうと、もちまえの口のかるさで、いっさいの顚末《てんまつ》を話してくれたのだった。わたしたちというのは、和島好子、鈴木信子、浅野由理子、橋本啓子である。もっともそのほかの村瀬百代や池田素子、的場郁子といったタイプの人たちにもかれはほかの席で話をしたらしい。

「そら、えらいこってしたわ。警視庁から話があったとき、はじめはまさかとおもいましたがな。ほいで富崎はんと現場にいきましたんやが……。現場ちゅうのんは修善寺から伊東にゆく街道で、そやな、車で三十分ぐらいでっしゃろか。狩野川にそうた道路でした。ぼくらがついたときは夕方でしたが、えろうおまわりさんがあつまってましたわ。みるからに胸がどきどきしましてん」

田口の大阪弁の饒舌《じょうぜつ》を要約すると、だいたい、つぎのようなことになる。

杉岡課長は新聞に発表された通り、絞殺したうえでバラバラにされたものだが、そのほか、遺体の耳の下の頸部に長さ六センチ半ぐらいの切り傷があった。しらべてみると、これはガラスの破片のようなものでつけられた傷で、その血まみれのガラスの破片も死体のちかくで発見された。傷口に合わせるとぴったりとそれは符合したそうである。

ところで、そのガラスというのは、実は死体の発見されたちかくに工事用の外灯が立っていて、その球形グローブが小石のようなもので割られているので、その破片で頸部に傷をつけたものらしい。その目的は頸動脈《けいどうみゃく》をきるつもりだったらしいと当局では見ている。解剖医がその個所をしらべたところ、生活反応が見られたので、生前に負傷したことが明らかになった。これによって推測されるのは、犯人は外灯のグローブをこわし、その破片を凶器にして殺そうとしたが、うまくいかないので、紐で絞殺したとおもわれることである。そのガラスの破片をあつめると、現場の外灯のグローブにぴったりと復元できたから、それが現場のものであることにまちがいはない。

ただ、その外灯のグローブがいつ破壊されたかという問題だが、工事作業員の話で、それは三月十九日ごろからこわれていたとわかった。工事人はすぐとりかえるのがめんどうなのでそのまま放置していたという。

このさい、犯人は杉岡課長を殺害する目的でその外灯のグローブをこわしたか、あるいはぐうぜん現場にその破片が落ちていたので急におもいついて頸動脈をきろうとしたかだが、前者の場合はあまりかんがえられないので、後者に解釈するのが妥当《だとう》だと当局ではいっていたそうである。しかし、身体を切断する鋸を用意するくらいなら、あらかじめナイフなどの凶器をもっているのがとうぜんではないかとおもわれるが、そのへんはまだまったくわかっていないらしい。

「ちょっと。課長さんは」

と、わたしは田口欣作に質問した。

「二十一日の夜おそく二見屋旅館を出られたのでしょう?」

「へえ、そうだす。そら、両次長は課長からそのことをうちあけられて知ってましたよ」

田口はこたえた。

「そのとき、田口さんは課長さんが宿から出るのをおくらなかったんですか？」

「へえ、そら、わざとおくりまへんでしたわ」

田口は妙な微笑をしていった。妙なというのはつぎのかれの言葉でわかる。

「人間にはそれぞれプライベートな用事がおますさかいな」

わたしにはその意味がわかる。田口があのことを知っているからだ。かれもまた杉岡課長がにわかに東京に帰ることを口実にして宿を出たのをあれにむすんでかんがえているのだった。

それにしても、田口は捜査本部にいってあのことを係官につげただろうか。まだゆくえ不明の段階だったら、それをかくすということも可能だが、殺されたとなると、それはすすんで当局にいわなければならないのではなかろうか。たとえあの二つのかげが課長の殺害に関係がないにしても、いちおう捜査の重要な参考になるはずである。

しかし、わたしの予感では、田口はそれを供述しなかったようにおもう。

なぜか。それはわたし自身のかんがえと一致する。つまり、田口も杉岡課長が抱擁していたあいてを社内の女子社員のひとりだと信じているが、それがだれだかわかっていないところに、うかつに口外できない原因があるようだ。

田口もわたしがあの晩の同じかげを見たとおもいこんでいる。だから、わたしに向かう視線がときとして妙に感じられるのだ。

「それにしても課長さんは」

と、わたしは質問をつづけた。

「あの晩東京に帰る電車も、もうなかったはずだし……」

と、ここまでいってわたしははっとした。はたして田口の眼がじろりとわたしを見た。

「おや、三上さんはそれを知ってはりましたか？」

「ええ、……もうせん、修善寺にいったことがあるんですの。そのとき、急用ができて東京に帰る必要がおこって、宿の女中さんに時刻表をしらべてもらったところ、もう、おそくて電車がなかった経験がありましたわ」

「さよか」

田口はうなずいた。

「三上さんのいう通りだす。課長は電車で帰ったんやおまへん。というて、ぼくはあのへんの宿をききまわったが、課長が泊まったという形跡はおまへんでした。いや、こら、ぼくだけやあらへん。警察のほうで徹底的にあの近所の温泉場をしらべてもろたが、やっぱり同じことだす。そやよってに、課長がどうして殺された現場にいったのか、さっぱりわかりまへんねん」

「車は？」

「その晩課長をのせたハイヤーやタクシーをしらべましたが、これも手がかりがおまへんそうだす。えろうややこしい事件になってしまいましたな」

「課長さんは宿から歩いてその現場にいったんじゃないでしょうか？」

「そらムチャや」

田口は言下に否定した。

「修善寺の温泉町から駅までは二キロおます。その駅から課長の死んでいた現場は四キロぐらいおまっしゃろ。しめて六キロだす。十一時四十分ごろに旅館を出ていった課長が、なれない夜道を六キロも歩くちゅうのんはかんがえられしめへんわ」

それはそうだろう、それはありえない、とわたしもおもう。しかし、修善寺一帯のタクシー、ハイヤーが課長をのせた形跡がないとなると、徒歩か、または警察の手でしらべた乗物でなかったということになるのだ。

「それにしても、いったいどうしてバラバラになんかしたのかしら？」

と橋本啓子が派手な化粧の顔をしかめていった。そうだ、それは何よりもいちばんふしぎな、そして気持のわるい事実にちがいない。わたしは一瞬、杉岡課長の端整な顔が胴体からきりはなされた首となって眼の前にうかんだ。わたしだけでなく、和島好子も、鈴木信子も浅野由理子も、橋本啓子も、同じような想像をしたのではなかったろうか。みんなが、沈黙した。

わたしは、その中で鈴木信子の顔を注意ぶかくながめたものだ。だが色白の頬がややあおじろくなっているいがいには、わが課でもっとも美しい顔をしている彼女の表情に、わたしの注意をとくにとらえるような変化は見られなかった。

つぎの日曜日、わたしは朝早くおきて沼津行きの電車にのった。課長の死体が発見された日から三日目である。わたしの切符は修善寺行きになっている。

わたしは杉岡課長の殺されたという現場をこの眼で見たかったのだ。

わたしは杉岡課長を殺した犯人のけんとうもついていなかった。その後の情報によると、付近には道路工事の作業員が入りこんでいるので、その中の変質者による強盗説が有力だそうである。こういうことは田口が警察からきいてきていちいち報告する。こんなときの田口はわたしにちょうほうだった。

田口は上の者にもきげんをとるが、女子社員たちにもあいそがいい。大阪から転勤してきてまもないから、まず、自分の人気を下からつくっておきたいという心づもりだろう。

新聞にもその後のことは報道されていない。だが、課長が変質的な工事作業員に殺害されたという線もあるだろうが、当局は社内関係もそうとうに内偵しているのではあるまいか。その後、わたしは、あの頭の禿げた、奇妙ににこにこする刑事から何もきかれないが、両次長だけはこっそりとあっているような気もする。

わたしは三島駅につくまで、このふしぎな事件の内容をいろいろかんがえていた。あの夜見たあいよる二つの人かげが、課長の死に関わりをもっているであろうことは、ばくぜんと想像できる。

だから、当局が手がかりをつかむなら、あいての女がだれかということだ。

もし、社内の女子社員の中で課長ととくべつな関係ができている人がいたら、とうぜん、その衝撃は外に出るはずだ。それは当人がかくしていてもどこかでわかるはずだ。ことに課長はゆくえ不明の段階ではなく、はっきりと死体が出てきたのだから、その死にとくべつな関心をしめすはずである。

　しかし、わたしの観察がにぶいのか、それともあいてが巧妙にかくしているのか、これという反応を示した女子社員を知らない。彼女たちは課長のむざんな死を知らされたときそうとう衝撃をうけ、また課長の告別式にいったときもいちように眼にハンカチをあてていたが、その「悲劇」がすぎると、みんなけろりとしている。あいかわらずにぎやかな顔で、たべものや、ファッションの話に花をさかせている。

　わたしは、もしかすると、あの晩課長が抱いていた女のかげは社内の女子ではなかったのではないかといううたがいもおこった。しかし、それはどうもありえない。なぜなら、あのとき女の着ていた宿の着物は、わたしたちの泊まっていた「二見屋」のものだ。暗い中の遠い目撃だったが、あわい光線がとらえたその柄に見まちがいはないとおもっている。

　では、あの晩同じ宿に泊まっていた社外の女性だったという想定はどうだろうか。これはちょっとわたしの心をうごかした。しかし、課長が関係のない同宿の女性とああいう状態になるのは少しおかしい。もっとも、杉岡課長がその女性と前からしめしあわせて同じ宿にとまらせていたらべつだ。

　しかし、これもへんなことになる。なぜなら、そんな場合は、あいての女性をべつな宿に泊まらせるのが自然なのだ。そのほうがずっと社員の眼をくらませる。げんに、課長はあの晩十一時四十分ごろに宿を出ていったというではないか。すると、あいての社外の女性を同じ宿に泊めるということはますます不自然になる。

やはり課長の腕の中に入っていた女のかげはわが社の女子社員しかない。

――三島駅についた。修善寺行きの電車はすぐに連絡がある。

わたしが車輛《はこ》をおりて、駅のホームを電車の乗場に向かおうとしているときだった。ぞろぞろと歩いている乗客の中ほどにいたわたしは、ふと、前のほうの乗客の間に、わたしの知っている人のうしろ姿を見た。

わたしはうしろにさがって、ほかの乗客のかげにかくれた。

6

わたしが三島駅のホームで、修善寺行きの電車にのりかえる乗客のむれの中に見たのは的場郁子のうしろ姿だった。彼女の姿は特徴的だからすぐわかる。

わたしははっとして人ごみの中にかくれた。だが眼はさきを歩いている彼女の背中からはなれない。

きょうの的場郁子は、ベージュのコートの下からワンピースらしい裾が出ている。その色はあざやかなグリーンだった。いったいに会社ではけちな身装《みなり》をしている彼女も、外に出ると、人いちばいおしゃれになる。たべるものもロクにたべないといわれるくらいケチで通っていて、女の子同士の間では、的場さんもずいぶんお金がたまっているだろう、とうわさされている彼女は、よそゆきの服装に贅《ぜい》をこらすことで自分をまんぞくさせているのだろうか。

それにしても、的場郁子はどうしてひとりで修善寺にきたのだろう。

わたしは杉岡課長が宿から出たあくる日、つまり全員が朝食をとって解散になった三月二十二日の朝、彼女がわたしといっしょにこの電車にのりあわせたことをおもいだす。ふしぎな縁というよりほかはない。ここでもまた偶然にのりあわせたのだ。

前回は、彼女と道づれになるのがうとましくてわざとさけたのだが、こんどは少しちがう。彼女がどのような目的でここにきたのか、これからどのような行動をするのか、わたしはそれとなしに観察しておきたかった。

的場郁子がのったつぎの車輛にわたしは入った。二輛連結のこの電車は修善寺にゆくまで、三島広小路《ひろこうじ》、韮山《にらやま》、伊豆長岡、大仁《おおひと》に各駅停車する。だが、的場郁子が修善寺に直行することはまちがいないので、途中の駅は問題でなかった。

窓から見える景色はいちめんの緑である。なだらかな丘のふもとに桜がさいていた。それをのびあがってながめる乗客もいた。日曜なので電車がこんでいる。つとめ人同士のレクリエーション組もあれば家族同伴の客もいる。

的場郁子が修善寺にきたのは、杉岡課長の殺された現場を見るためであろう。それはまちがいない。わたしの目的と同じだ。

的場郁子がなぜ事件にそんなに興味をもっているのか。わざわざ東京から現場を確認にくるほど彼女は課長の死にひかれているのだろうか。それはたんなるものずきからだろうか。それともその事件のなかで彼女がとくべつな役割をもっていたからだろうか。

いったいに的場郁子は人づきあいのわるい反面、好奇心が旺盛だった。日ごろタイプを孤独にたたいているせいか、ひとの話を奇妙にききたがるときがあった。彼女といっしょにならんで仕事をしている池田素子、村瀬百代は、的場さんの前ではうかつに話もできないわね、などといった。二人で話していると、横で的場郁子がきき耳を立て、はてはその会話にわりこんできて、いろいろときはじめる、というのだ。これはタイプの組だけではなく、彼女は男子社員の話にも、ひどく興味をもっている。たとえば、男たちで話していると、通りかかった彼女が、かげのようにしばらく足をとめていることがある。

「どうも、的場さんはきみがわるいね」

と、男子社員でいう者がいる。

前にもいったように彼女はだれからもあいてにされていなかった。人間は孤独になると、他人のことに興味が昂進《こうしん》するものだろうか。

そういう彼女の性格からかんがえると、的場郁子がいまこの電車にのっていることもそれほど奇妙ではなさそうである。つまり、こんどのことでも他人から話しあいてにされない彼女は、事件の現場を見にいくことで、自己の好奇心を直接なかたちで満足させようとしているのかもしれない。

今日は日曜日だ。友だちのいる者ならこんなところで貴重な休みをつぶすわけはない。遊びあいてのない彼女は、こんなことでもして、ものうい休日をまぎらわそうというのであろうか。

もしや、――わたしはそれをかんがえて奇妙におかしくなった。暗い場所で杉岡課長が抱擁していたあいては的場郁子ではなかったか、というおもいつきだった。

だが、そんなばかなことはない。杉岡課長は人一倍スタイリストで、的場郁子などをあいてにする男ではないのだ。これはどうかんがえても現実性がない。ただ、いま的場郁子が異常な興味をこの事件にしめしているので、ふいとそうおもっただけである。

とにかく、修善寺駅について、彼女の行動がどう展開するかだ。こうなると、わたしは現場を見にいくことよりも、彼女の行動を見まもるのがさきに立った感じだった。

修善寺駅には三十分ぐらいでついた。

わたしは乗客のあとからホームへおりた。すでに前の車輛《はこ》からおりた人たちも出口へながれている。わたしはベージュのコートをそっと眼でさがした。気をつけないと、逆にわたしの姿が彼女に見つけられそうである。

しかし、そのコートが眼にふれないのだ。乗客の数は二輛合わせて二百人ぐらいだからすぐ発見できるとはおもわなかったが、それにしてももう視野に入っていいはずだった。わたしの眼はいそがしくはたらいた。

乗客の先頭は駅前の広場に散っている。そこにもいない。また出口にたまっている人のむれの中にもいない。わたしはうしろをふりかえった。あとからもおくれた客のむれが歩いてきているが、その中にも的場郁子はいなかった。

わたしは改札口を出て、タクシーの乗場の前でたたずんだ。なんとなく胸がどきどきした。

的場郁子は途中で下車したのだ。うかつにも彼女がここまで直行すると信じこんでいたので、わたしは途中の停車駅に気をつけなかった。のんびりと反対がわの窓にうつる春の伊豆の風景を見物していたのである。

わたしは彼女の行動にふた通りの解釈をもった。ひとつは、わたしが彼女を発見したと同様に、彼女もわたしの姿を見つけたのではないかということだ。もし、そうだとすると、彼女もわたしと同じに、わたしを急にさけたとおもえる。そして、あわてて途中下車してわたしをやりすごしたのではなかろうか。

もう一つは、彼女には最初から修善寺にくる予定がなく、途中の駅に目的があったという場合だ。これは少々例の現場ゆきとは目的がズレてくる。最終的にはそこにゆくとしても、途中下車が彼女の意図にある以上、わたしの知らない目的が彼女にあったことになる。もちろん、それも事件とは無関係ではあるまい。

では、的場郁子の途中下車はどの駅であろうか。三島のつぎの駅ではあまりに近すぎる。だから、韮山、伊豆長岡、大仁の三つのうちの一つだ。

だいたい、修善寺駅と修善寺の温泉場とははなれていて、二キロぐらいの距離がある。また杉岡課長の死体が発見されたという現場は温泉地とはちがう方角で、駅から東のほうへ向かっているいわゆる伊東街道だ。

この伊東街道は一本道で、韮山におりても、伊豆長岡、大仁におりても、結局は一度修善寺にこなければならない。だから、的場郁子がいずれの駅におりたとしても、現場に向かう近道はないわけである。

こうなると、彼女の途中下車のなぞは、殺された杉岡課長の生前の行動、――つまり、三月二十一日の晩の行動に関係がありそうである。あるいは、的場郁子はその晩の杉岡課長の行動に何かの手がかりをつかんでいて、その追及のため現場へ向かったのではあるまいか。

そうなると、少し的場郁子にたいするわたしの認識がちがってくる。少なくともこの事件では、彼女がほかの人間よりも何かを知っていたことになる。すると、彼女があの朝、修善寺から三島に向かったのに三島の駅のホームから姿がきえたことも、何やら事件に関係のありそうな行動になる。

しかし、わたしは的場郁子ばかりにかかずらわってはいられなかった。すぐにタクシーにのって現場に向かった。

駅の東側に急な坂道がついていて、そこをのぼりきると、でこぼこ道の街道がさびしい村落と、丘と、田圃との間にうねうねとのびている。車は動揺しながら進んでゆくが、このせまい路がまた車のちょっとしたラッシュだ。バス、ハイヤー、トラックなどがひっきりなしに通る。バスは伊東―修善寺間の連絡だが、そのほとんどが観光バスだった。すれちがうときに見ると、乗客が鈴なりになっている。

伊豆の春は、このあたりまでくるといよいよ深くなる。右手についてながれている狩野川の流域はすでに菜の花のさかりで、あぜ道は、れんげ、たんぽぽが咲いている。こののどかな風景の中に、ついこの前、おそろしい殺人事件があったとはかんがえられないくらいだ。だが、おそろしい事件は、かえって平和なながめの中に、多くひそんでいるようにおもわれる。

「ね、運転手さん。この近くに人殺しがあったんですって？」

わたしは、三十くらいのやせた運転手に話しかけた。

「そうなんですよ。お客さんもごぞんじでしたか？」

「ええ、東京の新聞でよみましたわ。どこですの？」

「この道の途中で、狩野川の土堤の工事をやっているところですから、すぐわかりますよ」

わたしは、運転手には伊東までといっておいた。車にのるとき、殺人現場まではどうしてもいえない。

運転手の言葉どおり、車がとまるまで十分とかからなかった。

道路は狩野川にそっているが、大体十メートルぐらいの土堤の上についているから、道路工事中の場所は仮道路になっている。それで勾配《こうばい》が不自然に急になったり、迂回《うかい》になったりしている。

「ここです」

運転手が車をとめたのは、その工事場の近くだった。

わたしの頭には、新聞記事の文字がはっきりとのこっている。その記事と現場の地形とをわたしの眼は照合していた。

「ほらあそこに」

と、運転手は指さした。そこは河床と道路の中間で、土堤の斜面にそって赤い土がつまれていた。よそからトラックではこんできた土がそこに堆積されて、補強工事用に保存してあるのだった。土はほぼ三メートル半ぐらいの高さで、十メートルぐらいにわたってつまれてある。

わたしは車からおりて新聞記事にある電柱をさがした。つまり杉岡課長の耳の下を六センチ半ばかり切っていたという電灯のグローブの破片だ。外灯の電柱は工事現場を中心に三本ずつ立っていた。夜間工事のために特別に建設されたものだとすぐにわかるが、いま見ると三本の電柱にとりつけられてあるのはぜんぶ裸電球だった。

運転手もおりてきてわたしの横にならぶと、

「ひどいもんですね。あのつんだ土の中に死体をバラバラにしてかくしてあったっていうんですからね」

と、赤い堆積をさしていった。

工事にはこの土が始終つかわれているのに、どうしてすぐに死体が発見できなかったのであろうか。また夜はどうなっているのだろうか。

わたしは用意してきた容器に、その土を入れた。それからシャツ一枚になってはたらいている作業員たちを見わたし、その中でジャンパーを着ている現場監督のような男を見つけた。かれは工事場のはしで腕ぐみしながら、人々がはたらいているのを監視している。わたしは彼のところに近づいた。

「おいそがしいところすみませんが、ちょっとおたずねしたいんです」

監督はヒゲづらをこちらに見せた。四十ぐらいの男で、背が低い。だが、身体はがんじょうだったし、顔もぎらぎらと光っているような陽やけした黒さだ。

「この前、ここで不幸な死に方をした人と同じ会社の者ですが」

わたしはハンドバッグの中から名刺をとりだしてわたしした。監督は土でよごれた指

でつまんでながめていたが、

「どういうことをおききになりたいんですか」

と、あまりあいそのよくない態度できさかえした。

「じつは、故人の生前にはたいへん職場でおせわになっているので、おとむらいかたがた、そのときの様子が知りたくて、この現場にきたものです」

「そうですか」

監督は名刺をわたしにかえし、こっちについてくるようにと眼顔でいった。

「この土の中でしたがね」

かれはわたしを例のつみあげられた土の前につれていった。

「当時の土とはむろんちがいますが、高さはだいたい同じです。この表土からやく五十センチばかり下に死体がうまっていたんです」

「五十センチというと、わずかですわね」

「そうです。だから、ちょっとほればすぐにわかるわけですよ。もっとも、こんなふうにひろいから、場所がはずれるとわかりませんがね」

「でも、この土はずっと補強用につかっていらっしゃるんでしょう。それがどうして十日以上もわからなかったんでしょうか」

「いや、それですよ。じつは、当時の工事はこの土をまだつかっていなかったんです。べつの基礎工事にかかっていましてね。ただ、用意のためによそから土だけはもってきておいたのです。だから、ぜんぜん手をふれないので、死体がこの中にあるなどとはゆめにもおもっていなかったんです」

「発見されたのは、この土を使用されるようになってからですか？」

「そうです。いよいよ土をつかうために掘りはじめたんですが、いや、おどろきましたね。いきなりクレーンの先に土といっしょに人間の片脚がひっかかったんですからね」

「それで、すぐ警察にお知らせになったんですね？」

「そうです。おかげで半日は仕事になりませんでしたよ。いや、こんなことをいうと、なくなられたかたには申しわけないですがね」

「死体には電球のグローブの破片で傷がついていたというし、その欠片《かけら》も出てきたそうですが、どの電灯でしょうか？」

「あれです」

現場監督は三本の外灯のまんなかのをゆびさした。電柱間の間隔は、目測でだいたい十メートル幅ぐらいとおもわれた。

「今は裸電球ですわね」

「そうです。あれからグローブをつけるのがいやになりましてね。作業員が気持わるがるので全部とりはずしました」

「まん中の電柱のグローブは、ずいぶん前からこわれていたそうですが、工事場のほうではそれを直されなかったんですか？」

わたしは新聞記事でよんで知っている。それは三月十九日ごろで、作業員はすぐとりかえるのがめんどうなのでそのまま放置したとあった。わたしはそれをたしかめたのだ。

「そうですね、それは警察からもきかれましたが、三月十九日ごろでした」

かれは新聞記事と同じようなことをいった。

「そのグローブがとれても電球はわれなかったからですね。工事をするのには支障がありませんでした」

十九日というと、杉岡課長が宿を出た二十一日より二日前だ。記事によれば、当局の観測として、そこに落ちていたグローブのガラスの破片で頸動脈を傷つけられていたが、それでは死にそうにないので絞殺にかわったのだろうといっている。頸動脈の負傷部分は、解剖の結果は生活反応が見られているので、まず、この推定にまちがいはない。またグローブの破片をあつめると完全に復元ができたというから、現場のものが使用されたことも合致している。

「どうして外灯グローブをこわしたんでしょうね？　あなた方は夜間作業をしていらっしゃるんでしょ？」

「ところがですね、夜間作業も近ごろは、だいたい八時ごろまででおわることになっています。そのあとはみんな引きあげます」

「では、電灯はそのまま点けっぱなしですか」

「いいえ、工事作業員が引きあげると同時に消してしまいます」

「どうしてグローブをこわしたのでしょう？」

「やっぱり、いたずらでしょうね。そうかんがえるほかありません。わたしたちが引きあげてから、村の青年か子供かが石でもほうったんでしょう」

「今までもそういうことがありましたか？」

「いや、こんなことははじめてです」

わたしは監督にいそがしいところを邪魔したことをわびて、タクシーを待たせているところへもどった。

けれども、それにすぐのったのではなかった。

わたしはあの話で二つの事実を知った。

①工事作業員は当時午後八時かぎりで現場から引きあげていた。外灯はそのときに消す。問題のグローブは三月十九日ごろに破損していた。ごろというのは不正確だが、作業員のだれにもはっきりとした記憶がないらしい。

②当時死体の埋まっていた補強用の土は使用されていなかった。そのため死体の発見が十日以上もおくれた。

こうかんがえると、どうしてもこの現場の事情に犯人が通じていたことになる。なぜなら、死体の発見の遅延そのものを見ても、土が当時使用されていなかったことを知った人間でなければできない。このばあい偶然ということはかんがえられないか。つまり、犯人がそんなことは知らないで、たまたまそこに土がつみあげられていたので、その中にかくそうとかんがえたことだ。だが、これはありえない。なぜならふつうのかんがえでは、当時現場は工事中だから、その土がすぐに使用されることは予想される。死体を埋めるならば翌朝にでもすぐに発見されそうなその堆土の中よりも、もっとほかにてきとうな場所があるはずだ。たとえば、この道をまっすぐにいけば、沿道にはさびしい場所はいくらでもある。山林もあれば、木立もあり、さびしい荒地もある。そんなところに埋めたほうがもっと発見がおくれる。犯人の心理としては、一日でも死体の発見がおくれるのが念願だろう。それだけ当局の捜査開始がおくれるからだ。また心理的にも死体がなるべくおくれて見つかるほうがのぞましい。

こういう点からかんがえて、この犯人はあらかじめ現場の様子に通じていたものとしかおもえない。

問題の外灯グローブのガラスの破片は、ちょっと判断にくるしむ。偶然に現場に落ちていた破片で頸動脈をきるのはおもいつきだが、そんなことをするよりも、なぜ、はじめから絞殺をかんがえないのか。そのほうが血の噴出を見なくてすむ。血が出ると犯人の衣服がよごれがちだ。ことに頸動脈となると、血液はながれるというよりも噴出に近いだろう。

一歩ゆずって犯人の心理としてかんがえると、最初絞殺をかんがえていたが、現場にガラスの鋭角な破片が落ちているのを見て、急に致命的な頸動脈切断をかんがえたのかもしれない。しかし、周到な犯人としては少々その場かぎりのおもいつき行為のようでもある。

第一、かれは何のために、いったん絞殺した被害者をさらにバラバラにして、そのうえで埋めるというような、手数もかかれば危険も多い方法をとったのだろうか。やはり警察のかんがえている変質者の強盗というのがただしいのか。いやいやわたしには、どうもそれだけのことだとはおもわれない。

わたしは周囲をゆっくりと見わたした。いまきた道に眼をもどし、ゆくてに視線をなげた。ひとすじの道はゆるくまがって、その細い先が山すそをまわってきえている。向こうからトラックとハイヤーとが走ってきていた。

左は丘陵で、青い畑の中に細い道がついているが、ぜったいに車などは通れないせまさだ。反対がわが狩野川だが、川をこしてやや広い畑や田圃がある。橋はない。そのさきがゆるやかな山になっている。

この現場に車で入るとすれば、この道一本しかないことがはっきりとしている。杉岡課長は午後十一時四十分ごろに旅館を出たのだから、歩いてここまでやってきたとはおもわれない。距離にすればたしか六キロぐらいはたっぷりとある。すぐに修善寺のハイヤー、タクシーなどがかんがえられるが、警察の捜査ではそこからの手がかりはないということだ。すると、やはり自家用車いがいにないのだが、慰安旅行にきた五十名近い販売部第二課の課員は、少なくとも自家用車にかんするかぎりでは嫌《けん》疑《ぎ》の外といえる。

課長が、この現場の外灯グローブの破片で頸部を傷つけられているということは、つまり、この場所でおそわれた、ということになる。殺害現場はここなのだ。しかし……。

わたしは、また現場監督のところに足をもどした。かれはあいかわらずもとの場所に仁王立ちになって腕ぐみしながら、作業員たちのはたらきぐあいをながめていた。

「血のことですか？」

わたしの質問に監督はこたえた。

「そうですね。ぼくも警察の検視に立ちあいましたが、土にはどす黒い血がこびりついていましたよ」

「それは、どういう状態でついていたんですか？」

「もちろん土の表面には血などついていませんでした。だが、犯人が死体を五十センチばかり下に埋めたとき、血痕のついた土もかくしたとみえ、死体が出てくると同時に、血で黒くかたまった土が下から多量に出てきましたよ。なにしろ、あんなふうにバラバラにするには、よほど沢山《たくさん》の血が出たにちがいないですからねえ。それにしてもなんのためにあんなことをしたのか知れないが、警察では、死体といっしょに血のついた土まで処理するとは、よほどおちついた人間だといっていました」

おもった通りだった。

わたしは、杉岡課長がこの現場に生きて到着し、ここで殺され、そしてここで手と首をきりとられて埋められたことを確認した。

だが、それは自分の意思でここにきたのだろうか。使用されたのは自動車にちがいないが、その車の問題はしばらくおいて、課長自身がこの現場にきた原因を、可能なかぎりかんがえてみよう。それはだいたい三つにわけていいのではなかろうか。

一つは、だれかに脅迫されてここまで拉致《らち》されてきたばあいである。もう一つは、だまされてさそいだされたことだ。いかなる理由をつけて課長を誘拐したかわからないが、とにかくだまされたばあいがある。最後には、課長が自身の意思できたばあいである。

このケースはまた二つにわかれよう。一つは、課長がだれかと面会するために、この現場にこっそりときたことだ。しかし、これはたいへん可能性がうすい。なぜなら、課長が旅館を出たのは十一時四十分ごろである。車でここにくるとしても、二十分はたっぷりとかかる。そのような夜中に、こんなさびしい場所でだれとあう必要があったのだろうか。かりにあいてが女性だとしても、場所としては、はなはだ不適当である。

もう一つは、課長がべつな目的地にゆくためここを通りかかったことである。

課長はだれかの車にのせられて、目的地に向かう途中だったが、ここでその車が停止し、いっしょにのっていた人物か運転手かに引きずりだされて殺害されたという想定だ。

これは、ちょっと誘拐にも似ているが、少しちがうのは、課長が女にあいにゆく目的でその車にのったばあいである。女がまっていた場所といえば、伊東温泉しかかんがえられない。この道が修善寺・伊東の交通路であることがその証明だ。夜だと修善寺から四十分ぐらいで伊東につくのではあるまいか。ただし、出発時間がおそいが、課長としては部員の手前、そう早く旅館からぬけられなかったとかんがえられる。しかし、伊東には、十二時二十分ごろに到着するわけだから、温泉地としてそれほどおそい時刻ではない。

問題は車だ。これが解決しないかぎり、どうしても決定的な手がかりはえられない。

わたしには杉岡課長が女とあうために宿をぬけたという線がすてられなかった。そうなると、やはり、あの暗い現場で課長が抱擁していたあいての女性が問題となってくる。

「運転手さん、修善寺に帰ってくださいな」

わたしはあくびをしながら待っていた運転手にいった。

「へえ、伊東ではなかったんですか？」

「すみません。急に修善寺に用事があるのをおもいだしたんです」

わたしは、タクシーで逆もどりした。現場監督の立っている前を通るとき、窓から手をふって挨拶した。

車の中ではわたしは自分の推察を反芻《はんすう》してみた。だが、今までかんがえた以上にうまい思案はうかばなかった。

現場の外灯がきえるのは、工事作業員が引きあげた八時以後である。それ以前は外灯がついているので、あの現場での犯行は不可能だ。杉岡課長が旅館を出たのが十一時四十分ごろだから、もとより、現場は光がまったく消えてまっくらになっている。

そのころだと、この道も車の通行が少ないにちがいない。そんなに夜おそく修善寺から伊東にゆく客もないだろうし、また向こうからくる客も少ないにきまっている。犯行は容易だったはずだ。土堤のかげで、バラバラにするにしても、さほどの時間はいらなかったかもしれない。なぜ狩野川になげこまなかったのか、その理由はわからないが……。家はずっと遠い丘陵のふもとに散在しているだけで、少々声を出してもとどきはしない。また農家は早寝だからおきている家もないわけだ。

それにしても、暗い夜、絞殺した男の身体から手と首をきりとることに熱中している犯人、——かんがえるだけでもぞうっとするような情景ではないか。

いろいろな点からかんがえて、杉岡課長を殺した犯人は、こういう条件をよく知っていた人間としかおもえない。すなわち八時以後現場の外灯がきえることを知っていた人間だ。

では、外灯グローブの破損の点はどうであろうか。まさかそこまでは犯人も計算の中に入れてはいなかったのだろう。グローブのわれたのが問題ではなく、その破片がおちていたのが犯行と直接に関係があるのだ。しかし、このガラスの破片は、やはり犯人がその現場にきてぐうぜん眼にふれて使ったにすぎまい。

問題なのは、その時刻に車がとまっているのを見た目撃者だ。この道は車がすれちがうのがやっとで、道幅のよゆうはない。だから、その時刻に通りかかった車があれば、ライトをけしてとまっている車に気づいているわけである。

警察でももちろんこのことに気がついて、目撃者をさがしているにちがいないだろうが、交通のとだえた伊東街道に、はたして該当時刻に通りかかった車があったかどうかぎもんだ。あるいはそのことも犯人の計画の中に入っていたであろう。——

修善寺の駅前が見えてきた。またしても的場郁子のことが気がかりになる。あの女はどこをまわっているのであろうか。

わたしはあの現場に立っている間も、的場郁子がひょっこりやってきそうな気がしてならなかったのだが、ついにそのことはなかった。

駅前を素通りして、今度は広い道を修善寺の温泉場に向かういわゆる下田街道となるのだ。

十分ばかりで温泉場の町の中に入った。見おぼえの二見屋旅館の前をすぎた。わたしは車をとめさせておりた。

今日は日曜日なので、ぞろぞろと人が町の中を歩いている。その大部分は修禅寺参道へながれている。

わたしは川にそって歩いた。あいかわらずカメラをさげた連中が多い。川の中にたった独鈷《とっこ》の湯《ゆ》などしきりにうつしている。

寺の石段の前を素通りして行くと、急に人通りが少なくなる。あたりはさびしい家並みとなり、やがては課長を目撃した現場にゆきつくのである。

このとき、わたしはふと視野に入った人間を見てどきりとした。あわてて家のかげに走りこんだ。動悸《どうき》が高く鳴っている。

わたしはこっそりと顔を出して眼をのぞかせた。まちがいなかった。この道のずっと前のほうを歩いているのが、富崎次長と庶務主任田口欣作のうしろ姿だった。

7

今日の日曜日は、ふしぎなほどわたしの課の人間が修善寺にあつまったものだ。もっとも的場郁子はあれきりどこにいったかわからないが。

富崎と田口とはわたしの見ている前で何か談笑しながら町の細長い通りを歩いてゆく。ほかにも浴客の散歩者が多いので、ともするとそのうしろ姿はかくれそうになる。もとより、二人はわたしがうしろから見ているなどとは想像もしていないようである。

田口はしきりと笑いながら富崎のほうへ話しかけているが、あいかわらず大阪弁で次長の気をそらさないようにつとめている様子だ。それにしても、このふたりはなんのためにここにやってきたのか。

ふたりの姿は町の角からまがって見えなくなった。わたしは、あのふたりのあとをつけてゆくよりも、自分の目的へいそがねばならぬ。

寺の門の前をすぎて、例の閑静な通りを歩く。このへんはいつきても浴客が少なく、ちょっと盲点みたいな場所だ。昼間でさえこの通りだから、夜がさびしいのはとうぜんである。

　さびしいといえば、あの男女が抱擁していた場所にきたが、そこはちょっとした草原で、昼間見ると、高台の木立などがあり、わらぶきの屋根などが木の間に見えたりしていた。わたしは杉岡課長が女性といっしょにいたであろう場所にけんとうをつけてそこに立ってみた。道から五、六歩ぐらい引っこんだところである。

　その位置からあたりをながめると、いま通ってきた道はそのままずっとのびて高台の下になっている。ちょうど、町の裏側をぬけるようになっていて、そのさきは田圃《たんぼ》や畑の間に細くなって集落の間に消えている。

　わたしは、この道のはてをそのまままっすぐにのばすと、杉岡課長の死体が出た狩野川のほとりの工事現場に出るのではないかとおもった。ここからではそうとうな距離だが、だいたいの方角からかんがえて、伊東街道のどの地点かに出あっていることはまずまちがいあるまい。

　あの晩、あいびきからいったん宿に帰った課長が、ふたたび出かけていったのは、あんがい、この道ではあるまいか。それというのが、課長が十一時四十分ごろに宿を出かけていらい、かれをのせたというハイヤーもタクシーもいまだに見つからないかららだ。課長は宿を出てから車をすぐに拾ったのではなく、どのへんかまで歩いていったのではないかとおもう。

かれの当夜の行動がだれにも目撃されていないところをみると、わたしのこの推定も一つの考えかたといえるだろう。

わたしは道をもとにもどった。

すると、こうして歩いているうちに、的場郁子とぱったり出あうのではないかという予感がした。さっきはわたしのほうが彼女を見つけたのだが、こんどはわたしが彼女に見つけられるのではあるまいか。そのばあい、的場郁子もやはりわたしと同様に、かげにかくれてわたしをやりすごすにちがいない。

そんなふうにおもうと、お寺の門前に出るまでのいくつかの辻がわたしには気になってしかたがなかった。ものかげからこっそりと的場郁子の眼が光っているようにもおもえるのだ。

ある角にきたときだった。そこはべつなさびしい町つづきの入口になっているのだが、ふと、わたしの視線が辻の一つに流れて、若い男女がひっそりとよりそって立っているのをうつした。

いま、杉岡課長が抱擁していた現場を見ての帰りだから、瞬間、わたしの眼がまちがえたのはむりもない。が、それは若い男女が抱擁しているのではなくて、ひそひそと立ち話をしているのだった。わたしは苦笑しながらその前を通ったが、一メートルとゆかないうちに、こんどは自分自身にはっとなった。

——もしかすると、わたしはたいそうな錯覚をしていたのかもしれない。杉岡課長とある女性とがあの暗い場所で抱きあっていたものとばかりおもっていたが、事実はそうではなかったのではないか。いま、若い男女の立ち話姿をかんちがいしたように、あの晩の杉岡課長のかっこうをまちがって解釈していたのではなかろうか。つまり、あれは抱擁ではなく、課長がだれかとあってこっそり話をかわしていたのではなかったか。このばあい、恋愛とは関係のないことにしてかんがえてみよう。

すると、杉岡課長とささやきをかわしたのはだれであろう？

わたしはすぐに橋本啓子を頭にうかべた。橋本啓子は、たえず同僚間のうわさを上役の耳に入れていた。それは周知のことで、だれからも警戒されていた。なかには「情報係」という名前をつける者もいたくらいで、社員たちの今日のできごとが明日には課長の耳にちゃんととどいていることもあった。

課長としてはこういう女は便利であろう。課を統制してゆく上に、やはり部下たちの動静は知っておきたいだろう。情報はたえずとっておく必要がある。部下についてあらゆることを知っているのと知らないのとでは、管理職としてたいへんな自信のちがいであろう。

じっさい、課長はどうしてそんなことまで知っているのだろうとふしぎにおもうようなことが過去にたびたびあった。つまり、課長はときどき、おれはなんでも知っているぞ、という片鱗《へんりん》をしめすのだ。これもかれにとって必要なことにちがいない。一種の威嚇《いかく》であり、おのれ自身を部下たちにきみわるがらせる手段でもある。

さて、当夜のあいての女が橋本啓子だとしたら、あのときに見た女の着物が同じ二見屋旅館の柄だったことにふしぎはない。ただ、問題は、課長がああいう場所にまで彼女を引っぱっていってきかねばならなかったほど重大なご注進があったかどうかである。橋本啓子がそれほど重大な情報をもっていたかどうかである。ふつうなら、同じ宿のものかげにちょっと呼びとめてささやくことですむわけだ。

それからの課長の行動を考えて、やはりあれはあの場所につれてゆくだけの大事な耳うちがおこなわれたのだと、わたしはおもった。そのささやきが、その後の課長の失踪、不慮の死という線にまるきり無縁ではないとおもう。

いや、もし、多少でもそれが関連していたとすると、あのとき、橋本啓子はおそろしく重要な情報を課長につたえたことになる。いったい、その内容はなんだろう。橋本啓子がつたえるくらいだから、どうせ、わたしたち課員についてのことにちがいない。逆にいえば、課長があの晩急遽《きゆうきよ》東京に帰るといいだしたことがその耳うちに原因していれば、課長をそう決心させるだけの何かがあったわけである。

三月二十一日の二見屋旅館の宿泊割りあてでは、橋本啓子は同じ計算係の浅野由理子と相部屋だった。だから、あの晩の彼女のアリバイはわたしにはわかっていない。しかし、浅野由理子なら知っているはずだ。

夕方、わたしは東京に帰ったが、途中、的場郁子にも、富崎次長にも、田口庶務主任にも出あわなかった。

帰りは修善寺から三島に出るまで各駅をとくに気をつけて見た。的場郁子が中間のどの駅にどのような用事でおりたか見きわめようとしたのだが、もちろん、見当はつかない。あれからあのひねくれたタイピストはどこをまわったのであろうか。

もちろん、まったく見当がつかないわけではない。的場郁子はわたしと同じように、課長の死体が出た現場を見にいったのだ。この想像はあたっているはずだ。ただ、そこにゆくまで、的場郁子にはもう一つの用事があった。それが三島・修善寺間の途中下車である。あるいは彼女がわたしの姿に気づいてわたしをさけたのかもしれないが、わたしにはどうもそうではないようにおもわれるのだ。

あくる日もいい天気だった。わたしは出社するとすぐに、計算係の浅野由理子の姿をもとめた。

計算係の机は、上席が主任の広石良作、佐々木祥二、つづいて男子係員二名、そのつぎが橋本啓子、末席が浅野由理子である。

彼女は一年前に入ったばかりだから、だれよりも早くきていなければならない。計算係全員の机の掃除をするのも、広石主任の前の一輪ざしに花を入れるのも、お茶をくむのも、浅野由理子の役目だ。彼女は販売二課の女性のなかでいちばん若く、純真であった。

ところが、その浅野由理子の姿が今朝はなかった。橋本啓子がひどくおめかしをしてきているが、欠勤した浅野由理子のかわりに机の上を雑巾《ぞうきん》で懸命にふいているのは、ちょっと皮肉なながめだった。

浅野由理子がゆうべから急性盲腸炎で入院したことを昼すぎに知った。わるいときにわるいことがおこったものである。

今朝はわたしの注目する人物がたいへんに多かった。いうまでもなく第一は的場郁子である。

彼女はわたしが出勤したやく十分後に、例のやせた身体を事務室にあらわした。ぬけあがったような広い額、落ちくぼんだ眼、しぼんだ頰、うすい唇。——それに、年齢のためか、その高い背が腰のあたりで前かがみになっている。やせているから、少しはげしく動くと骨がなりそうであった。

彼女はわたしのほうには一瞥《いちべつ》もくれなかった。これは、わたしの想像があたったことを証明する。もし、彼女が昨日のわたしに気づいていたら、まっさきに彼女の視線はわたしにくるはずだった。わたしに無関心でいるところをみると、やはり昨日のわたしには何も気づいていないのだ。

彼女はいちばんはしのタイプライターの前にすわり、カバーを取りのぞき、それからゆっくりとひといき入れるかのようにそのままの姿勢でいた。わたしからは背中が見えるだけで表情はわからないが、そのうしろ姿は何やら満足げであった。

横の池田素子も、村瀬百代もすでに席についているが、的場郁子などには一顧もしないで、ふたりで勝手に話しあったり、タイプの油さしなどしている。

田口欣作が出勤してきた。あいかわらず笑顔だ。この人はだれにでも会釈をする。その大阪弁がひどくのんびりとあたりにきこえてくる。

野村次長が出勤し、つづいて富崎次長がやってきた。野村次長は以前からみると、近ごろはいくらか顔色がいい。杉岡課長に冷遇された時代はゆううつそのものだったが、課長の死後はほっとした表情である。山根販売部長の兼任がとれると、かれの課長就任という線ものぞめないでもない。

それにくらべると、杉岡課長に死なれた富崎次長は心たのしまざるものがあるにちがいない。ことにライバル野村が、杉岡課長の死によってぽっかりと日向《ひなた》に出た感じなので、忿懣《ふんまん》やるかたないといったところが本心であろう。しかし、りこうな富崎はそれを表情にも出さない。かれがしょげて見えるというのは、ほかの者が自分の気持で観察するからで、事実はそれほど暗い顔ではない。また、はたのそのような眼を意識しているから、富崎もつとめて今までどおりに明るくふるまおうとしているのであろう。

富崎と田口とが昨日修善寺にいった理由はやがてわかった。かれらはけっして秘密に修善寺にいったのではなかったのだ。

「昨日の日曜は、修善寺で一日つぶしましてん」

と、昼の時間になって、さっそく田口欣作が広石良作や鈴木信子などに話していた。

「あら、またいらしたんですか。いいわね」

と、鈴木信子がいった。

「いいえ、遊びやあらへんねん。富崎はんと一日中警察のお礼まわりしましてん。あそこには警察のえらい人の家がおますよって、二、三軒お礼によってきました。こんどの事件では警察にえらいごやっかいをかけていますよってな。やっぱり義理とフンドシとは欠いたらあきまへん」

そうか、そんなわけで二人は修善寺を歩いていたのか、とわたしはがてんした。

「そいで、帰りは温泉につかって、いっぱいやりましたが、この前のときとちごうて、なんやしらん、えろう酒がしめっぽうてさっぱりでしたわ」

——的場郁子はどうか。

彼女はそのとき昼食にでも立つらしく、机の引出しから何かをとり出すと、あごをそらせてみなの間をぬけて歩き、部屋を出ていった。

的場郁子は、おそらく、富崎次長と田口欣作とが、昨日修善寺にいったことなど知らなかったにちがいない。彼女は田口の話をきいて、たぶん、ぎょっとなったであろう。だが、そんなことを顔色に出す女ではない。

わたしは的場郁子のきえたあとを見送って、彼女が修善寺につくまでどこでおりたかをもう一度かんがえてみることにした。

わたしは昼の休みに、同じビルの下にある本屋によった。そこで伊豆地方の旅行案内書をさがした。立ちよみでひろった文字はつぎの説明である。

「韮山《にらやま》――韮山温泉・関東公方《くぼう》堀越御所跡に湧《わ》く新興温泉で、景色が佳《よ》い。……韮山城跡・足利義政の弟政知が関東を抑えるために京都から下って住んだ所。庭石数個と泉水の跡がある。……韮山反射炉・伊豆代官江川英龍が安政《あんせい》二年に造ったもの。わが国最初の熔鉱炉《ようこうろ》。……江川邸・伊豆代官江川氏の住宅で、約七百年前に建てられた。現存の住宅では日本最古。

古奈《こな》――古奈温泉・単純温泉。……緑の樹木の美しい古奈山を囲んで、その麓《ふもと》に温泉旅館が散在する。山の東が古奈で、西が長岡と分れているが、環境や風景は同じである。……古奈は歴史が古く吾妻鏡《あずまかがみ》にも見えているが、長岡との中間にある最明寺境内には北条時頼の墓がある。また温泉場から登ること八〇〇メートルの山腹に古代の石棺がある。

長岡――長岡温泉・長岡は明治四十年の試掘に成功してから急速に発展した所。付近一帯は温泉別荘地として開発せられ、温泉情緒も細やかだが、全体に落着いた感じがあり、旅館の建て方もゆったりとしている。一風呂浴びたあとの散歩には、一時間で楽に行ける葛城山《かつらぎやま》の眺望が佳い。

大仁《おおひと》――大仁温泉・伊豆温泉中最も新しい温泉で、アユで名高い狩野川《かのがわ》の清流を隔てた富士や箱根連山の眺望が絶佳である。ウナギやアユなどの川の幸をはじめ、キジ、山鳥などの山の幸も多い。また付近の花壇はチューリップなどの栽培で有名である。……

結局、この平凡な旅行案内書からは何の手がかりもえられなかった。

わたしはつまらない気持でそとへ出た。朝からなんとなくつかれたかんじなので、近くのフルーツパーラーへいって何かたべてみたくなった。

わたしは階上のイスについて、イチゴクリームをさじでつついた。

この店は店内のかざりにさまざまな植物を配置している。名前の知れないような花や葉っぱが天井からつりさがっていたり、壁ぎわにならんだりしていて、大きな鉢が青釉《うわぐすり》をためて光っている。

わたしはたべおわり、コンパクトを出して、つめたくなった唇にルージュを引いた。まるい鏡の中に自分の眼がうつる。

わたしはすぐに視線を自分の顔からはずした。すると横に鉢植の植物がうつっている。

わたしの眼はふたたび鉢植の花にうつり、そこからうごかなかった。

コンパクトをいそいでとじた。とじると同時に、その金属性の音が心の中にもひびきわたった。

わたしは急激にたかなる心をおさえて眼をとじた。——わかった！　的場郁子が三島・修善寺間で途中下車した駅がわかった。……あれは大仁駅だったのだ。

——わたしの眼の中には、たったいまよんできたばかりの旅行案内書の数行がある。

その晩だった。わたしはアパートに帰って、さっそく、手紙を書いた。あてさきは、昨日あの工事現場の監督からもらった名刺の肩書きである。

「静岡県中伊豆町　関東建設株式会社沼津支店中伊豆出張所　小柳泰造様」

入念に文章をねった。用件はみじかい問いあわせだが、あのいかつい肩をした現場監督がかならず返事をくれるように、やさしい情感をこめておかなければならなかった。

わたしは二度ばかり文章を書きなおしたが、それに返信料をつけ、封をし、引出しから赤鉛筆を出して速達のしるしをぬった。

この返事がもどってくるまで、あと三、四日はかかるであろう。あの現場監督がはやく返事を書いてくれるといいが、手紙を書くのが不得手《ふえて》な男だったらそのままやぶられそうなしんぱいもある。

それにしても的場郁子はなんという頭のいい女であろう。彼女はみなからきらわれてしぜんと孤独におかれていたが、そのことは彼女の頭脳まで閉鎖的にはしていなかったのだ。

わたしは彼女の知恵に驚嘆した（ただし、これはわたしの想像があたっていればである。いや、おそらく、それはあたっているだろう）。彼女が昨日あの殺人現場跡にいったことは、すでに推定していたが、しかし、こうまで正確な計画のもとにそれを実行したとはおもわなかった！

手紙を出した晩から二日後だった。

あらたなニュースが社内につたえられた。

それはまったくべつな話題だが、故杉岡課長の退職金にからんだ問題でおこった。

わたしたちは、杉岡課長未亡人にそうとうな退職金が支給されたにちがいないとおもっていた。この会社では、役付社員と平社員とでは、退職金額に大きなひらきがある。同じ役づきにしても、管理職とそうでない者とのひらきは格段である。つまり、次長、主任といった者はむしろ平社員のほうにちかい評価で、課長と次長以下とではその差は大幅にひらいている。

勤め人の習性として、他人の退職金はひどく気になるものである。故杉岡課長はT

大を出てすぐに入社したから、在社十七年で、学歴といい、社内歴といい申しぶんはない。さぞかしたいそうな金が入ったであろうとおもったが、手取りわずかに七十余万円ときいてみなはおどろいた。

こういうことは会計係におしゃべりの人間がいるから、すぐにつつぬけである。故杉岡課長がたった七十余万円の退職金とはだれでも予想外だが、じつはいろいろさしひかれての残りがそれだけの額だったこともわかった。杉岡氏は会社からばくだいな前借をしていたのであった。

杉岡課長の性格がかなり派手だとは知っていたが、まさかこれほど会社から前借をしていようとはだれしもおもっていない。会計課員の情報では、かれは月々の給料袋からも半分くらいもさしひかれていたという。時には、翌月分の給料前借を、その月の給料日に会計からうけとっていたこともあるという。

いったい、課長はそれだけの借金を何につかったのであろうか。

やがて、杉岡氏自身もだが、奥さんも、そうとうに生活の派手な人だということがわかってきた。ついでだが、杉岡夫人にはわたしもお通夜の席や告別式などであったが、へんにつめたい感じのする痩《や》せた人だった。気位が高そうで、わたしたちは、ろくに挨拶もされなかったのをおぼえている。それはともかくとして、それに関連したニュースは、的場郁子が杉岡未亡人のところにおしかけて、会計から出た課長の退職金めあてに貸金の三百万円の返却を要求したという事実だった。——

的場郁子が金をためているということは、早くからわたしたちも知っていた。彼女はこの会社に入って、すでに二十年ちかい。その間、恋愛らしいことはもちろん、いかなる同性ともなかよくならなかった。彼女は徹底して孤独の中にこもったが、そのしんはただ金をためるだけの執念のようであった。しかし、まさか彼女が杉岡課長に三百万円も貸金をしていようとはおもわなかった。いや、あのスタイリストの杉岡久一郎が、的場郁子などから金を借りていることじたいが意外である。自分の部下で、しかもだれからもきらわれている女子社員からまで借金をする課長の神経に、わたしたちはおどろいた。よほど金にこまってのせっぱつまった借金にちがいない。

もちろん、課長は三百万円の金をいちどきに彼女から借りたのではなかった。これもだんだんに知れたことだが、その金高になるまで、課長は十何枚かの証文を書いている。七万円、十万円と借りた金が多いのだ。彼は的場郁子から月一割の利子をかっちりととられていた。この利子分だけは課長も現金でしはらったらしく、三百万円というのは元金ののこりなのである。

いったい、わたしたちの気づかないうちに、その金銭貸借の交渉や授受がどのようにして行なわれたのであろうか。わたしたちの見ている前では、杉岡課長は的場郁子などには一瞥もあたえはしなかった。彼女もタイプ席のせまい自分のとりでにこもって、ほとんど課長の席にゆくということもなかった。またふたりが事務室や廊下などで出あっても、——そういうことはわたしもたびたび目撃しているのだが、——けっしてふたりが言葉をかわすということはなかった。杉岡課長は、そのかっこうのいい背をいくぶん反らせ気味にして気取って歩いていたし、的場郁子は課長にけむたそうに目礼してすれちがう、ふつうの女子社員とかわらなかった。

彼女がためた金をこっそりと他人に貸しているのではないかというらわさはあったが、その大口貸出先がスタイリスト上役の杉岡課長だったと知れては、だれしも呆然となるほかはなかった。

ところで、彼女から返金をせまられた杉岡夫人の立場だが、夫人は的場郁子にのりこまれて十数枚の証文をつきつけられたとき、

《たしかに主人がお借りしたお金にちがいないようですが、わたしは今までそんなことをちっとも知りませんでした。主人が生きている間ならともかく、亡くなった今は、まったくお支払いしないというわけではありませんが、退職金全額をおわたししても不足なのですから、どうか半分ぐらいにまけていただけないでしょうか》

といったそうである。夫人はたぶん、たえがたい屈辱にふるえていたことであろう。

《そりゃこまりますわ》

と、的場郁子はニべもなくおしかえした。

《わたくしはみなさまと同じように、いいえ、みなさまよりずっと安い給料でこつことはたらいてきた女です。ふつうの高利貸や金貸といっしょにされてはこまりますわ。だいたい、課長さんにお金を貸したのも、日ごろから何かとおせわになっているお礼心ですから、三百万円のお金の中には、わたくしの都合のつかないぶんは、よそから拝借してまわしたのもふくまれています。ひとり身の女からの借金をふみたおそうとなさるのは少しひどうございますわ》

《いいえ、全額をおかえししないとはいっていません。あなたも金を貸したあいてが死亡したのですから、本来ならあきらめなければならない場合もあるとおもいます。それを半分お支払いするというのですから、なっとくしてください。それに今までそうとうな利子もとっていらっしゃるようですから、その清算でもけっしてごそんはないようにおもいますけれど》

《とんでもありませんわ。利子利子とおっしゃるけれど、わたくしはそれでもうけようなどとおもっていません。せめてとぼしい給料の補給につかっていただけで、いわば、わたくしの生活費の一部です。そのへんの高利貸と同じようにおっしゃられるとこまります。それに、課長さんはわたくしのような者からお金を借りるとき、ほんとうにこまったような様子で哀願するようにたのまれるんですもの。わたくしだってよそのかたならともかく、自分の直属上役にそんなまねをしたくないのですが、あんなふうにたのまれると、けっきょく、いやとはいえなかったんです。……いくらご主人がなくなったからといって、奥さまが今になっていろいろケチをおつけになるのは卑怯だとおもいますわ》

この会話はわたしの想像である。おそらく、このようなやりとりが課長未亡人と的場郁子との間に応酬《おうしゅう》されたにちがいない。ふたりの性格からかんがえて、さしてまとはずれではないようである。

結局、未亡人のほうがかなりつよく出て的場郁子をおさえ、金の返済はもう一ヵ月さきにのびることになったそうである。退職金手取り七十余万円では貸金の一部でしかない。彼女が抵抗するのもむりはなかった。

しかし、的場郁子もとぼしい給料の中からためた金を貸しているので、その回収に必死になるのもわからなくはない。

この事実がわかってから、的場郁子にたいするわたしたちの眼がまたちがってきた。これまでもかなりがめつい女だという印象があったが、課長への貸金問題が暴露されると、彼女のあつかましい態度と合わせて、まるで女高利貸のような人間にうつってきた。

しかし、第三者は公平なようで、じつは不公平である。本当なら、的場郁子の主張のほうがただしいのだ。彼女が人間的ないっさいの欲心をおさえてまで貯蓄した金を上役が借りておいて、いくらかでも値びきさせようというほうがふつごうなのである。しかし、同情は課長夫人のほうにあつまった。

それというのが、日ごろからだれともつき合わない的場郁子への同僚のけいべつであり、そんなにまでして貯蓄をしたという見事な女への反感であり、たえず同僚たちをいじわるげな眼つきでながめている彼女への仕返しであった。なかにはその貸金がまったくとれないことを祈る者もあったにちがいない。

社にそのような話題がおきているある日だった。アパートに静岡県大仁局の消印のある手紙が到着した。わたしが問いあわせの手紙を出した関東建設の現場監督小柳泰造からだった。

「拝復、この前お目にかかった貴女からすぐにお手紙を貰ってびっくりしました。お問合わせのことは次のようにお答えします。

あなたさまが現場にお見えになった同じ日の三時間ばかりあと、中年の、背の高い痩せた婦人がタクシーで現場を通りかかられ、そこで降りて、私に一つの頼みごとをなさいました。その人は、手にチューリップを根付きのまま持っておられましたが、東京に帰るまで鉢植にしたいといって、小さな素焼の鉢を出され、現場の土を少し分けてくれと言われたのです。その土が、あなたもご覧になった死体の埋まっていた盛土でした。その人は同じ場所でなく、二、三度位置を変えて土を採りました。その婦人は礼を言われて帰られましたが、名前も何も聞いていません。

以上ご返事まで」

——この手紙をもらった翌日、わたしは盲腸で入院している浅野由理子を見舞いにいった。

8

わたしの心はうきうきしていた。

病院はお茶の水にあった。浅野由理子の病室は三階だった。

途中で買った花をもって病室に入ると、浅野由理子は二人部屋の窓ぎわのベッドから顔を向けた。

「たいへんだったわね」

と、わたしは彼女のそばに近づいていった。

「どうもありがとう」

浅野由理子はわたしがこんなに早く見舞いにくるとは予想していないようだった。だれよりも早い見舞いのはずだ。

そばに由理子の母親らしい人がつきそっていて、わたしに長い礼をのべた。

「それで、手術はすんだの？」

彼女にかわって母親がいった。

「どうしても手術はいやだといってきかないんです。おなかにきずができるからといって承知しないんですよ。先生にそういったら、今のままで手術しないでもおさまりそうだから、少し長びくけれど、このままでおさまるようにしようとおっしゃいました。手術をすればかんたんですけれどね」

母親は彼女の症状をくどくどとのべた。

浅野由理子はわりあい元気そうだった。

「会社に出ようとおもってしたくをしてるときに、急におなかがいたくなったんです。それで、近所のお医者さまにいったら、どうも盲腸のうたがいがあるとおっしゃって、すぐきったほうがいいとおどかされましたわ」

話しかたもはきはきしていた。

「それで、いたみはおさまったの？」

「まだすっかりではないけれど、前ほどにはくるしくないの。いま、注射や、ひやしたりしておさえていますの」

この元気なら、わたしは彼女から話がきけるとおもった。ただ、わるいことに母親が横につきそっている。

その母親が、わたしには興味のない娘の症状をまた長々とのべるのだった。となりのベッドでは中年の女が背を向けて雑誌をよんでいる。枕もとには見舞品の箱がつみあげられていた。

母親はせまいところでお茶のしたくをしていた。

「けっこうですから」

と、わたしがことわるのに、母親はインスタントのコーヒーなどいれている。どうも、この母親がいると話がききづらかった。

ちょうど、いいぐあいに看護婦が入ってきて、母親に小さな声で何かいっていた。どうやら入院料のことらしく、母親はわたしのほうをちらりと見て、すみませんが、ちょっと会計まで用事がありますから、ほんの十分ばかりしつれいします、といった。わたしは、ここは大丈夫ですから、どうぞごゆっくり、とすすめた。

「ねえ、浅野さん」

と、母親が看護婦といっしょにドアの外にきえるのをまってきいた。時間がないから、さっそくにきりだすほかはない。

「つかぬことをきくけれど、課の旅行で修善寺にいった時のことなんだけど、ちょっとあなたにききたいことがあるの」

「ええ、いいわ」

浅野由理子は毛布から出しているあごをうなずかせた。

「あのとき、あなたの部屋には橋本啓子さんがいっしょだったわね」

「ええ、そうです」

「あなた、あの晩のことをおぼえている？　ほら、宴会がすんだころ、橋本さんの姿が見えなくなったわね？」

これはわたしのカマだった。橋本啓子が課長とあの場所にたたずんだとすると、わたしが宿を出た前から橋本啓子はぬけでていなければならない。それが宴会のすむ直前だった。

浅野由理子は大きな眼を天井にじっと向けていたが、

「そういえば、橋本さんの姿は見えなかったようです。でも、そのへんははっきりとしませせん。部屋に帰ったときはおぼえていますけれど」

「そう。何時ごろ彼女は帰ってきたの？」

「だいぶおそかったようです。わたしは橋本さんとふたりだけの部屋わりだったから、橋本さんがもどるまでひとりで本をよんでいたんです。そのうちねむくなってうとうとしかけるころ、橋本さんがもどってきましたわ。そうね、……十一時半ごろだったかしら」

「十一時半ごろ？」

「たしか、そんな時間だったとおもいますわ。わたしが本をふせて枕もとの腕時計を見たときが十一時ちょっとすぎでしたから」

わたしはここにきたかいがあったことを知った。

「そう。そのとき橋本さんはどこにいったかあなたにいわなかったの？」

「町を散歩してきたといってましたわ。わたしも半分ねむくなっていたので、あんまり話はかわさなかったけれど」

「ひとりで町を歩いていたのかしら？」

「庶務の田口さんといっしょにもどってきたとは話してましたわ」

「田口さんと？」

またしても田口欣作が出てきた。

わたしはその意味をかんがえた。

——わたしが田口欣作とわかれたのは、あの場所からもどりがけにかれといっしょになり、橋のたもとまでなんとなくつれになった。田口欣作は、自分はもう少し散歩してくる、といって土産物屋の並んでいるにぎやかな通りにいったのだ。

すると、橋本啓子が田口といっしょになったのは、ふたりとも帰りにぐうぜんどこかであったものとみえる。つまり、田口は散歩の帰りに、橋本啓子はあの場所からの帰りにたまたま落ちあったものらしい。

この場合、橋本啓子は杉岡課長といっしょに帰るはずはないから、てきとうに時間をずらせて彼女がひとりで歩いていたものとおもわれる。

そこで、これは橋本啓子の心理になってかんがえるのだが、彼女はねむくなった浅野由理子から、何もきかれないのに、田口さんといっしょに帰ったと、いかにも田口とつれになっていたようにきかせたのではあるまいか。そのことは、杉岡課長とこっそりあった事実があるから、自分のほうでていさいをつくろうという下心だったにちがいない。

「それで、彼女はすぐにあなたの横にしいてある蒲団の中に入ったわけね？」

「ええ、そうなんです」

「橋本さんはそれっきり部屋から出なかったの？」

「あとはおぼえていません。だってねむくってしかたがなかったんですもの」

浅野由理子は若いだけにすぐ睡眠がおそってきたものとみえる。だが、おそらく、橋本啓子もそのまま就眠したにちがいない。まさか浅野由理子のねむっているすきをうかがって、部屋からぬけでたということはなさそうだった。

浅野由理子は、その翌日はたしか沼津から箱根をまわって東京に帰ったはずである。

わたしがそのことをきくと、

「ええ、そうでした。朝の食事がすむと、村瀬さんと、鈴木さんと、ほかに男の方が三人いっしょで沼津の千本松原を見てから箱根にまわり、湯本から小田急で新宿に帰りましたわ……」

浅野由理子はそこまでいって、

「あの、わたし……」

と、急に何かをおもいだしたように、わたしに話したそうにした。

そのとき、ドアをあけて母親がもどってきた。

「どうもたいへん失礼しました」

母親はわたしにそうわびて、こんどは娘に、

「いま、院長先生が回診にお見えになりますよ」

とつげた。

彼女はせっかくいいかけた口をつぐみ、わたしも病室を出ていかなければならなかった。

浅野由理子の言葉でわたしに確信ができた。杉岡課長があの場所であっていた女は、やはり橋本啓子だったのだ。あの姿は抱擁していたのではなく、おしゃべりの橋本啓子がまたしても課長に何かこっそりと申しあげていたわけだ。

問題は、前にもかんがえたように、何を彼女がつげ口したかだ。それが課長の失踪に関係があるとすると、よほど重大なことにちがいない。あんな場所にわざわざ出て

からいうくらいだ。

もっとも、ああいう所でないと安全性は期されなかったのかもしれない。なぜなら、課員五十名ばかりがあつまったのだから、宿の近くだと課員の眼がある。そういう心配が、あの遠い距離まで二人の脚をはこばせたのであろう。

これでわたしは自分の推定にひとつの裏づけをとったとおもった。

それにしても、浅野由理子は何かをおもいだしてわたしにいいかけた。何をいいたかったのだろうか。運のわるいときに母親が院長の回診を知らせにもどってきたものだ。もう二、三分も留守をしてくれたら、彼女からあたらしいヒントをとれたかもしれなかったのだ。回診というのでわたしも遠慮したが、口ごもったようなあのいいかたは、わたしの質問に関連のあることにちがいなかった。

いずれ、もう一度浅野由理子の病室を見舞う必要がある。

つぎに、わたしはもう一つの推測に確証をとらねばならなかった。

わたしは病院を出たあとで公衆電話のボックスに入った。呼びだしたさきは、P大の理学部研究室だった。

「山根さんをおねがいします」

と、わたしはいった。山根修一はわたしの友だちのいとこで、この大学の理学部の助手をしていた。

　本人はすぐに電話口へ出た。

「いや、この前は失礼しました」

　と、かれのおとなしい声がきこえた。

「じつは、またちょっとおねがいがあってお目にかかりたいんですけれど」

「そうですか。いいですよ。こちらにきてくれますか？」

「いま、おいそがしいんですか？」

「教授が出張で留守をしていますのでね、ぼくらはわりとのんびりしていますから、ご指定なら、近所ぐらいまでは出かけますよ」

「すみません。それだったら、大学の前にある喫茶店でおまちしてますわ」

　四十分後、わたしはその山根をまつために喫茶店の片すみにすわっていた。場所がら、学生が客のほとんどだった。

　山根修一は五分とたたないうちに入口からいそいでやってきた。

「さっきはどうも」

　と、かれはまっすぐにわたしの前にすわった。

「この前はたいへんありがとうございました」

わたしは礼をいった。

「いや、どういたしまして。お役に立ちましたか？」

「たいへん参考になりましたわ」

「それはよかったですな。あんなことぐらいなら、いつでもやってあげますよ」

「じつは、そのことなんですけれど」

と、わたしはいった。

「もうひとり、あの土を鑑定に出した人がいるんです。いいえ、いると思うんです。それをしらべていただけませんか」

わたしは自分にそそぐ山根の眼を見かえしていった。

「同じ土ですか？」

「そうなんです。しかも、わたしと同じ日にその土をもって帰っているはずです。もっとも、その鑑定をたのんだ日はべつかもしれませんが、かならず依頼しているとおもいます。山根さんのところにはそういう事実はございませんか？」

「ありませんね。あとにもさきにもあなただけでした」

「じゃ、ほかの大学かもしれませんわ。そういうことは山根さんのほうでしらべていただいたらわかりませんか？」

「そうですな、そりゃわからないこともありませんね。われわれの世界は横の連絡がありますから、だれかにきけば、その事実があるかどうか知れるとおもいます」

わたしはそれをたのんで山根助手とわかれた。

わたしが鑑定を依頼したのはあの現場から採取した赤い土だった。前にもらった山根助手の返答は、だいたいつぎの通りだ。

《この土壌はいわゆる赤土と呼ばれるものだが、関東ロームといわれるものは、その成因が普通のロームとは全く違っている。関東ロームは輝石《きせき》安山岩質の火山灰が水底に沈積してのち分解作用のためにその原性質を変じて土壌化したもので、玻璃質《はりしつ》物から化成した非晶質粘土を主成分とし、それに輝石、斜長石、カンラン石などの細砂を混じている。

粒子の上からいえば粘土質土壌だが、粗鬆《そそう》にして空隙《くうげき》に富み、しばしば植物根の朽《きゅう》敗痕跡《はいこんせき》と思われる管状の細孔をも含む。物理的性質はむしろローム質土壌に近い。

これは関東地方の洪積台地の最上位を占め、一～一〇メートルの厚層を成しているが、その表面は多少腐植を含んで黒色を帯び、下部よりもいっそう粗鬆な土壌に化している。

表面の土壌化した粗鬆部は容易に風のために移動しやすく、ところどころ二次的の風積土をつくっている。かく風によって動かされやすい上に水を含んで軟化し、霜柱の発生に適するなど、幾分浮土の性質を帯びている。

土壌の色について。白色以外の土色を左右するものは腐植と酸化鉄である。腐植は黒色または暗褐色、酸化鉄は緑、褐、黄、赤色を与える。たとえば、腐植が砂土中に〇・二〜〇・五パーセント存すると褐色となり、二〜六パーセントでは暗褐色となり、一〇パーセント以上は黒色となる。酸化鉄一パーセントで僅《わず》かに黄色。五〜一〇パーセントでは赤色を付与する。しかし、土色は土壌の種類及び含水量によって大いに異なる。

鑑定の土壌を検するに、共に一見赤色でありながら一方の色は暗褐色で、一方は僅かに黄色を混じている。しかし暗褐色の部分を顕微鏡検査にかけると、粒子の角が取れて円味を帯び、かつ粒子が平均化されている。このことは、この土壌が以上説明した如く水底に沈積したのち分解作用を起こしたものとみられ、主成分も斜長石の含有が多い。

一方の赤色（僅かに黄色が勝つ）の粒子は角があり、かつ粒が不揃いである。このことは、この土壌が水底に沈下したものでないことをあらわしている。かつ含有量も輝石が幾分多量である。

これは要するに、この二つの土はその所在地が異なっていることを示している。たとえば、輝石の多い不揃いな粒子の赤色の土は伊豆地方に多く見られ、また円味のある、粒の揃った、斜長石を含んだ暗褐色の土壌は東京付近の谷間に多く見られる。この谷間は往時の渓流と推定されるから、この土壌が火山灰の水底沈積物であったことを有力に思惟《しい》させる》

わたしはこの鑑定書をなんどもなんどもよみなおした。これでわたしには、あの事件の一つの結論的な条件ができている。

だが、まだわからないことがあった。それは杉岡課長の頸動脈を傷つけている電灯のグローブの破片だった。あれが現場のものであることは、当時現場に落ちていた破片をあつめ復元して証明できたことでもまちがいはない。

電灯はあの事件の二日前にはだれかによって破壊されていた。——

わたしは眼をつぶった。

翌日の午後、山根助手から会社に電話がかかってきた。

「あのことわかりましたよ」

と、山根はいった。

「N大の地質学をやっている大田という助手ですが、その男のところに依頼があったそうです。あなたとまったく同じものを持ちこんでいました」

「名前は？」

「的場郁子さんという人です」

わたしは送受話器を手ににぎったままタイプ席のほうに眼をはしらせた。的場郁子はしきりと指をうごかしてねっしんに仕事をしている。やっぱりそうだった。わたしにはその返事がとうぜんすぎた。

「どうもありがとう」

「それだけでいいですか？」

「けっこうですわ。おいそがしいところありがとうございました。また何かおねがいするかもわかりませんが、そのときはよろしく」

「いつでもけっこうですよ」

電話をきって、もう一度的場郁子のほうをながめた。彼女は原稿とタイプ用紙の両面を交互に見ながらタイプを打っている。ちぢれた髪とやせた肩とがうしろから貧弱そうに見えた。あの女はあの現場の土がほしいために、わざわざ大仁《おおひと》でおりてチューリップを買った。これはあの土をもち帰るのに口実をつけるためだった。わたしは気づかれないように土をすくいとってきたが、彼女のほうが用意がよかったわけである。だが、的場郁子がどうしてそれに気がついたのだろうか。彼女の向かっている視線はわたしと同じ方向だった。

ここまでわかっていながら、いまさらわたしは的場郁子と妥協する気持はなかった。彼女と話しあえば、調査はもっと円滑《えんかつ》にすすむかもしれない。また、わたしの知らないことを彼女は知っているかもわからない。あるいはふたりで話しているうちに効果的なヒントが出るかもしれない。

だが、わたしは彼女と協力する気にはなれなかった。このしらべがすすむうち、またどこかで彼女と鉢あわせをするかわからなかったが、そのときはそのときのことだ。おそらく、的場郁子は、わたしが彼女と同じ調査をしているとはゆめにもかんがえていないだろう。

ところで、その的場郁子といえば、またあたらしいニュースが社内にながれてきた。

それは、彼女がふたたび杉岡課長未亡人のところにどなりにいったといううわさだった。的場郁子は課長に貸した例の金の督促《とくそく》に未亡人のところにおしかけたというのである。

未亡人もまけてはいないで的場郁子を撃退したといわれる。さぞかし女同士のすさまじい口あらそいが展開されたことだろう。

的場郁子の金にたいするしつようさは異常なものがある。評判はまたしても的場郁子に不利だった。あの人は金以外には眼がないとか、貸した金が香奠《こうでん》になりそうなので、とりたてに必死になっているのだとか、悪口はさまざまである。

あのちぢれ毛の、やせた女のどこにそれだけの執念がひそんでいるかとおもえるくらいだ。広い額、落ちくぼんだ眼、うすい唇、とがった頬とあご、青すじのういた頸、そしてその顔によっている小じわ——、うすっぺらな胸、すでに老女めいた不活発な脚のはこび、どう見ても活気があるとはおもえない。だが、そういう女だからこそ金にたいする執着が人一倍につよいのかもしれない。

同じ夕方のことであった。

それは退社まぎわだったが、応接間の前を通っているわたしの眼に、うすぼんやりと、見おぼえのある人かげがすわっているのが見えた。

応接間は全部ガラスでできている。もっとも、それはスリガラスで、外界の眼を遮《しゃ》断《だん》しているのだが、わたしが見たふたつのうすい人かげは、的場郁子と次長の野村とであった。そういえば、的場郁子の姿がしばらく前からタイプの席に見えなかった。

スリガラスから、内部の電灯の具合でぼんやりと人のかたちがすけて見えるのである。

野村次長はなぜ的場郁子をよんだのであろうか。むろん、その密談の内容はわからない。

たぶん、これはわたしの推測だが、次長は杉岡未亡人のところに貸金の催促にゆく彼女をたしなめたのではあるまいか。社内にこんなうわさが立つことはこのましいことではない。次長はその立場から彼女にいちおうの注意を与えたような気がする。

ここはむずかしいところで、彼女としてはべつに社にめいわくをかけているわけではない。むしろ杉岡課長が彼女から借りた金をかえさずに死んだのがいけないのだ。その未亡人がとかく言葉を左右にしてはらわないから、的場郁子が督促にいっているのだ。会社とは関係のない個人的な話である。

だが、的場郁子の強引ぶりがうわさになると、そこにやはり社としての体面も次長はかんがえたのであろう。杉岡課長が死んでまもないことだ。

社の空気はもちろん的場郁子に不利である。次長の注意も、おそらく、このようなふんいきを背景におこなわれたのではなかろうか。

ところで、野村次長といえば、最近はますます明るい顔をしている。部長兼任となっている課長のイスが、どうやらかれにほほえみかけているからだ。以前の暗さはきえて、別人のようになっている。的場郁子にたいする注意も、すでに、責任者としての意識でなされているのかもしれぬ。

それにひきかえ、富崎次長はあいかわらずの態度だが、心なしか一脈のさびしさが顔に出ている。社内の人事ほどわからないものはない。今までは杉岡・富崎のラインでがっちりとかため、それを中心にいわゆる主流派が蝟集《いしゆう》したものだが、今ではだれもがなんとなく富崎からはなれてゆくようなかっこうだ。

だが、これも完全に社員たちがかれからはなれたのではなく、つかずはなれずの態度をとっているといってよかろう。まだ課長の後任がはっきりとはきまらないからだ。ていのいい厳正中立、じつは日和見《ひよりみ》主義。もうひとつうらをかえせば、本命になりつつある野村へのひそかな接近。――

退社時間がきた。

わたしは手洗所で的場郁子といっしょになった。ほかの女子社員もいたが、的場郁子はかがみに向かって、うすい髪をとかしつけている。じつに平然としたたいどだった。

次長からしかられたという様子はどこにも見えない。あれはわたしのおもいちがいではないかとかんがえたくらい、心配げなかげはなかった。ふつうの女子社員だと、次長から小言をいわれたら、気のよわい者は片すみで泪《なみだ》をながしたり、しょんぼりしたりするものだ。それほど極端でなくとも、どこか元気がなくなるのがふつうであった。的場郁子は何ごともなかったような顔をしている。

時間になってわたしは退社した。

わたしはおもいついて、山根助手にお礼をおくるつもりで銀座で品物をえらんでいた。三、四千円ぐらいのものを何かとかんがえたが、結局、山根に似合いそうなネクタイを一本ふんぱつすることにした。この柄えらびにあんがい時間がかかった。ネクタイは、その店から直接発送してもらうことにして店を出た。

時計を見ると、会社を出て一時間半ばかりにもなる。ちょうど、おなかもすいてきた。

わたしはあまり高くなさそうなレストランをえらんで入った。時間が時間なので、中は客でいっぱいだった。

ふと見ると、向こうの席に的場郁子がすわっているではないか。いや、それよりもびっくりしたのは、その前に富崎次長が向かいあってかけていることだった。わたしは自分の眼をうたがった。

こんなことは想像もしていなかった。まさか富崎次長が的場郁子をごちそうしていようなどとは意外も意外であった。わたしは客のかげになるように身をひそめて、向こうの様子を観察した。富崎は笑顔でしきりと彼女に話しかけている。

的場郁子はぶあいそな表情で、ただもくもくと料理を口にはこんでいるのだった。

その様子がふつうの話でなく、どうやら富崎が的場郁子を説得にかかっているといった状態にみえた。

そこで、わたしははじめてがてんがいった。

富崎は死んだ杉岡課長ときってもきれない間がらだった。その課長の貸金を催促にゆく的場をここによんでいるのは、おそらく、杉岡未亡人のがわに立って、的場郁子のもうれつな督促を緩和《かんわ》させようというところらしい。わたしはそうおもった。

9

レストランの片すみでわたしに見られているとは知らずに、富崎次長と的場郁子とは、ようやく食事をおわった。その間、的場郁子はあいかわらず富崎のしゃべるのをききながら料理を口につめこむだけだった。日ごろ吝嗇《りんしょく》で知られている彼女は、社の食堂でさえいかないくらいで、きょくたんに食費をきりつめているといううわさであった。そのかわり、こういう場所でのおごりだと、遠慮なしにたべるらしい。

やがて食事がおわると二人はそこを出ていった。両人とも最後までわたしに見られているとは気がつかないでいた。

わたしは、的場郁子がさらにわからなくなった。あの女は何くわぬ顔でこの事件の「調査」にかかっている。その正確さは、わたしの線と交叉《こうさ》していることでもわかる。

彼女はそんなことを富崎次長にはおくびにも出していないであろう。すると、わたしはべつなことに気がついた。

さっきまで、富崎は杉岡未亡人の借金のことで的場郁子をここによんで説得にかかっているとおもったのだが、彼女の貸金の督促のきびしさは、あるいは、陽動作戦ではないかとおもったのだ。つまり、彼女自身の調査を他人に気づかせないため、わざと貸金のほうをわめいているようにもおもえる。むろん、催促は理由のあることだから、だれもそれをうたがわない。

では、彼女はなぜ、その調査にかかっているのだろうか。たんなるもの好きでないことは、彼女のわりきった性格からかんがえて明らかである。

しかし、貸金の催促が陽動作戦としたら、真の目的は何か、まだ、わたしにはわからない。

ところで、富崎のほうだが、この人も少しへんなところがある。田口欣作といっしょに妙にうろうろしているのだ。この前も修善寺の町で見かけたが、それはせわになった警察官宅の挨拶まわりだということだった。しかし、はたしてそれだけの目的だったのだろうか。——

こんなことをかんがえながら、海老のグラタンをつついているうちふと、わたしには病院にいる浅野由理子の顔がうかんだ。

食事をしながら彼女をおもいだしたのは、気持のどこかに入院患者では好きなものが食べられないだろうという同情があったためかもしれない。

この前の別れのときに、浅野由理子は何をわたしに愬《うった》えようとしていたのだろうか。ちょうど、三月二十二日、つまり、修善寺に一泊したあくる日の行動をわたしが聞きかけたときだった。運のわるいことに母親が病室にもどって、彼女の口がつぐまれた。

わたしの想像では、それは、杉岡課長の死に関連しているようにおもえる。もし、そうだとすれば、浅野由理子は修善寺から沼津にまわり、千本松原を見物して、箱根から湯本へぬけて帰京しているから、そのときに何か彼女が目撃したものがあったのではなかろうか。それをわたしに教えたかったのではないか。あるいは、そのコースをいっしょに行動した仲間からきいた話かもしれない。

浅野由理子は、わが課の女子社員の中でいっとう若く、まだ少女のおもちが濃くのこっていた。それだけに社内の妙な人事関係や、仕事のつまらなさにおもいまどわされることはない。それに、彼女はりこうな性質だった。

ちかいうち、わたしは、もう一度、花を持って病院にいかなくてはならない。そのときこそ浅野由理子から有力な暗示になるようなことがきけそうである。

あうといえば、わたしもいよいよ橋本啓子に対決する時機が近づいてきたようだ。三月二十一日の晩、橋本啓子は、杉岡課長をあの暗い場所によびだして何をつげ口したのだろうか。その内容いかんでは課長の死をさそう結果になったとかんがえていい。

日ごろから、社員間の情報をいろいろとあつめては課長に「申しあげる」ことで評判の女だった。橋本啓子の前では用心しろ、というのが、みんなのかげでの合言葉であった。

事実、課長も「橋本情報」を珍重したようだった。もちろん、おもてだって彼女をとくべつにひいきするということはなかったが、好意はどことなく感じられた。

ところで、わたしが橋本啓子と会って、あの晩のことをきいても、とぼけられるにきまっている。もともと、ひとすじなわではゆかない女だ。

だから、橋本啓子の口をわらせるには、こちらからのっぴきならないデータをもっていやおうなしに追いつめるほかはない。

わたしは、食事の間、そんなことばかりをかんがえていた。

わたしはつづけてかんがえる。いや、よくかんがえておかねばならないことがあるのだ。

それは、あの工事現場のこわれた外灯の一件だった。電灯のグローブは破片となって土に落ち、そのひとつのするどい断面が匕首《あいくち》のようにとがって杉岡課長の死体の頸にきりこまれていた。そのことは杉岡課長があの現場で殺害されたという、のっぴきならない証拠になっている。

いったい、そのグローブはだれがたたきこわしたのだろうか。あの工事現場の監督のいうように村の悪童が犯人なのだろうか。

わたしは記憶のメモをくる。外灯がいたずらされて消えたのは、三月二十一日より二日前らしいという。それが正確なら、三月十九日の夜である。木曜日の晩だ。村の悪童どもにいちおう引っこんでもらうと、大人のだれが木曜日の晩にあの現場に立ったか、だ。

——食事がおわった。

レストランを出る前に、わたしは山根に電話した。もう一度かれから教えてもらわなければならないことがある。

もう夜になっていたが、山根は大学に残っていて、この前の喫茶店にきてくれた。

わたしが出した質問は二つだった。

山根は、その中の一つは即座に答えたが、あとの一項目はよくしらべてから知らせるといった。

「ふしぎですね」

と、山根はわたしを見て、

「あなたとそっくりなことを大田君もきかれたそうですよ」

大田というのはN大の地質学教室の助手で、的場郁子がきいたというあいてだ。

「いったい、何があったんですか?」

わたしは事件については山根には説明をしなかった。一つは、土壌の関係に先入観をあたえてはならないとおもったし、もう一つは、わたしの調査がだれにも知られてはならなかったからだ。おそらく、的場郁子も同じかんがえで、大田という人には理由をのべずに依頼したものとおもう。

わたしは山根に、あとの一項目の返事はいついただけるか、ときいた。

「そうですね、あと三日のうちにメモに作っておきますよ、とりにきてください」

山根とわたしは約束した。

浅野由理子をふたたびわたしが病院に訪問したのは、それから二日後だった。

彼女は、わたしの顔を見て歓迎してくれた。社内にかくべつしたしい友だちといってない彼女は、見舞客も少ないのであろう。

「どう、きぶんは？」

「ありがとう。だいぶいいの」

浅野由理子は、わたしの出した花をたのしげにかざしてながめていた。となりのベッドの患者はかわっていた。

「今日はお母さまは？」

「夕方からくるようなことをいってたわ」

浅野由理子も、この前わたしに話したかったことが母親の闖入《ちんにゅう》でできなかったのをおもいだしたか、今日はなんでもしゃべるわ、といった表情が出ていた。

「杉岡課長さんのあれは、まだ解決しないの？」

と、彼女のほうから水を向けるようにきいてきた。

「この前わたしがきたとき、あなた、わたしに何かおっしゃりたいことがあったんじゃない？」

と、わたしもさそわれたように反問した。

「ええ、そうなの。でも、それほどたいした話じゃないけれど」

「やっぱり課長さんのことについてでしょ？」

「そうなの」

浅野由理子は少しやつれた顔を天井に向け、思案するように瞳をとめていた。

「ねえ、浅野さん」

わたしは彼女のためらっている顔に近づいていった。

「あなたはだれも知らない何かに気づいてるんじゃない？」

浅野由理子は、ちがうともそうだともいわずに、同じ眼つきをつづけていた。

「修善寺に泊まったあくる朝、あなたはほかの人といっしょに沼津から箱根にまわったわね。……そのとき、あなただけが気のついたことがあったんじゃない？　もちろん、課長さんの事件に参考になるような」

「ううん、それは、その日じゃないの」

と、浅野由理子はようやく答えた。

「前の晩だわ」

「じゃ、課長さんが宿から出ていったときね？」

「ええ、みんなであの旅館に泊まった晩だわ」

わたしの胸ははずんだ。彼女がいおうとするのは、課長のゆくえ不明になった当夜のできごとなのだ。

「わたし、ぜったいにほかの人にいわないわ。それは約束するわ」

と、わたしは熱心だった。

「だから、どんなことでも話してちょうだい」

「でも、それをいうとたいへんなことになるわ」

「たいへん？」

浅野由理子はたしかに何かをにぎっているようだった。

「ちょっと、その前にきくけれど」

と、わたしはいった。

「あなたが知ってるそのことは、警察の人からたずねられたとき話してしまったことなの？」

「警察になんかいえないことだわ」

「そう」

わたしは彼女の気持をはかりながら、ときにはいたわるような顔をし、ときにはきびしく追及する態度に出た。若い浅野由理子の気持をおびえさせないで全部をはきださせるようにしむけなければならぬ。

「それ、どんなこと？」

となりの患者は中年婦人だったが、向こうむきになって雑誌をよんでいた。こちらの話にはぜんぜん関心のないふうだった。

「……でも、こまるわ」

と、急に彼女はよわい声になった。

「あら、どうして？」

「わたし、ある人と約束したんですの。だれにもいいませんって」

「ねえ、浅野さん、どんな人とどういうお約束をあなたがしたか知らないけど、課長さんを殺した人はまだ警察にもわかっていないのよ。ほんとうは捜査がゆきなやんでいるらしいの。警察のほうはともかくとして、このまま犯人がわからずじまいになったら、課長さんだってうかばれないわ。あなたのお約束と、課長さんの死の追及の価値の比重はわかるでしょう。あなたの気持は尊重するから、わたしにだけうちあけてくださらない？」

浅野由理子も決心をつけた眼になった。もともと、この前からそれを話したい気持になっているのである。

「これは、課長さんの事件に関係があるかどうかわからないけれど……」

と、彼女は慎重に前おきをして話しだした。

「あの晩、わたしが橋本啓子さんといっしょの部屋割りだったことは、あなたもごぞんじの通りだわ。でもほんとうは、橋本さんとはずっとひと晩中いっしょではなかったの」

「えっ」

わたしはびっくりした。

「では、あなたは橋本さんと並んでやすんだんじゃなかったの？」

「十二時をすぎてから、わたしだけべつの部屋にうつったの」

「どうして？」

「橋本さんにそうしてくれってたのまれたの」

「すると、あの部屋には橋本さんがひとりだけ泊まったというわけね？」

「ひとりといっていいかどうか」

と、彼女はまたまようような口ぶりになった。

「とにかく、事情があるらしいので、わたしは橋本さんのたのみをきいてあげたの」

わたしの頭脳はいそがしくはたらいた。――橋本啓子が外出から帰ったのは、当夜の十一時半ごろだったから、浅野由理子とはずっと朝までいっしょだったとおもいこんでいたのに、じつは啓子が由理子をべつの部屋に追いやったというのである。なぜ、そのようなことをしたのか。

わたしはその質問をあとまわしにして、まず、

「それで、あなたは朝まで橋本さんといっしょではなかったのね？」

と念をおした。

「ええ、そうじゃないの」

と、彼女は首をふった。

「二時間だけこの部屋にいないでくれと橋本さんにいわれたので、その通りになって、午前二時ごろまで部屋をあけていたの。しかたがないから、わたしは宴会場の広間にうたたねをしていたわ。だれもいないまっくらな所で、座蒲団を床《とこ》にしてまって

たの」

「それであなたが二時間後に部屋に帰ったとき、橋本さんはどうしていたの？」

「蒲団をかぶってねていたわ」

「へんね。橋本さんは、どうしてあなたをそんなふうにしたの？」

わたしはとどろく胸をおさえて冷静に質問に入った。なぜ、橋本啓子はその部屋にひとりでいたかったのか。

杉岡課長が旅館を出ていったのは十一時四十分ごろだった。まさに、課長の出発と、橋本啓子が浅野由理子を追いだした時刻とがここで一致しているのだ。

それにしても、浅野由理子はあまりにも橋本啓子のいいなりになっている。もちろん、啓子は先輩だから、おとなしい由理子は彼女のなかば命令的なたのみをすなおにきいたにちがいない。

「しかたがなかったんですもの」

と、浅野由理子はいった。

「橋本さんからあんなふうにたのまれると、いやとはいえなかったの」

「でも、ひどいわね。いくら旅館の内にしても、社から同じ部屋に割りあてられたものを、橋本さんがかってにあなたを二時間も追いだすなんて、常識ではかんがえられないわ」

わたしがふんがいすると、浅野由理子はふしぎにも微笑のような表情を枕の上にうかばせた。

「三上さんはまだごぞんじなかったのね？」

と彼女はいった。

「え、なんのこと？」

「橋本啓子さんのしたしいお友だちのことよ」

そのお友だちが男性をさしていることはいうまでもなかった。しかも、同じ課の中にその人がいるという意味だった。

「何も知らなかったわ」

わたしは、事実、橋本啓子のあいてがだれかわからなかったのだ。これまでは、彼女には恋人などはなく、せいぜい、社員間の情報をあつめては課長に報告するのを唯一のたのしみにしているとばかりうかつにもおもっていた。

「こんなことをいってはわるいかもしれないけど、橋本啓子さんの好きなかたは、……庶務の田口さんですわ」

「えっ」

わたしはいきなりなぐられたような気になった。

そんなことがありうるだろうか。呆然となって浅野由理子の稚《わか》い顔をみつめた。

「それ、ほんとうなの？」

少しうたがわしげにきくと、

「まだ、それに気がついた人はいないわ。……三上さんもまさかとおもったでしょ？」

「ええ。……ほんとうだったら意外だわ」

しかし、それをきいたあと、その事実がそれほど奇想天外とはおもえなくなってきた。橋本啓子と田口欣作の性格とをかんがえれば、まるきりまとはずれではないからだ。

田口欣作は、女子社員には親切だった。言葉も大阪弁でやさしい感じでしゃべる。橋本啓子は、自分の容貌に自信をもっている。美しい女はしばしばナルシストである。派手な化粧や服装を誇示《こじ》して、まわりの男性にその美しさをたたえられるのを、たいへんこのむものだ。田口欣作のフェミニストぶりに橋本啓子がよろめいたとしても、あながちむりな解釈ではなかった。

「それは、いつからのことなの？」

田口欣作が大阪から転勤になってきたのは、五ヵ月ぐらい前である。浅野由理子の返事も、二人の恋愛の開始時期は今年の一月のおわりごろからだろう、といった。

「お二人は会社でひたかくしにかくしていますけど、わたしはもっと早く気がついてたわ」

「あなただけどうしてそれを知ったの？」

「いつか、お湯呑場にいったときです」

と、彼女は話した。

「だれも入っていないと思って、いきなりとびこんじゃったんです。あそこは、三上さんもごぞんじのように、ガラスのドアに窓からさす光があたって、だれか人がいれば、かならずかげが外がわにうつりますわ。そのときはガラス戸に何もうつっていなかったので、安心して入ったんです。すると、ほら、すぐ横にちょっと引っこんだ場所がありますわね」

「ええ。いろいろな道具などをおいてる所でしょ？」

「そうなの。あそこから鳥がはばたきしてとびたつように、あわてて田口さんと橋本さんが出てきたんです。わたしのほうが顔色をかえましたわ。でも、田口さんはすぐ大阪弁で、ガス栓の調子がわるいので橋本君にたのまれて見にきたんだ、といってました。それがとっさのうそだったことは、いつになく田口さんの大阪弁がすらすらと出なかったことや、橋本さんがてれた顔をしてついと出ていったことでわかりました」

「まあ、そんなことがあったの？」

「すると、その夕方、社から帰るわたしを橋本さんがエレベーターの下でまちうけてお茶にさそってくれたんです。そのとき……」

「そのとき目撃したことはだれにもしゃべるなと口どめされたのね？」

「そうなの。そんな口どめされなくても、わたしはだれにもいわないつもりでした」

「そのとき、橋本さんははっきり田口さんとの仲をあなたにうちあけたの？」

「いいえ、そんなことはいいませんでした。それは、わたしがまだ若いからでしょう。ただ、あなたが見たことは、ひとに話すと誤解をうけやすいからだまっててね、といわれました」

「わかったわ」

と、わたしはいった。

「それから、あなたは田口さんからも大事にされたのね？」

浅野由理子のあおい顔にかすかに血の色がうかんできた。

「あのかた、庶務主任をなさってるから、いろいろと便宜をはかってくれました。たとえば、課あてに芝居の切符がきたり、映画の招待券がきたりすることがあります。そんなとき、田口さんはだれにも知られないようにわたしにそれをくれたし、そのほか勤務時間のことなど、とても気をつかってくれました」

ははあ、とわたしはおもった。この会社では、居残り時間はいちおうそれぞれの主任が書きこむことになっているが、つい、めんどうくさいので、庶務主任の田口がそれを整理して自分で書くことにしていた。つまり、浅野由理子は一時間残ったところを、二時間か三時間ばかり田口欣作によって水ましをされていたのである。いかにも大阪人らしい「口どめ料」であった。

しかし、浅野由理子ははらを立ててそれを拒絶することができない。なんといっても彼女は若かった。先方の好意をことわるとわるいという観念があったのだ。だが、それは彼女にとってけっしてこころよいことではなかった。いま、わたしにそれを告白するときも、眼にかすかな忿《いか》りの色が見えていた。

「あなたのほかに田口さんと橋本さんのことを知ってる人は、ほんとうにいないのね？」

わたしさえ知らなかったことだから、ほかにはいないとおもって念をおした。

「そう……」

浅野由理子はかんがえているようだったが、

「もしかすると、あの人だったら気がついてるのかもしれないわ」

ともらした。

わたしははっとした。あの人がだれをさすのか直感でわかった。

「的場郁子さんね？」

「ええ」

浅野由理子はうなずいた。

「的場さんもうすうす知ってるような気もするわ。でも、それをはっきりと言葉できいたのではなく、田口さんや橋本さんを見るときの的場さんの眼が、妙にいたずらっぽく皮肉な感じなの。ははあ、これはこの人も気がついてるな、とおもったんですが、もしかすると、それはわたしのおもいすごしかもわかりませんし」

「そう」

ありそうなことだとおもった。

「じゃ、あなたから教わったことを復習してみるわ」

と、わたしはいった。

「修善寺に泊まった二十一日の夜の十一時半ごろ、橋本さんは部屋に外から帰ってきたけれど、あなたを十二時すぎてから宴会場だった大広間に追いだし、二時間ばかり留守をさせたわけね。そして、あなたがだいたい二時ごろ部屋にもどったときは、橋本さんはひとりでねてたというわけね？」

「その通りですわ」

「それから、あなたはすぐにねむったの？」

「そうなの。もう、よくもとくもなくて。だれかにおこされたときは八時すぎでしたわ」

わたしはあることを質問したかったが、さすがにそれは若い彼女にきけなかった。ただ、こんなふうに遠まわしにたしかめてみた。

「あなたが自分の寝床に入ったとき、それはあなたがぬけだしたままの状態だったの？」

「ええ、そのままでしたわ」

それから、わたしは浅野由理子に、彼女が十二時すぎから二時間、大広間にいたこと、そのあと部屋にもどったことをだれにも見とがめられなかったという事実をたしかめた。

浅野由理子をたずねた収穫に、わたしは心をはずませながら病院を出た。帰りの途中もかんがえつづけた。

あの晩、ほかの社員たちは各部屋に外出からおそく帰ってきたが、それもせいぜい十一時半ごろまでで、十二時をすぎると廊下に出てくる者もなかったのだ。ことに男子社員は女の部屋にはやはり遠慮するから、近づく者もなかったにちがいない。また、ほかの女子組と、橋本、浅野組とは、たがいの往来もなかったので、いわば、この間のいきさつは当事者の浅野由理子だけが知っていたわけだ。

橋本啓子は二時間もその部屋で何をやっていたのだろうか。

浅野由理子の言葉では、言外に田口欣作が彼女と入れかわって入ってきたのではないかとほのめかしている。もっとも、彼女にはその確認の方法がなかったようだ。もし、この想像があたっていれば、橋本啓子はだいたんなことをしたものだ。

そうなると、わたしにまた混乱がおきてくる。つまり、あの暗い場所で杉岡課長とあっていた女が、浅野由理子のあたらしい証言で性格がちがってきたからだ。

いったい、橋本啓子はどっちなのだ、といいたい。あの場所で課長とあっていたのは例の密告のためなのか、それとも最初にわたしがかんがえた通りのあいびきだったのか。

もし、後者の場合だと、橋本啓子は、一方に杉岡課長、一方に田口欣作と、二人の男をあやつっていたことになる。

しかし、これはいくらなんでも不自然だ。そこで、浅野由理子のいう田口と橋本啓子との関係を検討してみる必要ができてきた。

浅野由理子は、彼女の単純な観察で橋本啓子と田口との恋愛関係を想像しているが、はたしてそれは恋愛関係と想定していいだろうか。男女が人目をはばかってこっそりあったり、話をしたりすると、そんなふうに見るのは当然だが、田口と橋本啓子の場合は、もう少しべつな線でかんがえていいのではなかろうか。

つまり、浅野由理子は、自分が部屋を二時間ばかりおいだされたので、橋本啓子が田口をひき入れたと簡単に推定している。だが、彼女は、自分と入れかわって田口がその部屋に入ったという事実をその眼で見たわけではなかった。それは、わたしが質問したことに、「二時間後にもどったときも部屋の様子は出ていったときのままだった」という答えかたでもわかる。

つまり、浅野由理子は、その二時間、橋本啓子が田口を引き入れていっしょにいたようにかんがえているが、じっさいは橋本啓子がひとりでいたのではないか。ということは、もう一つうらをかんがえて、啓子がその二時間を部屋からぬけ出ていても、同室者にはわからなかったということになろう。

もし、それが計画的なら、橋本啓子は巧妙な方法で自分のアリバイをつくったとおもえる。まず、最年少の浅野由理子に、田口欣作が啓子の恋人らしい幻想をあたえておいて、さも自分の部屋に田口を引き入れたように錯覚をおこさせ、その部屋から外に出なかったという印象をもたせる。事実は、彼女もまたその部屋をあけてどこかに出かけていた、と想像することもできるのだ。

そして、浅野由理子が大広間からもどってくる時刻の前に啓子は部屋に帰り、蒲団にくるまってすぐにねた。それが、さも前からのつづきのように浅野由理子にはうつったのであろう。

ここまでかんがえると、ひとりになった橋本啓子の二時間の行動を研究しなければならない。

ところで、わたしはおもいだすのだが、杉岡課長が例の場所から帰ってきてからすぐに、東京に引きかえす、といって支度をしている事実だ。このときは両次長にだけこっそりとうちあけ、社員たちには、明日の朝てきとうにつたえておいてくれ、と命じている。

課長はその宿を歩いて出ている。両次長は課長の気持をさっして、特別に見送りにも立たなかった。その後の課長の行動はずっと不明のままなのである。

問題は、それから課長がのった車が、どう捜査してもうかんでこないことだった。もちろん、三島行きの電車もとっくにおわっている。

すると、これはどうかんがえたらいいだろう。課長ののった車が発見できないというのは、あるいはかれがそんな車を必要としない場所にいったということになろう。いいかえると、課長の目的地は旅館からきわめて近距離にあったといえないか。

すると、橋本啓子の二時間の行動も、杉岡課長のゆくさきを往復するに十分な時間であった。

わたしは、この推定によっていちおうの結論をくだす。――杉岡課長は、その晩すぐに東京にたったのではない。かれはわたしたちの泊まった宿のすぐ近くにいたのだ。だから、どのように当夜の車をさがしても、該当車が発見できなかったわけだ。

いったい、その場所はどこだろうか。そして、杉岡課長があくる日東京に帰ったとしたら、何時ごろ修善寺を出発したのだろうか。いうまでもなく、わたしたちがそれぞれの希望で各地をまわりながら帰京した日である。

このなぞの一部にふれている者は、もしかすると、田口欣作ひとりではあるまいか。あの男が例の場所にいって、わたしとかちあったのも、ただのぐうぜんの散歩ではなかったような気がする。

10

これまでにわかりかけたことを整理してみた。

浅野由理子によると、橋本啓子は庶務主任の田口欣作と特別な仲だったという。だれも気がつかないことだ。だれも、大阪からこちらに転勤したばかりの田口がそんなに早わざをしようとはおもいがけないからだ。

橋本啓子は美貌の点で、鈴木信子に競争意識をもっている。彼女はまた杉岡課長に同僚たちの動静を内報していた。

こうかんがえると、庶務主任としての田口と橋本啓子の性格は、どこか似かよったところがある。想像をめぐらせば、大阪からうつった田口は、課員のことならなんでも知っている橋本啓子に近づいて、彼女から情報をもらっていたのかもしれない。えてしてそういう立場にある女は、秘密なことほど他人《ひと》にしゃべりたくてならないのだ。つまりは自分だけが知っているという一種の優越感である。

口のうまい田口が、橋本啓子から部員の内情をききだした経緯は想像できそうだ。

また、田口としても、橋本啓子が課長にいろいろなことを「申しあげている」のを知っているわけだから、彼女を手なずけておけば課長の気受けもいいという計算がはたらいたのかもしれない。

そんな両人の間が恋愛関係にまで発展したのかもしれぬ。橋本啓子は自分の容姿に自信をもっている女だ。しかし、現在のところ、ほかに恋人はいないようである。そこで、大阪からうつってきたばかりの田口に多少の魅力があったのだろう。前からいる社員には、そのうらがわかっているから、彼女はあまり興味を感じなかったのだ。

この両人の関係を知っているのは浅野由理子だが、彼女は、そのために「口どめ料」として田口から夜勤料の水ましだとか、映画の招待券だとかをもらっている。

三月二十一日の夜、彼女は橋本啓子と宿では同室だったが、深夜に追いだされて二時間ばかり広間で仮眠をしたという。

彼女は、その間に田口欣作が橋本啓子のねている横にしのびこんだと想像しているらしいが、わたしにはべつのかんがえがある。つまり、橋本啓子は、その二時間の間ひとりだったのだ。

社員たちがそれぞれ何人かといっしょに同じ部屋にいたのに、彼女だけは二時間のあいだ単独だった。これはその行動の目撃者がひとりも無かったことを意味する。

このことは、杉岡課長がその晩すぐに東京にたったのではなく、わたしたちの泊まった宿の近くにいたのではないかという想像と結びつく。

橋本啓子が浅野由理子を部屋から追い出した時間と、杉岡課長が東京にもどるといって宿からこっそり出ていった時間とがほぼ同じだったことは、わたしの注目をひいた。

では、杉岡課長と橋本啓子とが何をやったというのだろうか。

橋本啓子の恋人が田口欣作だとすれば、彼女が杉岡課長と愛欲的な目的で、二時間の行動をしたとはおもわれない。杉岡課長にはほかに目的があったのだ。その行動の便利をたすけたのが橋本啓子ではなかろうか。

だから、この間の事情は田口欣作が知っているとおもう。どうも、あの男、わたしの目にはいやにチョロチョロしてうつる。

これを知るにはわたしに方法が一つある。田口欣作に近づいて、かれをそれとなしにさぐってみることだった。

しかし、このかんがえは捨てなければならなかった。調子のいい田口欣作が、わたしのような者に引っかかるとはおもえないからだ。ことに問題が重大なほど、かれの口はかたいにちがいない。うかつなさぐりを入れたら、かえってわたしが何をしらべているか田口欣作に気づかれてしまう。それではあとがたいそうやりにくい。わたしは、とうぶんの間、田口欣作と橋本啓子との様子を素知らぬ顔で注意するほかはなかった。

ところで、杉岡課長が死亡してからだいぶたつが、そのあとがまの人事はまだ決定しなかった。

順序からゆくと、両次長のうちどちらかが昇格するのだが、またべつな部課から横すべりもかんがえられる。今のところ、営業部長の兼任となっているが、もとより、暫定的な処置だった。

この課はそうとう重要なので、課長のイスをいつまでも空白にはしていられないはずだった。後任課長がきまらないのは、かえってその課が重要なためでもあり、また富崎と野村との均衡を上層部でかんがえているためかもしれない。

だが、どちらがなるにしても、課長後任問題が課員の中では最大の関心事だった。横すべりの場合はべつとして、もし、両次長のうちで昇格があると、あとはもちあがりとなってくるから、末端のほうも動かないとはかぎらない。主任になれる可能性のある社員もいる。ひとごとではないのだ。

部内ではいろいろな情報がみだれとんでいる。とうぜんの順序として野村次長の昇格をいう者があるかとおもうと、富崎次長の課長昇格説もある。富崎は野村の後輩だが、かれの昇格がいわれるのは、杉岡課長の直系だったからである。すでに課長の亡くなった現在でも主流派の余光が尾をひいているのだ。

田口欣作といえば、こういう場合、わたしたちの席にまできていろいろとささやくのだが、こんどは妙に口がかたかった。あいかわらずみんなにあいそがよくて大阪弁でかる口をたたくが、ことが課長の後任問題になると、さっと話題をかえるのだ。

わたしは、田口と橋本啓子とのその後の様子を注意していたが、ふたりの間がとくに親密というようには見られなかった。そういう仲なので他人の目を警戒しているのかもしれない。

浅野由理子はまだ休んでいる。橋本啓子は、そのぶんまで仕事をかぶって、たいへんにいそがしそうだった。

タイプの席を見ると、的場郁子はあいかわらず孤立したかっこうでタイプをたたいている。彼女はいつもいそがしそうだった。仕事を多くかかえていることが彼女のじまんである。彼女こそ、てっていした利己主義者なのであろう。

もっとも、仕事をやらないでぶらぶらしていたほうが利己的といえそうだが、的場郁子のばあいはそうでなく、なんでも自分のものにしておかなければ気がすまない性質なのであった。このことは彼女の孤立意識と無関係ではなさそうである。

的場郁子の、女の魅力のカケラも感じられない貧相な顔や骨ばった体つきは、わたしでさえ嫌悪感をいだく。

それにひきかえ、鈴木信子や、橋本啓子、池田素子などは、競争するようにますますおしゃれに念を入れている。彼女らは、たえず雑誌を熱心によんではあたらしい化粧法をとりいれているようだった。

若い社員たちは、何かといえばこの三人の女性のまわりにあつまってくる。とくに鈴木信子のところには多い。そんなとき彼女らのそばを通りかかる的場郁子の顔は、露骨なにくしみと皮肉にゆがんでいるのであった。

わたしは的場郁子にも不快をおぼえるが、鈴木信子にも反撥を感じる。橋本啓子にも反感をもつ。

鈴木信子に反撥を感じるのは、彼女の自負している美貌と、その出身学校のためである。彼女は、その両方とも鼻さきにぶらさげていた。

また橋本啓子に反感をもつのは、同じように彼女が自分の顔に自信をもっていることと、社員間の動静を課長に「申しあげて」いた隠密的行為が鼻もちならないからだ。

男の社員もそれを知っていて、なんとなく彼女には一目おいていた。彼女の前でうっかりたがいのうわさもできないのは、いつ、それが課長の耳につげ口となって入るかわからないからだ。男子社員もそういう彼女をにくみながら、眼の前では遠慮していた。

はじめのうちは、彼女が課長に内通していることをだれも知らなかった。わかったのは、なんとなくおかしいという現象がたびかさなってからだ。今日おこったことが、明日はもうちゃんと課長の耳に入っている。それは酒場での話だったり、電車の中のできごとだったりだが、そこにかならず橋本啓子がいたことに気がつく。課長は、いやに「下情」に通じていた。

橋本啓子は、みながそれに気づいたと知っても、かえっていなおったかっこうで、よけいに密告がろこつになっていったようだ。じょうだんにからかう者があると、彼女ははっきりと、課長さんにいいつけるわよ、といったものだ。

つぎに的場郁子だが、この女のみにくい顔を見ていると、わたしは嫌悪感でいっぱいになる。彼女のどはずれた吝嗇《りんしょく》、ひがみ、依怙地《いこじ》、嫉妬、意地わるにも、まるで拡大されたいやな自分がそこにあるようでたまらないのだ。

タイピストのあの女がただ一つ趣味にしているのは民芸品の蒐集《しゅうしゅう》である。それも都内の民芸品店をまわって、値段の安い物を買う。金のかからない、上品そうにみえる趣味である。いかにもあの女らしい。

わたしはおもう。的場郁子はおそらく、男だけではなく、同性からも好かれたことはなかったであろうと。赤ん坊のころ、彼女の家をおとずれた客は、彼女の両親のてまえ赤ん坊をほめたであろう。しかし、その言葉は、人が女の子に向かってよくいう、まあ、かわいらしい、とか、おきれいだ、などという言葉ではけっしてなかったであろう。お丈夫そうですね、とか、体格がりっぱだとか、そんな言葉であったにちがいない。

いったい、美とは何であるか。醜とはなんであろうか。

わたしは美に関するさまざまな本をよんだ。美学も、哲学も。……それから、いわゆる文化人のかいた教養書の中にもそれをさがした。

しかし、決定的にわたしの心をなっとくさせるものはなかった。

結局、どの本にも美醜の関係はきわめてまわりくどいあいまいな記述しかなかった。ひどい書になると、美を最上の価値におくと同時に、醜にたいしては精神的な宥《ゆう》和《わ》をこころみている。たぶん、著者は、読者の中に美しくない女のいることを意識したからかもしれない。言葉は最高に思想的であり、美学的であり、哲学的だが、ただよむ者は抽象的な言葉の迷路にふみこむだけであった。

結局、美にたいして醜は対立するものであり、美は幸福な雰囲気にとりまかれている。これにたいし、醜はたえず不幸な中に孤立し、自分自身からもつきはなされてうずくまっている、——としかおもえない。

ことに会社などという共同生活体の中では、女性における美の優位は決定的であり、醜の劣等も決定的である。

なかには、美の白痴をわらい、醜に理性によって克《か》とうとする女がないでもない。嗤《わら》うべき努力である。いかなる男性も「美」にたいしてはぜったいの信仰者であり、たとえすぐれた教養をもち、知識があっても、「醜」の蔑視はゆるぎようもないのだ。

現に、この小さな課内だけでも、見るがいい、的場郁子や、村瀬百代の横には、仕事いがい、だれも寄りつこうとしないではないか。

なるほど、わたしたちは会社を軽蔑している。そこはただ怠惰《たいだ》と無気力しか感じられない場所だ。このダレた空気の中に毎日出勤し、あてがわれた仕事をいやいやながら片づけ、月給をもらって帰ってゆく。毎日、毎年、同じことの連続だった。ぜったいにかわりようはない！　希望もよろこびもない。窒息しそうな生活だ。

しかし、その中でも美しい女は、ただそれだけでまだ希望がある。——

だから、そうでない者がつげ口をしたり、ひとの脚を引っぱったり、小さな意地わるをしたりするのをとがめてはならないのかもしれない。それは、この単調な中で息づまるような空気をすっている者にとってのわずかな酸素なのだ。……けれども、たとえみにくい女であっても、その女を愛してくれる者が絶対にいないとはいいきれないのではないだろうか。わたしはそれを信じたいと思う。……さて。

問題の野村次長も、いつもとかわりなく出勤している。

野村にしてみると、杉岡課長がいなくなって、ずっと気がかるくなったにちがいない。前は富崎と話すのに、なんとなく二人の間につめたい感情の対立がながれているようにおもわれた。杉岡課長はとくに富崎をかわいがっていたし、富崎も杉岡課長には腹心をもって任じていた。両人はただに仕事の上だけでなく、会社がひけてからもよく飲みに出かけていた。そんなときにとりのこされた野村次長は、自分の席でさびしそうにしていたものだ。

また、そんなふうに主流派の存在が露骨なまでにはっきりしていたころは、ほかの社員も富崎につとめて近づこうとしていた。それで野村は完全につめたい場所に置かれて、孤影悄然《こえいしょうぜん》といったところだった。

ところが、その課長がいなくなってからは、野村も富崎も前よりは非常に仲がよくなったようにみえる。たしかに野村はいきいきとしていた。後任課長がどちらに決定するにしても、そのことがきまらない今、かれにも心の余裕ができたのであろう。けれども、わたしには、つめたくあつかわれていたころの野村次長が、そのさびしさをおさえつけていた顔のほうが好きだった。そのほうが素敵だとおもう。

一方、富崎は、課長に死なれてそうとうなショックだったはずだが、そこはかれの性格で少しもその弱点を見せなかった。あいかわらずにぎやかにふるまっている。朝出勤すると大きな声で、お早う、といい、しばらくは昨日のできごとなど話してゲラゲラと笑う。野村にたいしてもまったく隔意ないようにみえた。

わが課内は平穏であった。しかし、そのさきに嵐を予想するようなしずけさともいえた。

富崎次長は、杉岡課長がいなくなってから出勤が早くなっていたが、一週間ほど前から、さらにかわった様子になった。

いぜんは課長よりもおそくやってきて、ややや あ、といいながらむとんじゃくにすわったものだが、このごろは定刻より二十分も早く出てくるようになった。まだ、わたしたち女子社員が机の上の掃除をおわらないうちだった。むろん、男子社員はひとりもきていない。

それがいかなる理由かは、やがてわかった。ある朝、富崎がやってきて鈴木信子に、

「きみ、トーストをつくりたいんだが、ここにトースターがあるかい？」

ときいた。そんなものはなかった。下の食堂は十一時にならないとあかない。

「それなら、お湯呑場にお魚をやく網がありますわ」

それは、だれかがもってきて、そのままほうってあるきたない網だった。

「それでもいい」

富崎は、食パンのつつみをかかえて湯呑場にいった。

「あら、次長さん、そんなんだったらわたしがしますわ」

橋本啓子は、いち早く富崎のパンをうけとって湯呑場にはしりこんだ。

わたしは、富崎が何かの都合でその朝早く朝食をとらずにきたのかとおもったが、それがその後もずっとつづいたのである。

なぜ、富崎は朝食をとらないのだろう？

おくれてきたのなら食事をとる間がなかったといえるが、定刻より早くくるのだから話がわからなかった。

だが、その事情はやがて知れた。富崎は奥さんを郷里に帰したのである。

「女房のやつが郷里《くに》に帰っていてね、もっか、ヤモメぐらしだよ」

富崎は、野村にそう話して笑っていた。

「ほう、どうして？」

野村がま向かいからきく。

「女房の親父が少しぐあいがわるいので、その看病に帰ったんだ。まったくやりきれない。……独身ものんびりしていいが、若いときとちがって、自分の飯の世話がたいぎになってこまるよ」

しかし、富崎次長の奥さんがそんな理由で実家に帰ったのでないことは、やがて、おもわぬ事故でわかった。


その日は、さいきん早くくる富崎次長が姿を見せなかった。十一時になってもかれは出勤してこない。

「富崎はん、どないしやはったんやろな？」

田口庶務主任は、かれの机にきて案じ顔だった。

「広石君。あんた、富崎はんが今日休むようなことをきかはったか？」

広石良作は計算係主任だが、内勤次長としての富崎の直轄下にある。

「いや、ぼく、何も知りませんよ」

そんなことを話しあってから一時間後だった。とうの富崎がいそぎ足にやってきた。今日は、いつになく笑い顔が見えない。

彼は野村次長のところにいくと、その耳に何かささやいた。

「えっ」

野村がどきりとして眼をむいた。

「君、それほんとうか？」

「二時間ばかり前に電報がきた。これから大いそぎで帰る」

「そりゃいそがないといけないな。……金がいるんだったら、会計にそういって、少しよぶんにもっていくがいいよ」

「ありがとう」

「だれかうちの者をやろうか？」

「いや、遠いし、いそがしいから、それは遠慮しよう。なに、向こうでは人手がそろっているから大丈夫だ」

「で、葬式は向こうでやるのか？」

「そういうことになろう。こちらでやるにしても、あんな家ではしかたがないし、向こうのほうが女房の里だからね」

そんな会話がわたしの耳に入った。

葬式？

話の様子では、富崎の妻が死んだらしかった。

その富崎は、自分の机にはすわらずに、横の広石良作のそばにゆき、仕事のことを小さい声でたのむと、こんどは庶務主任の田口欣作のところにいって、みじかい立ち話をしていた。田口もおどろいた顔をしている。

その話がすむと、富崎はまた大股で部屋を出ていった。

野村次長は、さっそく、イスから立って部長室へ消えた。どうやら富崎次長の妻の死亡を報告にいったらしい。

その野村次長が帰ってから、机の上で何か書いていたが、それはまもなく回覧板となってまわってきた。

「富崎次長夫人玲子さんが昨夜急死されました。夫人は一週間前から郷里の実家にお父さんの看護のため帰っておられたものです。病名は心筋梗塞《こうそく》だということです。なお、葬儀は郷里のほうで執り行なわれます。ここに謹しんで哀悼の意を表します。

みなは回覧板の下の余白に判こをおしたり、サインをしたりして、つぎつぎとまわした。

田口欣作が広石良作や橋本啓子のところにきて何かささやいていたが、わたしのそばにも足をはこんだ。

「三上はん、いま回覧がまわった通りだす。そんで、遺骨はこっちにもどらないということやし、富崎はんが東京をたつのを見おくりに、内勤の古い者だけ駅までいくことになりました。あんたもきなはれや」

「どこですか？」

「新宿駅だす。これからすぐにしたくをしてください」

見ると、野村次長も椅子から立って机の上を片づけている。

わたしたちは地下鉄で新宿までいった。近ごろは車より電車のほうがはやい。

「富崎さんの奥さんの郷里はどこですか？」

わたしはとなりにすわっている田口にきいた。

「山梨県の大月だす」

田口は、みじかく答えて、ポケットから新聞をとり出してよんでいた。

わたしのほかには、ま向かいに野村次長がすわり、広石良作がそのとなりで、こちらは橋本啓子、鈴木信子、和島好子だった。つまり、内勤係が全部だ。そのほか計算係の佐々木祥二や、若い男子社員が二人ほどきている。

新宿駅について、中央線の列車の出るホームにいった。十二時三十分発急行松本行きだった。もう列車は入っている。

富崎次長は中にのりこんで窓ぎわの席にいた。田口欣作が外から窓ガラスをたたくと、富崎はこちらに気づいて窓を半分あけて身体をのりだした。

「やあ、どうもすみませんな」

かれはホームに並んだわたしたちを見まわして頭をさげた。

「このたびは、どうも……」

と、わたしたちははじめてくやみをいった。

「いや、電報だけではさっぱり様子がわからんのでね、帰ることにしたんです」

「しかし、急なことでしたな」

と、広石がいう。

「まったくです。心筋梗塞だという電文だったが、そういわれてみると、心臓はあまり丈夫なほうではなかった」

富崎はそういう会話を野村や広石や田口欣作などとかわしていた。さすがに笑顔は見せなかったが、あんがいにその顔色は明るかった。もっとも、この富崎は、いままで一度もうれい顔といったものを見せたことがない。

発車にはあと五分ほどあった。

このとき同じ列車の中にすわっている顔見知りの人物を発見して、わたしははっとした。浅野由理子の病室をたずねたときあった由理子の母親だった。

その母親の席は少しはなれているので彼女はわたしの顔がわからないでいる。

そのうち、妙な光景がわたしの眼にうつった。

それは、浅野由理子の母親が富崎次長の横にちょろちょろときて、何かものをいいたそうにしていることだった。

おや、この母親は富崎を知っているのか。なるほど、浅野由理子は計算係だから、娘の上役としての富崎に母親は何かのときにあっているのかもしれない。それは、娘が日ごろせわになっているので、その挨拶をしたことがあって、富崎の顔をおぼえているのであろう。ふたりはぐうぜんにのりあわせたのだ。わたしはそうおもっていた。

しかし、富崎のほうでは浅野由理子の母親を見向きもしなかった。それはかれが気がつかないのではなく、母親がかれにものをいいたそうにしているのを知っていながら、わざと気づかぬふりをしているようにおもえた。富崎は浅野由理子の母親が近くにくるのをめいわくそうにしている様子があった。

ほかの者はそれに気づいていない。その女が浅野由理子の母親であることを知っているのは、わたしだけらしかった。

見ていると、その母親は富崎に制せられたようなかっこうで、また自分の席へもどった。だが、まだ気がかりなふうにそこから富崎のほうばかり見ている。

それはふつうの顔見知りていどではなく、もっとしたしい、たとえば、家族か姻戚関係をおもわせる間がらのようだった。

富崎は由理子の母親のほうは、てんで見ようともしない。もっぱら見送っているわたしたちのほうにばかり顔を向けて話をしている。カンぐると、かれは浅野由理子の母親の存在を、なるべくわたしたちに知らせまいとしているようでもあった。

妙なことがあるものだ。わたしはふしぎなおもいで立っていると、やがて発車のベルがなった。

列車が動きだした。すると、由理子の母親はいよいよ落ちつかなくなって、また通路を富崎のほうに歩いて近づこうとしている。だが、富崎に遠慮してか、そのそばにくることができない様子でいた。

列車はたちまち線路の向こうにきえた。みなは跨線橋《こせんきょう》の階段をあがったが、わたしの胸は妙にとけないなぞをかかえこんでいた。

社に帰ると、すぐに人事課にいった。見送りから帰った連中は食事前だったので食堂へいっていた。

人事課にはわたしといっしょに入った女の子がいるので、彼女に、

「ねえ、うちの浅野由理子さんの保証人はどなただか教えてくださらない？」

とたのんだ。

「ええ、いいわ」

社員たちの身上調査書はぜったいに教えないことになっている。人事課のファイルには、社員たちの戸籍謄本や履歴書はもとより、身元を知るのに必要なあらゆる書類がつづりこまれている。給料も、昇給年月もひと目でわかるようになっていた。むろん、係以外にはぜったいに極秘だ。

それでも「同期生」の心やすさで、そのファイルの内容こそ見せてくれなかったが、わたしのたのんだことを教えてくれた。

「浅野由理子さんの保証人は、杉岡久一郎さんになっているわ。つまり、亡くなった

あなたの課の課長さんよ」

「へぇえ」

わたしはびっくりした。そんなことは今までついぞきいたこともなかったのだ。浅野由理子は一度も口にしなかったことだ。

「それで、課長さんと浅野さんとの続柄はどうなってるの?」

保証人は社員との関係を明記しているはずだ。

「続柄は、本人の母の知人となってるわ」

浅野由理子には父親がいなかったのである。

「ありがとう」

わたしはそれだけきいて席に帰った。

杉岡課長は浅野由理子の母親の知人だった。あの列車の中で富崎次長にものをいいたそうにしてうろうろしていた由理子の母親の姿がまた眼にうかんだ。

その日、わたしは社の帰りに浅野由理子の母親の病室をたずねてみようかとおもったが、それはまだ早いような気がして中止した。

——その翌日だった。社内に妙なうわさがながれた。

富崎次長の奥さんの死因は心筋梗塞ではなく、さいきんノイローゼがこうじていて不眠症となり、そのための睡眠薬の飲みすぎだというのだった。なぜ、そのことがうわさになってながれたかというと、奥さんの実家のある大月の警察署から、会社あてに問いあわせがきたらしい。つまり、睡眠薬の飲みすぎは、自然死ではなく事故死あつかいとなるから、地元署では念のため東京における富崎の家庭のことを問いあわせてきたのであろう。

睡眠薬の飲みすぎ。――

わたしはかんがえた。それは奥さんが富崎の家で死んだのではなく、実家に帰って死亡したからだろう。しかも、奥さんは父親の看病というめいもくで実家に帰って四、五日して死亡している。このへんに何かかくされた事情が伏在していないか。

もし、奥さんが睡眠薬の飲みすぎでなく、自殺だったとしたらどうだろうか。

そうすると、彼女が実家に帰った事情も、事実は富崎と別居するためだったかもしれない。父親の看病のためというのは、富崎の口から出たたんなる口実だけではないのか。

富崎の奥さんは、わたしもいつか一度だけ見たことがある。それは奥さんが社に夫の富崎をたずねてきたときだが、ぐうぜん、わたしが受付を通りかかって、富崎次長にそれを知らせたことがあった。

そのとき、奥さんからたいそうていねいな挨拶をうけたが、なかなか豊満な体格の、きれいな女《ひと》だった。人なかにいても目立つような顔だとおもった。そのときの着物からかなり派手ごのみの人のようにおもえた。やはり派手な性格の富崎とは似合いの夫婦であった。

わたしは、杉岡未亡人をたずねることをおもいついた。

未亡人とはお通夜や告別式であっただけだが、亡くなった主人の部下なのだから、ことわられることはないだろうとおもった。

11

わたしは、会社の帰りに杉岡課長の家を訪問した。告別式のときいらいだった。

未亡人は家にいた。玄関に入ったわたしをけげんそうに見ている。むりもない。夫の旧部下といっても、課長の生前にきたことはないし、この前の告別式でも女子社員は多勢だったから、未亡人の記憶にあるはずはなかった。

わたしは買ってきた花を差しだし、故杉岡課長の霊前にお線香をあげたい、といった。

「まあ、それはようこそ。……わざわざおそれいります」

未亡人は、その面長なやせた顔に笑みをうかべて、上に招じてくれた。的場郁子と金銭のことでヒステリックにやりあった女性とはおもえないやさしさだった。

わたしは小さな仏壇の前に線香を立て手を合わせた。ま新しい位牌が仏壇の正面にあった。

「まあ、ごていねいにおそれいります」

横にすわっていた未亡人が礼をいってくれた。きっとわたしの合掌が長かったからにちがいない。ひとより念を入れて拝んでいたのだ。

小さな応接間に場所をうつされて、そこで紅茶や果物などが出た。

未亡人は、わたしがどんな仕事をしているかなどときいたりした。まんざらただの挨拶ともおもえない。亡き主人がつとめていた会社をなつかしむかのようだった。かつては彼女の夫が元気だったころ、社内のいろいろな話を、きっとこの妻はきかされていたにちがいない。

そのうち、未亡人が課の様子をききたがっているのは、もしかすると、的場郁子のことに話をもってゆくためではないかと気づいた。夫の借金をせめたてられている未亡人は、的場郁子が敵であった。わたしの口から社内における彼女の様子や動作などをききたいのかもしれない。

だが、わたしはその前に浅野由理子のことを未亡人にきかねばならなかった。

ちょうど、計算係のことが話になったので、

「奥さまは、計算係の中に浅野由理子さんという人がいるのをごぞんじですか？」

とたずねた。

「いいえ」

夫人は首をふったが、ふしぎそうな顔をしている。

「わたしたちの課の中ではいちばん若い女性ですわ。そうそう、富崎次長さんの部下にあたります」

「いいえ、浅野さんという方はぞんじあげませんわ。……なぜ、そんなことをおききになりますの？」

わたしは、よほど人事課の書類で、杉岡課長が彼女の保証人になっている記載のことを口に出そうかとおもった。本人との続柄には課長は知人となっているのである。

杉岡課長が浅野由理子の知人関係なら、この未亡人もとうぜん彼女を知っていなければならない。

「この前、こちらの告別式にわたくしたちといっしょにまいりましたから、もしかす

ると、奥さまはおぼえていらっしゃるんじゃないかとおもいましたの」

わたしは、人事課のファイルの件についてはいわなかった。

だが、未亡人が彼女を知らなくとも、わたしは意外な感じはしなかった。むしろ、その返事がとうぜんのようにおもえた。

未亡人はわたしのもちだした話題には興味がないらしく、とうとう彼女のほうから的場郁子の名前を出した。

「的場さんはどうしています？」

「はい、毎日、社にきてらして、いっしょうけんめいにタイプを打っていらっしゃいますわ」

「あのかたは仕事ができるんですか？」

「ええ、仕事のほうはがんばりやです」

「そのかわり、お金のほうはがっちりとしてるんですってね？」

未亡人は眼をかがやかしてきく。わたしの口から的場郁子の欠点が出るのをまちかまえている眼だった。

「わたくしは会社のある人からきいたんですが、的場さんはお昼の食事でもすごく倹約なさるんですって？」

未亡人は話の引きだしにかかった。

「ええ、そりゃ会社では有名ですから」

だれがいったのか、的場郁子の吝嗇《りんしょく》を未亡人はじつによく知っていた。彼女は、話をしながら自分でこうふんしてきた。

「あんな女の人ってありませんわね。第一、そんな倹約をしてお金をためて、上役のわたしの主人に高利で貸したなんて、もってのほかですわ」

彼女はひとりではらをたてていった。

「主人が死んでから、そのお金をやいのやいのといって、わたしに催促するんです。わたしだって主人の退職金はもらいましたが、ごぞんじのような主人の性格ですから、会社には借金がございました。それを天引きされているものですから、ほんのわずかしか手に入りませんでしたわ。そんな事情を申しあげても、的場さんはいっこうにきき入れないんです。わたしがまるでその金をはらわないみたいなものすごい剣幕です」

話にはきいていたが、直接本人から話されると興味はあたらしくなった。

「見るに見かねて富崎さんが仲に入ったんですけれどね、彼女、いっこうにきかないんです。……もう、はらがたってはらがたって、ほんとに、あの女のことをかんがえると頭にきます」

　やはり富崎はこの未亡人のたのみで的場郁子を説得していたのだ。わたしはいつか銀座のレストランで見たふたりの姿をおもいだした。富崎は彼女をわざわざご馳走している。が、的場郁子の向こう意気のつよさに不成功だったらしい。

「わたしはね、主人を殺したのは的場さんではないかとおもいますわ」

　未亡人はとつぜんいった。

「まあ、どうしてですの？」

　わたしもおどろいた。

「だってそうじゃありませんか。……あの人は主人に貸したお金が回収できないとおもいこんでいたのです。上役だから、うるさく請求もできないし、主人が生きてる間はとりたてがむずかしいとかんがえたのでしょう。いっそのこと主人が死んでしまえば、退職金はわたくしの手に入るし、それをめあてに主人を殺したのだとおもいますわ」

　未亡人の顔はあおざめ、唇がふるえていた。眼もつりあがっている。ものすごいヒステリーだった。

　彼女の論理はむろんおかしい。そんなことで的場郁子が課長を殺すはずはない。だが、未亡人は本気でそれを信じているらしかった。

それにしてもこの未亡人は、亡き夫に愛人がいたらしいことを知っているだろうか。

もし、知っていたとすれば、なかなか興味あることだった。しかし、それを正面きってきくわけにはいかない。

わたしは富崎次長の妻が死んだことをもちだすことにした。

杉岡未亡人もそれは知っていた。きっと富崎が電話ででも知らせたにちがいない。

「富崎さんは、ほんとにお気の毒でしたわ」

と、未亡人はいった。

「あの奥さんはわたしもよくぞんじあげていますが、とても明るい性格で、いいかたでしたわ。心筋梗塞で亡くなられるなんて、あんな元気なひとがとおもうくらいですわ。人間の命ってわからないものですね」

未亡人は、富崎夫人が睡眠薬の飲みすぎで事故死したといううわさをまだきいていないようである。

「奥さまは、富崎さんの奥さまとしたしくしていらっしゃいましたか？」

富崎は、杉岡課長の腹心だったから、夫人同士も仲がよかったはずだ、というのがわたしの推察だった。

「ええ、とてもしたしくおつき合いしていました」

はたして未亡人はいった。

「富崎さんの奥さんは、始終わたしの家にあそびに見えていましたわ。きょうだいのようによくしてくれました。お料理やお掃除のてつだいをしてくれたりしましたわ」

勤め人の家庭では、よくあることだった。課長と次長という、いわば主従関係ががいの家庭の中にもちこまれて、部下の女房は上役の女房の女中そっくりの関係になる。つまり、富崎次長は夫婦ぐるみ杉岡課長に奉仕していたのである。

杉岡が富崎へただならぬ信頼をよせていたのも、このような妻たちの関係が大いにものをいっているとおもうのだ。

「どうも、お邪魔いたしました」

わたしは未亡人に挨拶した。

「またきてくださいね。主人もきっとよろこぶとおもいますわ」

未亡人は、課の中でわたしひとりが仏壇にお線香をあげにきたことをよろこんでくれた。この未亡人は、感情の変化が刻々にうつりかわるタイプのようだった。さきほどのヒステリックな表情はいつのまにか消えている。

わたしは、的場郁子が貸金を請求する以外に、何かの目的があってこの家をおとずれるのではないか、とふっと感じた。

「では、またうかがわせていただきます」

じっさい、この家にはもう一、二回くることがあるかもしれなかった。

翌日会社に出てみると、田口欣作はいなかった。かれは課を代表して富崎次長夫人の弔問に大月まで出かけたということだった。

課長がいれば、野村次長がいくところだろうが、欠員になっているので、野村次長は田口に命じたらしい。

なぞの中のうわさは、あいかわらず、富崎夫人の死因が睡眠薬の飲みすぎということになっている。

前からぼんやりと想像していたことがしだいにかたまってきた感じだ。富崎の妻は自殺にちがいない。

睡眠薬の飲みすぎというのは、たしかに過失といえる。だが、それは死人の言葉をきかなければわからないではないか。日ごろから睡眠薬を服用していて、しだいにその量がますというのはよくあることだ。だから、飲みすぎによって死を引きおこした例は多い。

ないか。

しかし、これとてもじっさいはその中の何分の一かは自殺がふくまれているのではないか。

わたしは富崎の妻が東京で死んだのではなく、実家に帰って死んだことに疑問をもっている。もっとも、富崎は実家に所用があって妻を帰らせたといっていたが、どうもすっきりとしない感じだ。それに杉岡未亡人の言葉からおもいあわせても、ふだんから不眠症だったようではない。

これを自殺とすれば、なんとなくわかるような気がする。つまり、富崎の妻が実家に帰ったのは別居の意味があったのではないか。別居の原因がその妻の服毒自殺に発展したとなれば、いちおうの解釈はつくのだ。

では、なぜ、富崎の妻は自殺したか。

これはすぐにはわからない。未亡人は富崎の妻をひどくほめていた。彼女とはきょうだいみたいなつき合いだともいっていた。事実、富崎の妻が課長夫人のところに女中のように料理や掃除のてつだいにいけば、夫人に気に入られるのはとうぜんである。

富崎の妻がそのような奉仕行為に出たのは、もちろん、夫である富崎の出世のためをおもったからにちがいない。してみると、彼女は案外内助型だったともいえる。それが別居しなければならない理由はなんだろう。もし、富崎と、その妻との間に別居するような原因が生じたなら、富崎の妻は杉岡課長夫人にそのことをつげる可能性はある。そこまでしたしくしていれば、うちあけたとおもう。

ところが、未亡人は、富崎の妻についての話の中で、そんなことはけぶりにも出さなかった。いい人だとほめるだけだった。

それに未亡人は、例の的場郁子からの借金のことでも、富崎次長を仲介に立てたくらいだから、夫の死後も富崎を今まで通り信頼していたことになる。このへんの話がどうもわからない。

もっとも、そのことがわからないのは、富崎夫人の死を自殺と前提した上でのことだ。もし、うわさ通りに睡眠薬の飲みすぎだったら、わたしの疑惑は空中楼閣ということになる。

その日の午後、ちょっとした仕事のひまがあった。

わたしは都庁にいった。社から歩いてもたいしたことはない距離だ。お茶をのみに外へ出たということにすればなんでもなかった。

都庁の中に入って、わたしがいったのは土木局であった。

窓口にいる人に、わたしはこんなことをきいた。

「いま、都内で土をほっている工事は、どことどこだかわかりますでしょうか？」

「なんですって？」

と、窓口の応対に出た若い職員はいった。

「それは道路工事のことですか？」

「いいえ、もっと大きな工事です。たとえば、崖をけずるとか、あたらしく道路をつくるために山をくずすとか、そんなふうにたくさんな土がほりだされている現場です」

「さあ、それは急にはいえませんね。たくさんありますから」

「すみませんが、その地名を教えていただけませんでしょうか？」

「待ってください」

職員は奥に引っこんだが、すぐにあらわれた。

「そういう工事で今やってるところは、旧市内だと地下鉄か高速道路の建設ですが、ほりだされた土がどうかしたんですか」

「それは赤土でしょうか？」

職員はへんな顔をした。

「ええ、赤土が多いですね。このへんはほとんど赤土ですよ」

「それから……、たとえば、郊外の都営住宅などの盛土をはこんでくるのはどのへんからですか」

「ああ、それはなるべく現場に近いところから運搬しています」

「その土をかんたんにとってゆくことはできるでしょうか？」

「なんですって？　どういう意味ですか？」

と、職員はわたしの顔を見つめた。

「土の切りくずし工事は、たぶん、昼間だとおもうんです。ですから、その土を夜間にぬすんでトラックなどにつんでいってもわからないか、という意味ですわ」

「そうですな」

職員は、奇妙な質問とおもったようだったが、それでも答えてくれた。

「道路の補修や水道工事などとちがって、そんな土ほりは夜間などやらないから、もっていかれてもわからないでしょうね」

「見はりとか、そういう夜の警戒の詰所などはないのですか？」

「そんなものは必要ありませんよ。土をけずりとるだけですからね」

こんな問答をしているときに、さきほどからその職員と並んで仕事をしていた男がいっしょに首を出した。

「お嬢さん、いったい、どういうわけでそんなことをきくんですか？」

と、わたしの顔をおもしろそうにのぞきこんだ。

「ちょっと必要があっておたずねしたんです」

「そうですか。なんだか知らないが、昨日もあんたとおなじことをききにきた人がいましたよ。だから、何ごとだろうとおもったんです」

「えっ、昨日ですって？」

わたしははっとした。すぐに的場郁子の顔がうかんだ。

「それはどんな人でしたか？」

「なんだかオールドミスみたいな感じでしたね。四十ぐらいの、やせて背の高い人でした」

「額が広くて、顴骨《ほおぼね》のはったような感じの人ではなかったですか？」

「そうそう、あんたのいう通りですよ。……おや、あんたはその人を知ってるんですか？」

「ええ」

「お友だちですか？」

「いいえ。でも、だいたい、けんとうがつくんです」

「へんだな。何をやってるんですか？」

わたしはてきとうに返事をごまかして都庁を出たが、またしても的場郁子がわたしと同じ方向を歩いていることをおもいしらされた。——

社にもどってみると、その的場郁子は、例のちぢれ毛頭を動かしてしきりとタイプを打っている。わたしは、この奇妙な女が今度ほどりこうに見えたことはなかった。

ここまでわたしも調査してきたが、わたしにはぼんやりと、一つのすじができかかっている。もう少しのがんばりだった。あともう一歩で杉岡課長が殺された理由や、犯人らしい幻影がうかんでくる。

わたしはそろそろ仕上げをいそがねばならない。

その第一歩は橋本啓子とあうことだった。

それは決心とよぶにふさわしい自分の気持だった。これまで、橋本啓子とは今度の事件について、なるべく話しあわないできた。これまではそれをわざとさけていたのだ。橋本啓子と話すには、そうとうなデータをもってからでないと効果がうすいとおもったからだ。

「橋本さん」

と、わたしは退社時刻がせまったころにいった。

「あなた、会社が退《ひ》けてから予定があるの？」

めったにそんなことを話しかけないわたしにいわれて、彼女はびっくりしたように眼を大きくひらいた。

「べつにないわ。どうして？」

「なかったら、あなたとお茶をのみたいのよ」

「何かお話があるの？」

早くも彼女は何ごとかをさっしたらしい。もっとも、わたしが彼女とふたりだけでお茶をのむことはなかったから、ふしぎにおもわれたかもしれない。

「ええ、ちょっと、あなたとだべりたいの。三十分間だけでいいわ」

「ええ、いいわ。どこで？」

「有楽町あたりの喫茶店ではどう？」

「けっこうよ」

彼女は承知して、そのまま帳簿に記入をつづけていたが、その姿勢は明らかにわたしの用事がなんであるかをかんがえていた。

約束通りの六時半、有楽町のある喫茶店の二階で橋本啓子と向かいあってすわった。ほかの席もこのあたりのOLらしい二人づれ三人づれが多い。

「なんになさる？」

と、わたしは彼女のお菓子の好みをきいたりした。自分ながらサービスにつとめた。

「ねえ、お話って何よ？」

コーヒーをのみながら、橋本啓子のほうから催促した。やはりわたしの呼びだしが気にかかるのだ。

「ほかではないけれど、杉岡課長さんのことよ」

「そう」

橋本啓子はおどろきもしなかった。用事がそのことだと知っている。

「課長さんがだれに殺されたかわからない今、こんなことをあなたにきくのはどうかとおもうけれど、だれにもしゃべらないから、わたしだけにいってね」

「なんのこと」

彼女はとぼけたような顔できぎかえした。しかし、ゴクリと咽喉につばをのみこんだ。

「わたしたちが修善寺についた晩、つまり、土曜日の晩だわね。あの夜、宴会がすんで、わたしは修禅寺のお寺の前を通って、そのさきまで散歩にいったのよ」

「…………」

　橋本啓子はまばたきもせずにわたしを見ている。

「そのとき、わたしは杉岡課長さんが女の人と立ち話をしていたのを見たわ。ずいぶんさびしいとこだったの。それに宿からそうとうはなれているし、こんなところに課長さんがいるとはおもわなかったから、びっくりしてしばらく見ていたの」

「へええ」

　と、彼女は平然としていた。

「その女の人をよく見たら、橋本さん、あなただったわ」

「わたくし？」

　橋本啓子の眼がせせらわらっているようにみえた。

「じょうだんじゃないわ。わたくしが、そんなところにゆくもんですか。あなたの見まちがいでしょ」

「そう」

　予期した返事なので、そうきいても意外ではなかった。わたしはカマをかけただけなのだ。

「わたしは自分の眼をわりと信用してるんだけどね。まちがいなら、それでもいいわ」

「あなたは、そんなことをいいに、わたくしをここによんだの？」

橋本啓子は、きっとなって反問した。

「そうでもないけれど、わたしはあんまりふしぎだから、きいてみたのよ」

「何がふしぎなの？」

「やはり、その晩だったわ。わたしね、あなたが庶務の田口さんとたったふたりだけでいるところを見たわ」

「え？」

こんどは、彼女はほんとうにびっくりした。

12

わたしはじつはカマをかけたのだ。田口と橋本啓子とが歩いていたことなど見てもいない。ただ、浅野由理子の言葉で、ふたりの仲がたいそうよかったことと、田口がわたしとわかれて、ひとりでにぎやかな通りの方に歩きさった事実とをむすびあわせただけであった。

橋本啓子は、わたしがあまりに自信のあるいいかたをしたので、急にそれを否定する余裕がないようだった。その表情からしてどぎまぎしている。おもいなしか彼女の頬が急にあからんだように見えた。

「そう、わたくしは、たしかに、田口さんとは歩いたわ」

と、彼女はいつものくせで、反撥に出る口調になった。

「でも、それは宿からいっしょに出たんじゃないわ。修善寺の街を歩いているとき、ぐうぜんにいっしょになって帰ったまでだわ」

彼女はあたかも、わたしが町を歩いているかれらの姿を目撃したように早がてんしているのだった。

「そう。わたしは、また、あなたがたがふたりで、みやげ物屋などを見てらしたから、そうおもってたの」

わたしは彼女のそのひとり合点に便乗した。

「そうよ。ふたりでみやげ物屋のウインドーを見ていたわ。でも、へんなカングリはしないでよ。ぐうぜんに途中であっただけだから」

「べつに妙な眼で見たわけじゃないわ。おふたりがこんなところを歩いていらっしゃるとおもっただけだわ」

「そんなら遠慮しないで声をかけてくだされぱよかったのに」

と、彼女はちょっと皮肉にいった。

「でも、なんだかわるいような気がしたから」

「へんなかたね。……田口さんとあったのは、わたくしがひとりで町をぶらぶらしてるときだわ。ちょうど、宿に帰ろうとおもって引きかえすとき、ひょっこり向こうからくる田口さんと出あったの」

彼女の話をきいて、わたしは、おや、とおもった。

それは彼女のつくり話ではないからだ。たしかにわたしは例の空地からもどるとき田口といっしょになったが、彼は橋のところでわかれて明るい街のほうに歩きさった。その途中で出あったというなら、彼女のその言葉にはうそはないわけである。

そうなると、田口にあわない前に彼女がひとりで街を散歩していたというのは真実なのだ。

それでは空地で杉岡課長と密談していたのはだれだろうか。橋本啓子の言葉がほんとうだとすると、あれはべつの女のかげということになる。

宿の着物を着ていたことがこの場合の判別を困難にさせていた。ふつうだと、女の着ている服装で遠くからでも本人の識別がつく。だが、宿の着物という服装の無性格さが、他人の判断をあいまいにしているのだ。

わたしは橋本啓子の話から、これまでの推定がかなりくるったことを知った。

「では、あなたは宿を何時ごろに出かけられたの？　じつはわたしもあなたをおさそいして出たかったんだけれど、姿が見えなかったわ」

「大広間の宴会がすまないうちにこっそりとひとりで出たのよ」

と、彼女は答えた。

「お酒を男性たちに飲まされて少しくるしくなったので、外の風にあたりたくなったの。そしたら少し気分がよくなったので、ぶらぶらと町のほうにいったんだわ。田口さんにあったのはその帰りで、橋のところからやく百メートルぐらいの距離だったわ」

わたしはその百メートルまでの歩行時間を計算した。すると、彼女が田口欣作にあったのは、わたしが田口とわかれて宿の玄関に入るか入らないかの時間にあたる。

「田口さんとなら、さぞ話がおもしろかったでしょうね？」

広場の女のかげが橋本啓子でなかったら、それを目撃した田口が、あるいはそのことを彼女に話したかもしれないとおもったからである。たとえば、いま、おもしろいものを見てきましてん、と例の田口の軽口でいったかもわからない。かれにとってはわたしと同様、あの目撃がかなりな刺戟にちがいないからだ。

「なんだか知らないけれど、田口さんはあんまりしゃべらなかったわ」

橋本啓子は自分の身の潔白を証明したいのか、はきはきした口調でいった。

「そう。……あの人は会社にいると、ひまなときにはよく雑談をしにひとの机のところにもくるから、旅さきの気やすさで、うきうきしていたんじゃないかとおもったんだけれど」

「そうでもなかったわ。わたくしにあったとき、かえってへんな顔をしていたんですもの」

「へんな顔？」

「橋の手前でばったりあったとき、なんだかびっくりしたようにわたくしの顔をじろじろながめていたわ」

それは、おそらく、田口欣作もあの場所での課長のあいてが橋本啓子だとばかりおもいこんでいたからではなかろうか。それが当人に出あって、案に相違したのでびっくりしたのではあるまいか。

そうなると、田口欣作が無口だったという理由もわかる。田口も、課長のあいてはだれだろう？　と思案していたのにちがいない。

「田口さんは、そのとき、あなたに何かきかなかったの？」

「そうね」

橋本啓子はちょっとかんがえた。

「あなたと同じようなことをきいたわ。わたくしがいつ宿を出たかって。そして、だれかつれがいたのかときいたわ」

やはりそうだった。田口の質問の意がわたしには手にとるようにわかった。

ここでわたしは、浅野由理子からきいた話を橋本啓子にたしかめてみたい気持がうごいた。

由理子の話によれば、宿に帰った啓子は彼女に二時間ばかり同室の部屋をあけさせたというのだ。だが、これはさすがに正面きってきけなかった。その留守の間に啓子が田口欣作を引きいれたのではないかとおもえるからだ。

これが事実なら、橋本啓子が素直に答えるはずはない。これはあとでしらべてみるよりしかたがなかった。

「あなたが田口さんと話したとき、田口さんから、かわった話をきかなかったの？」

これは、田口の目撃談が多少ともなされたのではないかという想像できいてみたのである。

「いいえ。……なんだかいつもの田口さんとちがって無口だったから、おもしろくなかったわ。やっぱり、あの人は会社にいたほうがおもしろいわね」

田口がだまってかんがえこんでいる様子が眼に見えるようだった。

「あなたはそのとき、わたくしたちを見たんでしょうけれど、へんなふうにおもっていただきたくないわ」

橋本啓子は多少やっきとなっていた。

「宿に帰ってから、田口さんとは玄関さきでわかれたのよ。わたくしが部屋に帰ると、相部屋の浅野由理子さんはねていたわ」

由理子の話では、それから橋本啓子が、二時間ほど外に出ていってくれとたのんだというのである。

「あなたもそれからすぐにねたの？」

「ええ、そうよ」

この、ええ、そうよ、という答えかたには、これまでになく多少のためらいがみられた。おもいなしか、瞬間、彼女の表情も多少うろたえたようにみえた。

浅野由理子の言葉はうそではなかった。やはり彼女は二時間ほど由理子を外に出している。

わたしは彼女の表情からそう確信した。

とにかく、橋本啓子にあったのはむだではなかった。課長がしのびあっていたのは橋本啓子ではなかったこと、ならびに啓子が部屋にもどってから、二時間ほどを独占したという由理子のいいぶんがほんとうだったことを、たしかめられたからである。


あくる朝だった。

わたしが出勤すると同時に、P大理学部の山根修一から電話がかかってきた。

「三上さん、今日はお昼にでもちょっとお目にかかれませんか？」

山根にはこの前から現場の土の鑑定でせわになっている。

「けっこうですわ。でも、どんな用事でしょう？」

「例の土のことですよ。あれから新発見がありましてね。それをお知らせしようともうんです」

「まあ」

新発見とは意外だった。山根は何を知らせようというのか。わたしはもちろん承諾した。

約束した場所は御茶《おちゃ》ノ水《みず》駅のちかくだった。ここだと両方のつとめさきの中間にあたる。

　喫茶店の窓のすぐ下の谷間を電車が走っている。聖橋《ひじりばし》の向こうに、木立にかこまれた聖堂の青銅色の屋根が荘重にのぞいていた。

　山根は、わたしのこの前の礼をうけて頭をかいた。

「いや、とんだ失敗をしましたよ。あの後、土を精密に検査したら、だいたいの出所がわかったんです」

「あら、それは失敗どころかたいへんありがたいお話ですわ。……やっぱり都内のどこかの谷でしょうか？」

　わたしはこの前の山根の説明をおぼえている。

(輝石《きせき》の多い不揃いな粒子の赤色の土は伊豆地方に多く見られる)

(円味のある、粒の揃った、斜長石を含んだ暗褐色の土壌は東京付近の谷間に多く見られる。この谷間は往時の渓流と推定されるから、この土壌が火山灰の水底沈積物であったことを有力に思惟《しい》させる)

　つまり、杉岡課長の遺体が伊豆の現場でうめられていた堆土の中に、この二種類の土があったわけだ。もとより、伊豆地方に多く見られるという土壌があの現場のほんらいのもので、斜長石をふくんだ暗褐色の土壌はそれとは異質な東京付近の谷間のものである。

山根はどうやらそれを訂正するらしい。

「いや、それがこちらのおもいちがいでしたよ」

と、山根はちょっとぐあいのわるそうな笑みをうかべて、

「どうも気になるので、もう少しくわしくやってみたんです。というのは、ばくぜんと都内の谷間といってもあなたも見当のつけようがないでしょうから、もう少し特徴を検出しようとおもったんですね。たとえば、都内でも中野区江古田《えごた》付近は特殊な土の成分をもっています。このへんは泥炭層といって地質学上有名ですからね。そんなものがほかの土地にも特徴的にないかとおもってみたんですよ」

わたしは山根の熱心にうたれた。これほどまで親身になってくれようとはおもわなかった。もとより、それはわたしへの好意ではなく、かれの学究的な熱意からであろう。

「するとですね、その中にかすかではあるが植物の繊維を顕微鏡検査で発見したんです」

「繊維といいますと、加工されたものですか？」

「いいや、そうではなくて、自然のままの腐蝕したものですね。つまり、しぜんの樹

がそのまま腐土の中にふくまれて、繊維質だけがのこっているわけです。これはなにもめずらしいことではなく、さきほど申しあげた江古田泥炭層の中にも針葉樹の繊維があることが特徴です。ところが、ぼくが見た植物繊維は東京都内にはあまりなく、秩父地方に特色のあるものです」

「秩父地方？」

わたしはあきれて山根の顔を見た。

「それも奥秩父のほうですね。ちょうど研究室にその地方から採集した土壌、つまりローム層とよばれる赤土がありますが、それと比較してみたんです。そしてまったく同質だったことを発見しましたよ」

「それはまちがいないですか？」

わたしが念をおしたのは、この結果がわたしの推定した線とひどくそれているからだった。

「いや」

と、山根は眼を細めた。

「あなたがひじょうに熱心に質問されているので、前の失敗をくりかえしては申しわけないとおもいましてね、この点は十分念を入れてしらべました。もうまちがいありませんよ。自信があります」

　わたしは落胆した。いや、この報告でことがふくざつになってきたのだ。わたしははじめから自分の推測を構成しなおさなければならなくなる。

「その土が秩父地方のものだといけないんですか？」

　山根はわたしの悄然《しょうぜん》とした様子を見て気がかりげにきいた。

「いいえ、そういうわけではありませんけれど、ただ、あの土が東京の谷間のものだとばかりおもっておりましたから」

「申しわけありません」

「いいえ、どういたしまして。でも、それが早くわかってよかったとおもいますわ。まちがった道をすすんでいくと、とりかえしのつかないことになりますから。その道の途中で引っかえせそうですわ」

「どうもぼくのしらべが杜撰《ずさん》だったので、ごめいわくをかけました」

「そうあやまっていただくと、わたしのほうが申しわけなくなります。で、その土が奥秩父のものだということはわかりましたが、奥秩父のどのへんにあたるかわかりませんでしょうか？」

「さあ、それはむずかしいですね」と、山根は顔をしかめた。

「だいたい、富士火山灰は爆発時に関東一帯をおおいましたからね。どこでも同じローム層ができてるわけです。地方的にくべつするのは、それにふくまれている植物繊維などの相違によるほかないでしょうね。たとえば、杉、檜《ひのき》、松といった針葉樹が多いか、またはその他の闊葉樹が多いか、あるいは灌木のようなものがふくまれていないか、そんなところで特徴が出るとおもうんです。今お話しした奥秩父というのいかたも、学問的にはたいへん大胆な断定になるんですが、まあ、そうきめてもいいんじゃないかとおもうんです。ですから、それ以上のこまかい地域は指摘が困難です」

「よくわかりました」

わたしは、いそがしい時間をさいてあってくれた山根に丁重な礼をのべた。

「あ、わすれてましたわ」

と、わたしはわかれぎわにいった。

「この事実は、的場郁子さん、……ほら、山根さんのお友だちのかたが、わたしと同じようなことをきかれているという女性ですわ」

「ああ、知っています」

と、山根はうなずいた。

「お友だちのかたは、このことを的場さんにお教えになったでしょうか？」

「さあ」

と、山根は首をかしげて、

「いや、それはないとおもいますね。というのは、この事実を見つけたのはぼくですからね。まだその友だちにも知らせてやっていません」

それなら的場郁子はまだ、その土が東京都内の谷間にのこっている水底沈積物だと信じているはずであった。その日一日ぐらい、わたしはかんがえこんだことはない。

いったい、奥秩父から課長の死体のうめられていた修善寺の町はずれまで、わざわざ土をはこべるものだろうか。東京都内だったら、たとえばトラックにつめば現場まで三時間ぐらいで到着するであろう。だが、奥秩父となると、これは一日がかりだ。いや、奥秩父から東京都内にもってくることさえ、なまやさしいことではない。それをさらに伊豆にはこんでゆくというのはたいそうむりな気がしてくるのだ。

わたしは、ここでそろそろ自分の推定を整理しにかからねばならない。警察の捜査も進展してないのだから。

三月二十一日、わたしたちの販売部第二課員約五十名は慰安旅行で修善寺温泉の二見屋旅館にいったが、杉岡課長は宴会がようやくおわりかけるころ、こっそりとぬけだして、修禅寺の向こうの暗い空地で正体不明の女性とあっていた。わたしと田口欣作とがこれを目撃したが、わたしはその女性を社内随一のつげ口屋橋本啓子とばかりおもっていた。この場面は田口欣作も目撃しているとおもう。

課長は東京に用事があるといって、その晩おそく宿を出ていった。それきりもどってこない。死体は、首と両手をきりとられた姿となって四月二日、修善寺から伊東にぬけるいわゆる伊東街道の道路補修工事現場の赤土の中から出てきた。首すじは付近の外灯のグローブの破片で傷つけられていた。破片がその事件の数日前に、だれかのいたずらによってこわされた外灯のグローブであることはまちがいない。犯人がぐうぜんそこで破片を見つけて傷つけたか、あるいは故意に数日前の破壊がおこなわれたかはわからない。

課長が出ていったのは事実だが、警察で土地のハイヤーやタクシー業者などをしらべてみても、かれをのせたという手がかりはなかった。この場合二つの想定がなされる。課長は徒歩でいったか、自家用車にのったかだ。

宿から遠いその現場まで歩いていったとはとうていおもえないから、やはり車であろう。

杉岡課長はなぜ東京に引きかえしたのか。わたしは、それはかれの口実で、じつは好きな女をどこかの旅館によびよせて、そこに落ちあうために移ったのではないかとおもっている。だが、土地の警察の捜査で南伊豆一帯の温泉地をさがしたが、課長を泊めたとおもわれる旅館は見つからなかった。この捜査の結果を信頼すれば、杉岡課長はその晩旅館を利用しなかったということになる。

杉岡課長はもともとあそび人で、相当な伊達男《ダンディ》だ。バーなどでも人気がある。たしかに課長はあの晩好きな女をどこかに呼んでいるとおもう。今になってようやくわたしにはその人がだれであるかおぼろに想像がつくようになった。

わたしは課長の死体がうまっていた土を東京にもち帰り、P大理学部の山根にしらべてもらった。すると、現場の土以外にまったく異質な東京都内の土がまじっていることを知らされた。

わたしはこの報告にもとづいて、課長は現場で殺されたのではなく、じっさいはその晩東京に帰ってある場所で殺され、その土とともにあの現場に運搬されてきてうめられたとおもっていた。赤土は一見しただけでは区別がつかない。

では、なぜ、犯人は課長の死体だけを現場にもってこずに、それに土をそえたか、である。これは死体の運搬方法が問題である。つまり、トラックに土をいっぱいのせて東京から現場にくれば、その土の中に死体が入っていても外からはわからないからだ。つまり、通行人の眼をふせぐためだ。そして、現場に土といっしょに死体をうつせば発見時の状態になるであろう。

しかし、以上の想定がわたしの誤算だったことは、その後の調査で「東京の土」がそんなに多くはなさそうであることがわかったからだ。つまり、トラックいっぱいに土をのせたのではなく、現場に運搬された土はもっと少ないらしい。山根の前の言葉では、その土が東京の谷間のものだというので、わたしは都庁の土木局にいってきいてみた。が、これも私の知りたいことの役には立たなかった。

わたしの第二の推定では、そのような土をほっている現場にトラックが夜間こっそりやってきて、ほりだされた土をぬすみとり、その中に死体をかくすことだ。だが、これはいかにも大げさすぎる。やはり少量だけもち帰るのがしぜんであろう。

そうすると、課長の死体運搬状況にはおぼろなイメージが出てくる。課長の遺体は何かの容器に入れられ、それを土でつめたのではなかろうか。この結果は、たんに死体だけをはこんで土の中に入れるより、もっと長く土の中にいた状態に似せられる。だからこそ、犯人は死体をバラバラにしなければならなかったのであろう。

とすると、死体ははじめから現場の土の中にあったのではなく、まったくべつな場所で殺されているので、失踪当夜からずっと現場の土の中に入っていたという状況をくふうしなければならない。つまり、課長の死体は東京からの運搬途中も土の中にあることで、その衣服の深部にまで赤土が入りこむのである。たとえば、鼻腔、口腔、耳孔などの中にも、いかにも前からうめられていたかのごとくに土が入りこむ。ただ死体だけを単独にもってきて現場にうめたのでは、時間経過が浅いからそうはいかない。工作は入念だったのである。

犯人の誤算は、死体のちかくの土と現場の土とのくべつが発見されるとは予想しなかったことだ。

課長が修善寺から急に東京に帰ったのは、前のかんがえ通り、やはりあいての女にあうためであろう。この場合でも、あいての女がわたしの想像する人物とかわりはない。ただ、女を修善寺に呼びよせるか、課長のほうから東京にあいにゆくかの違いである。

当夜は列車の連絡がなかった。したがって修善寺から東海道線のどこかの駅までは車だったにちがいないが、これは課長を殺害した人間が運転していたとおもわれる。してみると、犯人は、当夜、課長が修善寺の宿を出て東京に引きかえすことをあらかじめ知っていたか、または課長とそのうちあわせができていたかである。いいかえると、課長はそれが「敵」とは知らないでうかつにもかれの車にのったことになる。

あいての女は、課長がくるのを約束の都内の家で待っていたことであろう。そこは旅館かもしれない。しかし、そうでないかもしれない。

だが、その待ちあわせ場所に到着するまでに、課長はその車で絞殺されたのだ。深夜の東海道なら、ちょっと道をはずれると、どこでも殺し場所はある。

あいての女のほうは、その晩はまちぼうけをくわされたにちがいない。つまり、彼女は課長のゆくえ不明を知りがくぜんとしたにちがいない。翌日、彼女は課長の失踪を早く知りうる立場にあったのである。

ここで問題なのは、わたしの見た例のしのびあいのことだ。わたしは今までそのあいてを橋本啓子だとおもって、彼女が課長と恋人との間を連絡するレポーターの役だときめていた。もともと橋本啓子はつげ口の好きな女だから、その役がらには向いている。

わたしの想定では、たぶん、そのささやきは、橋本啓子が相手の女からのいそぎの連絡でもうけて、そのことをこっそり課長に知らせたのだとおもった。だから、わたしは課長が当夜大いそぎで宿を出発したのは、あるいはあいての女の身辺に不測のことがおこったからだというふうにもかんがえていた。

だが、今日の山根の訂正で、課長の衣服や身体についていた赤土は都内の谷間のものでなく、奥秩父地方のものであったとわかった。この新事実で、わたしのこれまでの推定は半分以上くずれさった。理由はかんたんだ。さきほどかんがえたように、遠い奥秩父から伊豆の現場まで土を運搬することがいかにも不自然だからである。

わたしはここでまた前にもかんがえたもう一つの想像にもどらなければならない。それは、課長が当夜かならずしも東京にいったのではなく、宿の近くに身をひそめていたのではないかという想像だ。これは、課長が当夜いかなるタクシーにもハイヤーにものった形跡がないことからかんがえて、宿の近くをはなれなかったという結論になったのだ。

課長はその晩東京に帰ったのではなく、あくる日に東京に引きかえしたのではあるまいか。わたしたちが朝食後に別行動で宿を出発したのちに、かれはこっそり移ったのではないか。それがみずからの意志であるか、あるいは他人の強制であるかはべつとして、かれの行動はそうであったのではあるまいか。

だが、まだ、どうもわからない。奥秩父の土をいかなる理由で死体運搬に利用したのだろうか。

ここでわたしは、浅野由理子が話した橋本啓子の二時間の単独時間がかなり重要になってくることを知った。課長が旅館を出てからの行動には、橋本啓子が重要な役割をはたしているようにおもえる。

だが、いったい、それはなんだろう？　橋本啓子は課長の案内役でも買ったのだろうか。

それなら、あのしのびあいのあいては橋本啓子でなければならない。それがそうでなかったとわかった今は、啓子の二時間の単独の意味がわからなくなってくる……。わたしのほかに的場郁子が同じ線をあらっているようだが、彼女もこの矛盾に気がついているだろうか。彼女とは一度、うちとけて話しあいたいものだが、いまさらあんな女と妥協する気にもなれない。

すると、はっとあることに気がついた。富崎次長が奥さんの自殺で急遽《きゆうきよ》東京をはなれたとき、その見送りのさいにわたしが見た情景だ。

――そうだ、わたしはある人をたずねてゆかなければならない。もし、わたしのこの疑念があたっていたら、おそろしい話である。……

かんがえごとがつづいて、わたしの頭もつかれてきました。さいごになって思案がよくまとまりません。あさっては週末です。ひさしぶりに武蔵野のおもかげがのこる郊外でも歩いてこようとおもっています。

第二部《的場郁子のノート》

1

管理係の三上田鶴子が行方不明になりました。

四月十三日に出社しないまま、失踪《しっそう》したというのです。

三上田鶴子はその晩アパートには帰らなかった。翌十四日にも連絡なしに無断で欠勤した。だが、一日ぐらいは連絡をせずに休むこともありうるので庶務係でもそのままにしていたところ、翌日も出社しないので、田口庶務主任が彼女のアパートに電話を掛けたのです。

すると、アパートの管理人は、今日で二日間彼女が戻っていないことを知らせました。社内はまた大騒ぎになりました。

課長殺しのあったすぐあとだから、社の幹部も彼女の失踪にはだいぶうろたえているようでした。富崎次長も、野村次長も沈痛な顔をしている。

両次長はたびたび販売部長の部屋に呼びつけられて原因を追及されているようでしたが、どうやら、さっぱり心当たりがないようです。

三上田鶴子は、小柄だから年齢《とし》はわりと若く見えますが、性質に可愛げがないうえに、服装の好みも野暮ったくて陰気な感じです。恋人があろうとも思われないので、駈落ちという線は考えられません。

課長殺しのことがあるので幹部も心配し、今度はすぐに警察に捜索を依頼したらしい。私はタイプを打ちながら、管理係の一つの机が穴があいたように主が無いのを見ている。するとあの三上田鶴子のむずかしげな顔が泛《うか》ぶのです。

実際、三上田鶴子は、始終ものを考えているような女でした。彼女は同僚ともそれほど打ち解けず、他人《ひと》が話をするときは自分だけ離れて本を読んでいる女でした。殊《こと》に杉岡課長があういう死に方をしてからは、その事件のことを懸命に考えていたようです。

警察は、前の事件のときと同じように、私たちを一人ずつ呼んでいろいろなことを訊きました。社内で三上田鶴子と特に親しかった同僚はいないので、これも前回同様たいした効果を上げなかったようです。

ただ、次のような事実はわかりました。

それは、三上田鶴子が失踪する前の最後の姿を見たのは、彼女と同期入社の人事課の女性でした。東京駅の山ノ手線のホームで人混みに揉《も》まれて待っていると、その中に三上田鶴子の姿があったというのです。その人は彼女に、今から新宿に行って映画を見るつもりだが、あなたも行かないか、と誘ったところ、これから人を訪ねてゆくところなので一緒に行けない、と彼女は答えたそうです。

その訪ねる人が誰だか警察ではしきりと気にしているようですが、未だにわかりません。人事課の女がその訪問先を聞いていたら、もっと手がかりがあったわけです。

三上田鶴子に遇《あ》った女といえば、計算係の橋本啓子がそうです。ただし、彼女はその前の晩に三上田鶴子に誘い出されて、ある喫茶店で一時間ばかり話をしたということです。

橋本啓子の話によると、三上田鶴子の用事というのは、修善寺で田口欣作と偶然歩いていたところを見たといって半分は冷やかされたんだそうです。橋本啓子は、人をわざわざ喫茶店に連れ出してそんな冷やかしを言う三上田鶴子にひどく憤慨していました。

三上田鶴子はそういった女です。いつもは黙っていますが、絶えず人の挙動をどこかで窺《うかが》っていて勝手な想像をめぐらしているような性質でした。きっと、修善寺での田口欣作と橋本啓子のそぞろ歩きを、彼女一流の想像で何かカマでもかけて問い詰めたに違いありません。このことは、三上田鶴子が始終杉岡課長殺しの事件に注意を向けて、自分でもこつこつと調べているらしい事実に結びつくようです。

そのことがはっきりしたのは、この前の課長殺しのときも私たちを調べた警視庁捜査一課の、あの頭の禿《は》げ上がった、いやににこにこと笑う刑事の話からです。

その刑事、――名前は倉田といいますが、彼がこっそり私を別室に呼んでこんなことを言い出しました。

「実はね、三上さんの家の部屋を捜索したところ、机の引出しの奥から、一冊のノートが出てきたんです。それを読むと、杉岡課長殺しに三上さんはひどく熱意を燃やして調査をしていたんですね」

と、彼は一冊の大学ノートを手に取って私の前に出しました。

「これを読むと、あなたが同じように、課長さんの事件を調べていると書いてあります。まあ、ひとつ読んでみてください。……ただし、この手記は、社員はもとより両次長にも見せていません。あなただけですからね。そして、読んだあとで私に感想を聞かしてください」

「感想？」

「そうです。あなたも杉岡課長殺しに相当熱心だったことが、これでわかりましたよ。だから、三上さんの書いている推測に対して、あなたが調べたことからみての批評をしてもらいたいのです」

私はそのノートを預かってアパートに持って帰り、一晩で読みました。

読みだすと面白くて夢中になった。私の想像通り、三上田鶴子は杉岡課長殺しの調査に異常な情熱を燃やしていたのです。

そして、その推定の一つ一つには私の考えている線とふれ合うところがかなりありました。なぜ、彼女は杉岡課長殺しの調査にかくも熱心になっているのでしょうか。

私は三上田鶴子に私との相似性を見出したのです。彼女もまた私と同じように、杉、、、、、、、、、、、、、、、、、、、、
岡課長と秘かな交渉をもった経験があるのではなかろうか。彼女の異常な情熱は、そのことによって初めて解釈できそうです。

翌日また警視庁から倉田刑事がやって来ました。

倉田刑事は私一人だけを別室の応接間に呼び入れました。

私は三上田鶴子のノートを持って行って彼に返しました。

「三上田鶴子さんの行方が知れなくなって、今日で四日経ちます」

と、刑事はノートを手に持ち前の微笑で私に訊くのです。

「この三上さんの書き残した手記を、ぼくらも興味深く読みました。この中で、三上さんはあなたのことをしきりと書いていますね。つまり、三上さんが課長殺しについてこれだけ精細な調査をしていたことは、ぼくらにとっておどろきですが、同様な驚異は、あなたにも持っています。的場さん、どうか、あなたの知っていることを教えてくれませんか」

「いいえ、わたくしなんか……」

と、私は辞退しました。

「何もしていませんわ。三上さんはわたくしを買いかぶっているんです」

「しかし、あなたは修善寺に行って、杉岡課長の死体が埋まっていた現場から土などを持って帰っています。それから、三上さんと同じように、現場の土の分析を大学の助手に頼んでいます。違いますか？」

「それはそうですけれど。わたくしが課長さんの事件に興味を持っていたことを否定はしませんわ。でも、三上さんの手記はわたくしも見せていただいて読みましたが、わたくしの調査などはほんの思いつきで、とても三上さんには及びません。何もわかりませんわ」

私は笑いました。

「それに、わたくしのことがずいぶん可哀想な女に書いてありますわ。オールドミスで、醜くて、他人《ひと》に嫌われて、吝嗇《けち》で、エゴイストで、……これほど完膚《かんぷ》無きまでにやっつけられると、かえって爽快ですわ」

私がそう言ったものだから、刑事は少し困っていたようでしたが、口を開きました。

「課長さんの事件が解決しないうちに、今度は三上さんが行方不明になる。どうも、ここのところ警視庁は黒星つづきで申し訳ないんですが、あなたが事件の内容について少しでも知っておられたら、協力を願いたいと思うんですがね。ご存知ないとするとやむを得ません。では、こちらから少しばかりお訊《たず》ねしてよろしいでしょうか？」

「はい、どうぞ」

「三上さんは未だに消息を絶っています。それは課長さんの殺しの調査に出かけたらしいので、あるいは犯人の手に掛かったのではないかという心配もあります。そこで、三上さんの手記の最後はこうなっていますね。……わたしはある人を訪ねて行かなければならない。もし、わたしのこの疑念が当たっていたら怖しい話である。……

とね」

「そうでしたわね」

「この三上さんが訪ねて行かなければならないという或《あ》る人とは、誰のことでしょうか？」

「さあ、よくわかりませんけれど、もしかすると、それは浅野由理子さんのお母さんではないでしょうか」

するとと、刑事はいかにも同感だというふうに二、三度うなずきました。

「ぼくもそう思います。というのは、三上さんの手記の中に、……はっと或ることに気がついた。富崎次長が奥さんの自殺で急遽《きゅうきょ》東京を離れるとき、その見送りの際にわたしが見た情景だ。……とあります。この情景とは、また手記を引用すると、こういう箇所に当たるようです」

と、刑事はノートをめくって、その箇所を読んで聞かせました。

「……それは、浅野由理子の母親が富崎次長の横にちょろちょろときて、何かものをいいたそうにしていることだった。おや、この母親は富崎を知っているのか。なるほど、浅野由理子は計算係だから、娘の上役としての富崎に何かのときにあっているのかもしれない。それは、娘が日ごろせわになっているので、その挨拶をしたことがあって、富崎の顔をおぼえているのであろう。ふたりはぐうぜんにのりあわせたのだ。わたしはそうおもっていた。しかし、富崎のほうでは浅野由理子の母親を見向きもしなかった。それはかれが気がつかないのではなく、母親がかれにものをいいたそうにしているのを知っていながら、わざと気づかぬふりをしているようにおもえた。富崎は浅野由理子の母親が近くにくるのをめいわくそうにしている様子があった。……」

と、ここまで読んできて刑事は顔を上げた。

「つづいての文章は、このくだりが長々とつづいています。ですから、三上さんが或ることに気がついたというのは、このような場面のことであり、訪ねて行かなければならない人というのは、あなたも言う通り、浅野由理子さんのお母さんだと思います。ただ、わたしの疑念が当たっていたら怖ろしいことである、という記述はどのような意味かわかりませんがね。……で、あなたも、富崎さんがその新宿駅から離れるとき、一緒に見送っていたのですね？」

「はい、わたくしもみなさんと一緒にお見送りしました」

「三上さんが書いたような、こういう情景に気がつきましたか？」

「いいえ、わたくしは、それはちっとも知りませんでした」

私は嘘を言ったのではない。実際に気がつかなかったのです。三上田鶴子の手記を読んで、おや、こういうことがあったのか、と意外に思ったくらいです。

「実は富崎さんの奥さんの死は、手記にある通り、その後の捜査で自殺となっているんですが、この自殺の原因についてもよくわかっていないのです」

と、頭の禿げ上がった刑事は言いました。

「それについて社内で噂《うわさ》はありませんか？　いや、決してそれを取り上げるというわけではないが、これは参考のためです」

この刑事のうしろには、もう一人若い刑事がいて、絶えず私の話をメモしていました。あまり私の話には興味がないように、ずっと退屈そうにしていましたが、要点だけはきちんとつけているようです。

刑事は明らかに「社内の噂」から捜査のヒントを得ようとしているようだったが、私はそれに乗らなかったのです。

「いいえ、そんな話は全然知りませんわ。……そこに書かれている通り、わたくしはみなさんとあまり親しく話をしないほうですから」

「なるほど」

このとき、私は或ることに気がつきました。刑事が三上さんの訪ねた先が浅野由理子の母親だと気づいた以上、彼らがそこに訪ねて行かないはずはないと思ったからです。

「刑事さんは、浅野由理子さんのお母さんにお会いになったんでしょ？」

私がそう言うと、刑事はちょっと迷った顔つきになったが、とうとう、白状しました。

「実はそうなんです。浅野由理子さんのお母さんに大月でお目にかかりましたよ。……ご承知のように、由理子さんは入院していますが、大分よくなったので、付添いの看護婦に任せて、お母さんはひとまず大月に戻っているんです。というのは、大月の家では商売をしていますから忙しいんです」

「あら、それはどんなご商売ですか？」

「なに、小さな大衆食堂です」

私には初耳です。浅野由理子は少しもそんなことを喋《しゃべ》ったことがありません。

あの子は私の課ではいちばん新しく入社した女子社員だけど、おとなしい子です。女子社員のすべてが表面は取り澄ましているのは特徴ですが、浅野由理子も実家が田舎の小さな大衆食堂では同僚に気恥ずかしいのか、それを洩らしたことがないのです。警視庁の刑事の話で、はじめてそのことを知りました。

「三上さんは大月を訪ねていましたか？」

私が訊くと、刑事は若い男と顔を見合わせていましたが、

「行っていました」

と、仕方なさそうに答えました。

「えっ、やっぱりそうですか。すると、三上さんは行方不明ではなく、そこまでの足取りがとれているんですね？」

「そうです。しかし、その浅野さんの家を出てから、消息がわからないのです」

「三上さんは、そこでどんな話を由理子さんのお母さんとしたのですか？」

「これは先方の話ですが、三上さんは富崎次長との間柄をしきりと訊いたそうです。新宿の見送りのときの目撃がよほど印象に残っているからでしょう。そのお母さんは、やっぱり富崎次長と知合いでしたよ。富崎次長の奥さんも大月ですから、そんな関係でよく知っていたわけです」

「では、なぜ、あのとき富崎さんは、由理子さんのお母さんを寄せつけないようにしていたんでしょうか？」

「その説明も母親はしました。それによると、もともと、浅野由理子さんを入社させたのは富崎さんだそうです。これは、由理子さんのお母さんと、富崎さんの奥さんとが同郷で知合いの関係上頼まれたわけですね。ところが、富崎次長にしてみれば、自

分などよりも課長の杉岡さんに紹介者になってもらったほうが入社するのに有力だというので、保証人を杉岡さんにしてもらったんだそうです」

浅野由理子の保証人に杉岡課長がなっている裏にはそんな経緯《いきさつ》があったのかと、私も初めて知りました。

「見送りのときのことは、そんな裏の工作があるので、富崎さんがみんなの手まえ、心をつかっていたということです。これは、汽車が駅を離れてから、由理子さんのお母さんが富崎さんに言われてわかったと言ってました」

私は、それにしてはちょっとおかしいな、と思いました。

なぜなら、富崎次長の性格はものにこだわらないほうです。豪放磊落《ごうほうらいらく》を装って、万事派手に、賑《にぎ》やかに振舞うほうです。そんな人がどうしてそんな小さなことに気をつかうのでしょうか。

もっとも、見かけでは豪放そうにしていても、実は案外気が小さくて神経質なのが本質かもしれません。とすればその心づかいもまんざら否定はできないでしょう。

「三上さんが浅野由理子さんのお母さんを訪ねての収穫は、それだけだったんですか？」

「どうも、そうらしいですな。三上さんは、そこで一時間ばかり話をして帰ったといいます」

「そうですか」

「おや、なんだか、こちらのほうがあなたに調べられてるような具合になりましたね」

倉田刑事は、そう言って笑いました。それから彼は、杉岡課長の死体が埋められていた現場の土が二つの種類に分かれていることが三上田鶴子の手記にあるが、あなたの調べはどうか、と訊くので、私は、三上さんの書いている通りだ、と答えました。

それについてあなたはどういう結論を出しているか、と刑事はまた質問するので、今のところ、このことがどうしてもわからないので行き詰まっていると答えて、ようやく刑事たちの前から解放されました。

私は刑事の話から、自分も大月の町に行ってみたくなりました。三上田鶴子は浅野由理子の母親の家を訪ねてから帰ったといいますが、それから先の消息がわかっていないのです。

これを分析して考えると、三上田鶴子は東京に帰る列車の中で誰かに誘い出されてどこかの駅で途中下車したか、あるいは終着駅の新宿で降りて自分のアパートに帰るまでに誘拐されたかです。

それに、刑事は浅野由理子の母親と三上田鶴子との問答を聞かせはしたが、それが全部とは私には思えなかったし、それを知るには私自身大月に行く必要を感じました。

だが、私はすぐに行動する自由な時間を持っていないので、やはり日曜日まで待たねばなりませんでした。

次の日曜は二十六日です。

三上田鶴子の行方は、十日以上経ったこの日までも依然として判らないのです。社内の噂はとりどりです。杉岡課長の事件に巻き添えを喰って殺されているのではないかという説。全然事件には関係なく、独りで勝手な旅をしているのではないかという説。何か思うところがあって居場所を知らせないで、東京のどこかに隠れているのではないかという説。さまざまです。

三上田鶴子は私のことをいろいろ書いていますが、自身もそんなに若くはないし、決して美しい女とはいえない。だからこそ私、的場郁子の心理解剖がよくできるのです。あれは、私という女を対象にして自分自身の心理を書きつづっているとみていいでしょう。

彼女はあまり若い人と気が合わないようです。必要以上のことは言わず、無駄話をせず、黙々と仕事だけに取り組んでいます。若い人から敬遠されるのは、彼女に接していると窮屈《きゅうくつ》で仕方がないからです。一分の隙《すき》もないといった感じが、年齢《とし》を食った女子社員の一つのタイプとして彼女にあります。そういう点は、私のように八方破れの女とは違うのです。要するに、利口な女というのは三上田鶴子のことでしょう。

杉岡課長にとって功利的な、あるいは気まぐれな交渉も、彼女にとっておそらく半生に一度の華《はな》やかな過ちでしょう。あの冷たい顔が上気し、ふだんは正確に搏《う》ちつづけているのであろう胸の鼓動がにわかに激しく波立ったのは、その短い時期だけであったと思われます。

私にはそれがよくわかるのです。三上田鶴子も杉岡課長のことがまだ胸から離れずにいるのです。だからこそ執拗《しつよう》に課長を殺した犯人を追及しているのです。彼女が推理小説好きだったことも、その追及心を煽《あお》りたてたことでしょう。

彼女が、私と杉岡未亡人との貸金についての諍《いさか》いを別の眼から見ていたのは、さすがに炯眼《けいがん》です。社内の誰もこのことについて疑惑を感じた者はないのです。三上田鶴子ひとりです。

まさに彼女の指摘通り、私は杉岡未亡人にいろいろなことを訊きたかったのです。しかし、私のような女が未亡人とたびたび会っていたら、どのような噂を立てられるかわかりません。真犯人がそれに気づいては困ります。だから、私は未亡人のところへ、課長に貸した金の回収を猛烈に催促に行く名目にしたのです。

それは天気のいい日曜日でした。

私は新宿から中央線に乗って大月に向かいました。大月は甲州《こうしゅう》街道の昔ながらの旧《ふる》い宿駅で、近くには有名な猿橋《さるはし》があります。町のすぐ横には桂川《かつらがわ》が流れています。

駅のホームに降りると、日曜のことで家族連れの行楽客がかなり見られました。ただし、この人たちは大月駅に降りるのでなく、その駅から岐《わか》れている富士急行電鉄に乗換えです。なかには駅前のタクシーに乗る人もいます。つまり、この駅は富士五湖のほうに向かう分岐点になっているのです。ここから甲府までは五十分です。

浅野由理子の実家は街道筋の中ほどにありました。なるほど、古くて小さな大衆食堂です。この土地の人相手の商売で、とても東京から来た行楽客が入るような店ではないのです。

浅野由理子の母親は五十代だそうですが、年齢《とし》より若く見えました。客商売をしているからでしょう。顔も由理子に似ていますが、若いころは娘よりもきれいだったと想像されます。

私が訪ねると、娘と同じ会社の同僚だというので、大へん親切にしてくれました。私は河口湖に遊びに行くついでにお寄りしたと言って、相手の警戒心を緩《ゆる》めました。

店は八畳ぐらいの広さの土間で、テーブルがその真中に置かれ、安物の椅子が並び、また別に客が腰を掛けられるような上がりがまちもあります。テーブルの上にはガラス戸の付いた陳列台があり、その棚には、稲荷ずし、巻きずし、ちょっとした煮付け、天ぷらなどが並べてあります。そば、うどんもできます。

軒が低いため、店の中はひどく暗い感じでした。外光がまるで射さないのです。その暗い所で、由理子の母親は影法師のように坐って私に話しました。

「ここに三上田鶴子さんが訪ねてきたでしょ。どんな話をしていました？」

私が訊くと、由理子の母親は、そのことはあとで東京の刑事が来ていろいろ訊かれたと前置きして話しました。

「三上さんは、この辺の土はどんな性質だろうかと訊いておられました。でも、わたしにはわかりようがありません」

ああ、やっぱりそうだったのだ、と私は思いました。彼女がこの大月に来たのは土の調べもあったのです。

「それから？」

「それから、自殺した富崎さんの奥さんのことをいろいろとわたしに訊かれました。自殺する原因に心当たりはないか、と言うのです」

「あなたに心当たりがありますか？」

「いいえ、それがちっとも無いからふしぎなんです」

と、由理子の母親は三上田鶴子にもそう答えたといって話しました。

「人柄はすごくいい方《かた》です。多少派手な性質ですが、東京の生活なら仕方がないでしょうね。奥さんは、自殺する四、五日前、東京から実家に帰ってこられたのですが、そのときは少し窶《やつ》れておられたようです。でも、まさか自殺するようなふうには見えませんでした。きれいな人だけに、窶れるとそれが目立つんですね。富崎さんとの仲ですか。いいえ、べつに悪いとは聞いていませんでしたよ。ええ、三上さんにもその通り言いました」

彼女は刑事が訪ねてきたときも同じことを述べたと言いました。

三上田鶴子が「土」のことを気にするのは無理はない。この問題こそ杉岡課長の死を解く一つの重要な鍵なのです。

あの晩、課長はこっそりと宿を出た。死体の出た現場までは相当な距離です。とても歩けたものではありません。また、どこかで殺されてからバラバラにされ運ばれたとすれば、もちろん乗りものを利用しなければならないわけです。しかし、三上田鶴子の手記にもある通り、その夜は課長を乗せたいかなるタクシーもハイヤーも無かったのです。

課長が宿を出てどこかに行くまで、また、死体となって現場に運ばれてくるまでの運搬方法が問題です。また仮に課長を殺した場所が別な所だとすると、まさかむき出しのままで死体を運ぶわけはないですから、屍《しかばね》を入れる容器が必要となります。

三上田鶴子の手記による問題点を拾い出してみると、

①運搬方法。②容器。③宿を出てからの課長が車を待っていた場所。④修善寺の空地で三上田鶴子と田口欣作が見たという課長の話し相手の女。⑤現場の土以外に課長の死体と一緒に残されている奥秩父の土の謎。⑥橋本啓子の旅館での二時間の孤独の意味。

以上のようなことになると思います。

どれ一つを取ってみても事件解決に有力な材料ばかりですが、直接にいちばん大きいのはやはり土の問題でしょう。

三上田鶴子がこの大月に来て、この地方の土質を訊いたというのは無理もありません。

母親と私との話し合いはほぼ一時間ぐらいかかりました。その間、客が二人来ただけです。土地の人らしく、暗い片隅でうどんを啜《すす》っていました。陳列台の上には、かなり大きな鉢に植えた松の木の盆栽が載っていました。見事な枝ぶりでした。これだけがこの貧弱な店の唯一の装飾品だったと思います。そのほか、壁に貼られたポスターにしても、客の頭の上に掲げられている額の絵にしても、俗悪極まりないものばかりでした。

私が浅野由理子の容態を訊《たず》ねますと、

「盲腸はずっとよくなりましたが、少し肝臓が悪いとかで、まだもう少し病院に残ることになりましょう。みなさんにご迷惑をかけて、ほんとうに申し訳ありません」

と詫《わ》びるのでした。

私はその飲食店を出ました。富士五湖方面に行くタクシーやハイヤーがひっきりなしに埃を立てて通っています。

自殺した富崎夫人の家は、線路とは反対の北側にありました。町から外れた山峡《やまかい》の集落です。実家は農家でした。かなり大きな家で、屋根がひときわ堂々としていました。

この近所での聞込みはあまり参考にはなりませんでした。やはり自殺の原因はわからないようです。私もあまりこの近所をうろうろできないので、それだけをたしかめて駅のほうに足を向けました。構内に入って時刻表を見ると、東京行きにはあと一時間ばかりあるのです。

そのときふと、三上田鶴子は浅野由理子の実家を出て真直ぐに東京へ帰ったのだろうか、という疑問が起こりました。

刑事も由理子の母親から聞いて、東京に帰ったように言っていましたが、母親は単に家を出て「帰った」と言っただけでしょう。この「帰った」というのを「東京に帰った」と刑事は取ったのです。正確にはその飲食店を「出た」というだけではないでしょうか。

たしかに三上田鶴子はあの飲食店を出たが、東京に帰ったという証拠は無いのです。この駅からは、東京とは逆に甲府方面にも行けます。また富士五湖方面にも行けます。

私は駅の掲示板の地図を見ました。すると、甲府からはさらに別な線が岐れて東海道線の富士駅に連絡しているのです。この線は身延山《みのぶさん》を通るので身延線と呼ばれています。すなわち、甲府、市川大門《いちかわだいもん》、鰍沢口《かじかざわぐち》、下部《しもべ》、身延、富士宮《ふじのみや》、富士となるのです。

さらに、この富士駅から東海道線に沿って東に行くと、沼津、三島、熱海となり、三島からは修善寺行きの伊豆箱根鉄道が出ているではありませんか。

私はひとりでに呼吸《いき》が速くなってきました。

新宿行きの切符を買うつもりだったのが、すぐに身延線経由で修善寺まで買いました。

予定の上りが下りに変わったわけですが、下りの列車が入るまでさらに四十分あります。私は待合室に腰を下ろしました。

すると、どういうはずみか、あの大衆食堂の暗い中に沈んでいた盆栽の松の枝ぶりがふいと眼に浮かんできたのです。あれは、あの食堂の中でただ一つの美事な装飾でした。

私は待合室を出ました。真直ぐに踏切りを渡って、あの大衆食堂に戻ったのです。

「おや、何か忘れものですか？」

と、浅野由理子の母親は怪訝《けげん》そうに訊きました。

「少しお腹が空きましたので、すみませんが、おソバでもいただけませんか」

「はいはい」

母親は、さっそく、ソバをつくってくれました。甲州のソバはおいしかったです。

「おばさん」

と、私は眼の前の陳列台にある松の盆栽を見上げました。

「立派な盆栽ですね」

それは高さが約六十センチぐらいのもので、四方に枝をひろげて、さながら大木を見るような趣きがあります。

「ええ、みなさん、これを見てほめてくださいます」

と、母親は言いました。

「これ、お宅で作られたんですか？」

「いいえ、よそからいただいたんですよ」

「わたしもこういうものが好きなんですが、どこの盆栽屋さんで作られたものでしょうか？」

「はい、それは亡くなった富崎さんの奥さんからいただきましたが、なんでも、ご親戚の方がそういうものを作っていらっしゃると聞きました」

「そうですか」

私が考えこんでいますと、

「あなたと同じようなことを三上さんも訊いておられましたよ」

と、母親は言いました。私はびっくりしました。

「えっ、それは本当ですか？」

「やっぱり、東京の方でもこういうものは眼につくんですね」

私は腕時計を見ました。あと二十分しかない。今度の下りは諦めなければならないと思いました。

ふたたび踏切りを渡って、山峡への路を取りました。富崎夫人の実家のある集落が見えてきます。

私はその家の近くに来て、丁度、子供をおんぶして戸口に立っているおかみさんに話しかけました。

「ああ、林田さんのお宅ですか」

と、おかみさんは最近不幸のあった家を見ました。富崎夫人の実家の姓は、林田というのでした。

「ご親戚で盆栽か何か作っていらっしゃる家がありますか？」

「さあ」

おかみさんはしばらく考えていましたが、

「盆栽をやってるかどうかわかりませんが、植木屋さんならありますよ。伊豆の大仁《おおひと》で林田花壇というのです。たしか、奥さんの叔父さんに当たる人だと思いますが」

なんということだ。

大仁の林田花壇といえば、いつぞや私が行ってチューリップの花を分けてもらった家ではないか。

私は少しの間、茫然《ぼうぜん》としました。あのとき見かけた四十二、三の主人が眼に泛《うか》びます。色の黒い、がっちりとした体格の男でした。

そういえば、その家は大へん広い敷地を持っていて、半分が花壇で、半分はたくさんな樹が植わっていました。松、杉、欅《けやき》、楓《かえで》、栂《つが》、黄楊《つげ》……それは鬱蒼《うっそう》とした人工的な森林になっていました。下には、庭石もたくさん置いてあります。

私は礼を言ってそこを離れたが、無我夢中でした。考えをまとめるにはあまりに昂《こう》奮《ふん》しすぎていたようです。駅に着くのが非常に短い時間のような気がしました。

下り列車は七分とかの遅延で、私はそれに間に合うことができました。

甲府に着き、すぐ出る身延線に乗りました。

八合目から上をのぞかせている富士の見える甲府盆地が次第にすぼまってくると、列車は山岳地帯に入り、やがて富士川の流れを右に見ます。

ああ、こうして三上田鶴子もこの列車に乗って来たのだ、私も同じコースを追っていた、と思うと、この事件で最初から彼女と私とが同じ方向ばかりをもつれながら歩いていたことを、改めて思い知るのでした。

三上田鶴子は、一体、どこでその姿を消したのであろうか。

折から陽は西に落ちて、田圃に落ちる列車の影もずっと長くなっています。

明日の月曜日は一日休暇をとってあります。今夜は修善寺に泊まるつもりでした。

2

私は身延線を南下して富士駅に着きました。ここから三島まで東海道線に乗りかえるのですが、振り返ると、富士が夕空にうす青いシルエットになっている。甲府からここまで各駅停車では約三時間もかかるのです。

三島から伊豆箱根鉄道に乗りかえたときは、すでにあたりが暗くなっていました。

伊豆大仁を通過する。町の灯は駅付近に集まっている。いつぞや行ったことのある花壇が駅を離れてから、暗い畑の向こうに光っているように思われました。森らしい陰にちらちらと、それと思われる灯が洩《も》れていました。電車は暗い景色ばかりを走ったり、また町の灯を迎えたりします。

修善寺の駅に降りて、バスに乗る。会社の旅行を入れるとこれで三回目になります。

泊まる宿を考えたが、結局、会社の旅行で泊まった二見屋旅館の前に天城屋《あまぎや》というのがあったので、そこに入りました。二見屋旅館は高級だから、倹約のつもりでもありました。

私は遅い食事を済ませると、宿にタクシーを呼ばせました。三上田鶴子が手記に書いた通りの場所を、自分もたどってみたかったのです。

修禅寺の門前は、明りだけがついていて、さすがにこの時刻のことで、人影はありませんでした。川の中ほどに小屋のある独鈷《とっこ》の湯《ゆ》だけは人影がちらちらしています。暗い通りをタクシーは一気に走ったが、ヘッドライトで見えるこの通りは静かな家並みで、三上田鶴子の手記の通りです。

やがて彼女の見たという空地に着きました。路が狭く、普通、車の通らない通りなのです。私は運転手さんに頼んでヘッドライトを草原のほうに向けてもらい、車を降りて独りで歩いてみました。

現場に立って見ると、路は反対側からも来ている。だが、どう考えても、あのとき杉岡課長の対手《あいて》の女だけが片方から来たとは思えないのです。というのは、その辺一帯はもっと暗い路になっていて、あたりは雑木林と、農家が少しばかりあるだけだからです。三上田鶴子が二度目に来たときは昼間だったので、それほどの実感はなかったと思えるが、いま、課長の佇《たたず》んでいた同じ条件の夜に来てみると、対手の女のとった路が課長と一緒だったことがわかるのでした。

当夜、課長と話していた女というのは誰だろうか。これについて三上田鶴子はしきりと考えているが、果たして彼女の結論はどうだったのだろうか。手記にはそこまで書かれていません。

私は車に戻りました。

「運転手さん、この路を真直ぐに行くと伊東街道に出るそうだけれど、車で行けますか？」

「いいえ、とんでもないですよ。この先はもっと路が悪くなっていますからね。ここに来るだけでも中型で精いっぱいでした」

「そう」

私はその車に乗り、再び元の路に戻ったのですが、宿には寄らずに真直ぐ駅の方角へ走ってもらいました。今度は伊東街道の死体発見現場に行ってみるつもりなのです。

修善寺駅からそこまでは車で二十分ぐらいでした。工事現場の灯が見えています。もちろん、今は作業員の影はありません。ただ、道路工事の赤い標識灯が目印に点々とならんでいるだけでした。まだ工事は完了せず、赤い土の山も置かれています。もっとも、前に来たときよりは工事は当然ずっと進捗《しんちょく》していました。

「運転手さん、ちょっと、ここで二十分ぐらい休みますわ」

こんな暗い所に女ひとりで何をするのだろうと、運転手の眼が奇異に私を見つめます。

通行する車の邪魔にならないようにタクシーを道端に置き、私は暗い車内で煙草を吸っていました。

「奥さん、何かあるんですか？」

と、運転手は訊《き》きました。

そうです、私に対してお嬢さんと言うものは誰もいません。市場に買物に行っても、デパートでも、みんな奥さんと呼びかけます。三十を過ぎるか過ぎないころから私はそう呼ばれてきました。

「いいえ、何でもないのよ」

と、私は答えました。自分のごつごつした顔が運転手にどんな印象を与えているかを知りながら。

「ラジオをつけてもいいでしょうか？」

どうぞ、と私は言った。魅力のない女ということが、ここでもわかる。これがもっと若くて、きれいだったら、こうした場所に、夜二十分も運転手と二人きりでいるのに不安を覚えることでしょう。

私はまだ工事の外灯の柱がそこに立っているのを見ました。もっとも、事件以来、夜は灯を消しているようです。

聞くともなしにラジオを聞いていると、歌謡曲が終わり、次は浪花節《なにわぶし》でしたが、その間に時報が十時を打ちました。

ここを走っている車の数はそう多くはありませんでした。ほとんどハイヤーだったが、それも二十分の間に数えて五台ぐらいでした。

「運転手さん、ここから伊東に行くお客さんは少ないのね？」

と、私は訊きました。

「今時分になったら、少ないのが当たり前ですよ。どちらも温泉ですから、わざわざ所を変えることもないでしょうからね」

トラックはどうだろうか。

トラックは二十分の間に二台通ったきりで、東海道のような幹線道路と違って、やはりここは少ないようです。

私は何を考えていたのか。人に見られずに外灯のグローブを叩き割る可能性を思案していたのです。と同時に、ここまで死体が運ばれてくる方法を計算していたのです。

「もういいわ」

と、私は運転手に言い、再び修善寺のほうに引き返しました。

天城屋旅館の前で車を下りたが、そのまま前の二見屋旅館のぐるりを散歩するようにうろついてみました。さすがに、宴会は終わりとみえて旅館中がしーんとしています。玄関を横目で見て、横の通りに入ると内玄関がありました。ここは経営者の家族や従業員たちが出入りするところらしく、客を迎える正面玄関とはかなり離れています。その路を十メートルばかり進むと、さらに狭い路地が左手についている。ちょっと目立たない抜け道です。

それを進んでみると、出たところが、広い道になっている。つまり、この路地は角の二見屋を迂回《うかい》しないで済む一つの近道になっていたのです。

当夜、杉岡課長が二見屋から出て行ったときは、両次長が見送っているだけで、ほかの者はその様子を知りません。また、両次長も表まで出て行ったとも思われない。するど、課長は案外この抜け道の路地を通ったかもわからないのです。

何のために。——つまり、路地を出たところに車を待たせておけば、二見屋旅館の一画を迂回しないことで人にはわからないようにして、そこに行けるということです。これも一つの可能性として考えていいと思いました。

三上田鶴子の手記に、営業車が課長を乗せたという形跡がないので、もしかすると、当人は、その夜、宿の近くにひっそりと身を潜《ひそ》めていたのではないかという推定があるが、この路地を辿《たど》れば、その推定は消えてしまうわけです。

私は翌《あく》る朝、天城屋旅館で朝食をとりましたが、そのときに出てきた女中さんに訊いてみました。

「一ヵ月ぐらい前だけど、前の二見屋さんにどこかの会社の団体客が入って、その中の一人が伊東街道で殺された事件がありましたね？」

「ええ、ございました」

女中はもちろん知っていた。

「そのときに、こちらに刑事さんが来ませんでしたか？」

「ええ、その方がここに泊まらなかったかといって、警察の人が調べに見えました。でも、そういうお客さんはウチにはお泊まりにならなかったんです」

「警察では、この近所一帯を綿密に調べたんでしょうね？」

「旅館を片はしから調べておられたようです。いいえ、警察の人ばかりではありません。その会社の方というお二人づれが見えまして、同じことを訊いて行かれました」

それが、富崎次長と田口欣作でしょう。

「その人たちは、ほかに何か言っていましたか？」

「はあ。この近くに泊まったに違いないと思うけれど、と言って、二人でしきりと話し合っていましたよ。それは、警察の方が調べに見える前でした」

つまり、会社が警察に捜索《そうさく》を依頼する前に、すでに二人は杉岡課長の足跡を調べて歩いていたわけです。

「前の二見屋さんのずっと向こう側に路地がありますね」

と、私は言った。

「ええ、ございます」

「あれは、ちょっと人目につかないようですが、あの道を知っているのはご近所の人だけでしょうか？」

「そうなんです。普通、旅館に泊まりに見えるお客さんは、あの路地までは気がつきません」

「その路地は、夜遅くまで人通りがありますか？」

「いいえ、ああいう場所ですからありません。近くの旅館の人なら、近道になっているので歩いているようですけれど」

その言葉で、路地が特別な人間でないと知っていないことがわかった。

これは大へんに参考になりました。なぜなら、課長がその路地の抜け道を知っていたと思われないから、もし彼がそこを利用したとすれば、その道を知っている誰かが案内したと考えなければならない。もし、こういう推定が成り立つとすれば、課長を導いた人間がおのずから限定されそうです。

私は、天城屋を朝九時すぎに出て、例の二見屋を横目に見て通りましたが、朝の旅館の表情は夜に生きる女の昼間の顔に何となく似たところがあります。

バスで修善寺駅まで行き、五分ほど待って三島行きの電車に乗りました。大仁駅はそこから十分とかかりません。

駅前の商店街や旅館街を抜けると一面に畑となります。箱根連峰も霞のなかにぼやけ、その下に萌黄《もえぎ》色《いろ》に見えるのが近い丘陵の樹林です。黒土の畑には白いビニールハウスの細長い列がいっぱいひろがっていて、そのそばには青い菜が幼なく育ち、畦道《あぜみち》にはレンゲの花が咲いている、という春のすすみ方でした。

林田花壇は駅から歩いて十分のところです。広い地域に亙《わた》って敷地を持ち、遠くから見ると、その植木の群れが大きな森を見るようです。そこにも若葉の緑が塊《かたまり》となって一面に吹いていていました。

ここに来るのは二度目です。最初は三島の駅でその看板か何かを見て立ち寄り、チューリップを買いました。実際、この林田花壇は三分の二ほどは植木だが、あとはチューリップなどのお花畑になっています。それはここだけでなく、大仁はチューリップの栽培地としてよく知られていることがあとでわかりました。

入口は山荘のような皮つきの丸木柱で、そこを入ると、家の見えるところまではまるで公園の径《みち》を歩いているように遠いのです。両側の植木はあらゆる種類が所せまいばかりにならび、その奥が真暗なほど密度があります。

樹齢百年近いと思われる大きな樹もあれば、まだこれからが伸びざかりという若樹もあり、品種もさまざまです。松、杉、楓《かえで》、満天星《どうだん》、欅《けやき》など、およそ日本の庭園に入りそうなものなら、なんでも揃《そろ》っているようです。そのほか、棕櫚《しゅろ》、芭蕉《ばしょう》、フェニックスなどの亜熱帯植物からヒマラヤ杉といったようなものまで洋風庭園用に揃っています。

林の奥から鋏《はさみ》の音が聞こえるだけで、その姿さえ見えないくらい枝と葉が繁っているのです。

入口からは五十メートルはたっぷりとある道を進むと、ようやく家の端が見えました。これがバンガローふうな建物になっているのもハイカラな気分をそそります。

陽当たりの都合だと思えるが、家の向こうが花壇で、温室のガラスが折からの春の陽にきらきらと輝いております。また、白い幕舎のようなビニール温室も何列となくならんでいます。

その建物の前に出ると、ひょっこりこの花壇の主人に出会いました。

主人は四十二、三でがっちりとした体格をしている。猪首《いくび》で背は低いが、それがまるで箱のような拵えに見える。色が黒いのは始終陽なたで働いている職業のせいだと思われます。

「こんにちは」

主人はじっと私の顔を見ていたが、ちょっと見当のつかないふうだったので、

「この前、チューリップを分けていただきましたけれど、とてもきれいで、お贈りした先からとても感謝されましたわ」

と言うと、それではじめて思い出したように、

「ああ、あなたでしたね」

と笑いました。

「それはよかったですな。うちの花はわたしが丹精をこめているので、どなたからも喜んでいただけますよ。今日も、また何かご用ですか？」

「はい。この近くに用事があったので、また東京に帰るお土産に、少しばかり何か花を頂きたいんです」

「そうですな。わたしのほうは他の品種はあまり作っていないので、やっぱり、チューリップということになりますかな」

「結構ですわ。……それから、この前、伺ったとき、花壇を見せていただけなかったんですが、今日は案内していただけませんかしら？」

「いいですとも」

と、主人はたやすく承知した。

「あら、ご主人はお忙しいでしょうから、どなたか他の方に案内していただきます」

「いや、ほかの者のほうがかえって忙しいんですよ」

と、彼は笑った。

「いま、ちょうど手も空いているからごらんに入れましょう」

主人は私を花壇のほうに連れて行った。鬱蒼《うっそう》とした樹林から離れた花壇のある一帯は、一物も遮るものはなく、春の太陽がまともに降りそそいでいるのでした。温室のガラスやビニールも眩《まぶ》しそうに照り返し、眼をつむっていると、そのまま眠くなりそうです。

チューリップの畑に出たとき、私は眼を瞠《みは》りました。これほど一どきにチューリップの花が、厚い絨毯《じゅうたん》のように青草の上にひろがった状態を見たことがありません。それが折からの微風に一斉に揺らいでいるのです。

私はその中から数本を抜いてもらいました。

「あなたは東京のどちらですか?」

と、花を渡してくれたとき主人は訊く。

「会社に勤めているんです」

「では、近所の花屋さんから買うんですね。だったら、うちの畑に咲いている色の美しさがわかるでしょう」

事実、黒土の上にひろげている青い葉、その上に重げに載っている花、これだけでも狭い花屋の中で見るのとは格段の違いでした。

「ついでですから、植木のほうも見せていただけません？」

と、私は頼んだ。

「こちらに来るとき見たんですが、素晴らしい樹がありますのね。東京の郊外にも植木屋さんがあるけれど、こちらのような見事な樹を見たことがありませんわ」

ご案内しましょう、と主人は言った。

私は彼のあとに従《つ》いて路を戻った。樹林は家から出口に近い側にある。

一度、その前に立つと、その奥が涯《はて》しなく深いように思われ、まるで深山の中に迷いこむような錯覚が起こりそうです。

しかし、野生と違って、やはり人工のそれは眼に立ちます。枝ぶりにはどれも鋏が入っているし、樹の配列にしてもそれぞれ育つように工夫されています。

私は主人のあとに従いて行った。植物に弱い私は、それぞれの名前を彼に訊かなければなりませんでした。二抱えも三抱えもあるような大木があるかと思うと、ひょろひょろと立っている若木もあります。見上げると、それらの枝が青葉を重ね合い、そこから日光がうすく洩れてきているのでした。葉は陽を濾《こ》して冴《さ》えた緑を輝かせています。さすがの主人の黒い顔も、この下では青く染まってさえ見えるのでした。

「こういった樹はどこから運びますの？」

と、私は訊いた。

「それはほうぼうからですよ。大体、この天城山系のものが多いんですがね。杉、欅などは、みなそういう方面からです」

「その他もあるでしょ？」

「天城や箱根山系のものでは面白くないので、ちょっと変わったものを入れるとなると、やはりよそから探さねばなりません」

「では、飛驒《ひだ》だとか、吉野《よしの》あたりから来ることもありますの？」

私は精いっぱいの山の知識を披露したつもりだった。

「そんな遠くはありませんがね。これくらいの樹になると、輸送力のほうが問題ですからね。貨車で取り寄せるとなれば、どうしても樹が傷みます」

「その他というと、どちらですか？」

「まあ、遠くて木曽から甲州の奥でしょうね」

このとき、頭に鉢巻きをした、三十ぐらいのまる顔の職人が、うしろから主人を探しに来ました。どうやら客が来たので、事務所の方に引き揚げてくれということらしいのです。

主人は私から離れて行きました。私は先ほどから黙って主人の顔つきを観察していました。この人が富崎夫人の叔父と聞いたからです。しかし、前に見たことのある富崎夫人とは似ても似つかぬようでした。叔父といっても必ずしも似ない場合もありますから、いちがいには言えないにしても、あるいは、主人の奥さんのほうが富崎夫人の血つづきかもしれないと思いました。

しかし、私は主人にはそういうことを一切黙っていました。黙っている理由があったからです。

私は一人でそこに取り残されましたが、先ほど主人を呼びに来た職人が、すぐ傍の樹に何か気になる点を見つけたのでしょう、しゃがみこんでしきりと根元の土固めをしていました。

「なかなか大へんですわね」

と、私は言いました。

「はあ」

と、職人はちょっと照れ臭そうに私を見ました。鉢巻きの上から伸びた髪がたれさがっています。日に灼《や》けて色の黒い、大きな眼だけが光る職人でした。どこかで見たような顔です。

「これだけたくさんの樹と花壇を持っていらしたら、相当な資本が要るでしょうね」

そんなことから私は話しかけてみました。

「さっきご主人に伺ったんだけど、ここにある大きな樹は、木曽や甲州の奥ということでしたが、その他から運びこんでる樹がありますか」

「はあ、奥秩父からも来ています」

職人は言いました。低い声ですが、だれかに似ている声です。たとえば私の近所に住む人に。

「奥秩父？」

さっきの主人の言葉にはそれがありませんでした。なぜ、言わなかったのでしょうか。

「奥秩父は、どの辺から来ますの？」

「そうですな、秩父市のずっと西の方です」

「では、影森《かげもり》あたりの山でしょうか？」

私はいつかその辺にピクニックに行ったことがあるので、憶えている町の名前を言いました。

「はあ、あの辺からも来ます」

「あそこからここまでだと大変ですわね。トラックですか？」

「そうです」

「トラックはこちらに置いてあるんですのね？」

「はあ、三台あります」

トラックが三台。——

このとき、主人が林の入口からふいと姿を見せました。

「おいおい」

と、彼は職人を叱るように呼びました。

「そんな樹をいじらなくてもいい。忙しいんだから早くあっちを手伝いな」

三十男の職人は黙って立ち去りました。私はその法被《はっぴ》を見ていました。誂《あつら》えものではないらしく、出来合い品で、背中に梅鉢の紋が一つ付いているだけでした。

主人はさっきの柔和な顔つきと違って、恐ろしく不機嫌な表情で私を見ていました。何を余計なことを訊いたのか、と言わぬばかりです。

「どうも、お仕事のお邪魔をして済みません」

私は謝りました。

「ああ、ちょっと」

と、主人は行きかける私を留めた。

「あんたは、どこの会社に勤めていなさるね？」

と訊きます。

「小さな所ですわ。神田のほうの出版社に勤務しています」

「出版社……すると、雑誌でも出しているのかね？」

思いなしか、主人の顔つきはいよいよ警戒的になっていました。

「いえ、そうではありません。料理専門の本を作っているんです」

主人はちょっとうなずいたが、

「では、気をつけて帰んなさい」

と、すぐに追い出すように言いました。

「お蔭さまで、今日はとてもいい気晴らしになりましたわ。この森林公園みたいなところを見せていただいただけでも、気分が晴れました。ありがとうございました」

と、私は礼を言いました。

このとき、遠くで掛け声が聞こえたので林を透かしてみると、四、五人の職人が、一本のかなり大きな樹を土の中に埋めているところでした。その中に私と話したさっきの職人もいましたが、その職人だけがほかの者と法被が違うのでした。洗濯などで不揃いになるのはよくあることです。ほかの職人の法被は両襟が「林田花壇」、背中は丸の中に徳の字の染め抜きでした。

私は門を出るとき、その横の目立たない位置についている標札を読みました。《造園師、林田徳右衛門》とありました。

私は東京に帰りました。まだ夕方には間があったので、駅の近くの民芸品店に寄りました。

私は、休みの日にときどき民芸品店をまわります。ワラ細工、農家の台所用具、農耕の道具や仕事着、紺や茶に染めあげたノレン、木版画、和紙、陶器のさまざま――そういうものを見てまわると心がやすまります。男性の眼を惹《ひ》くものを何一つ持たない私の情ない顔も、このときばかりは無心なよろこびにひたった表情になっていると思います。私の部屋にはそれらのささやかなコレクションが飾ってあります。外からみじめな気持で帰ってくる私の何よりの慰めです。

翌《あく》る日、会社に出ましたが、三上田鶴子の行方は依然としてわかりません。警察からは相変わらず刑事がやって来ては、こっそり両次長などに会っています。もはや、彼女が不幸な最期を遂げたことは、誰の胸にも決定的なことになりました。

一昨日と昨日の二日間にわたる私の小旅行は、私にとって無駄ではありませんでした。

富崎次長と、その夫人の死、——浅野由理子の実家の盆栽、——伊豆大仁にある富崎夫人の叔父に当たる人の花壇——奥秩父から運んできた樹木、——林田徳右衛門。

こういう線が私の頭の中にぐるぐると回り、付いては離れ、離れては付くのです。

二見屋旅館の向こうにある目立たない路地を発見したことも大へん参考になりました。そこを入れば広い道路になり、トラックが一台待っていても不思議ではないのです。また、それにいそいそと杉岡課長が乗り込むことも、或る場合にはあり得るかもしれません。

或る場合、……つまり、一つの条件が作られたときです。

杉岡課長は、もちろん、徒歩でどこかに行ったのではありません。必ず乗りものを利用している。修善寺で該当の営業車が見当たらないとなれば、残るのは自家用車だが、自家用車というと、普通、乗用車と思いがちです。しかし、自家用のトラックだってあるはずです。

では、なぜ、杉岡課長はそのトラックに乗り込んだのだろうか。

ここではじめて富崎夫人の急死が目の前に大きく浮かんできます。

夫人の死は睡眠薬の飲み過ぎらしいということになっていますが、三上田鶴子の推理では自殺と疑われています。しかし、これを自殺と決めてみても、今度はその原因がわからなくなります。

　富崎次長は夫人を実家に帰している。これも次長が真相の口を閉ざしているので、いかなる理由かわからない。女房の親父が具合が悪いから、看病のために実家に戻している、というのが次長の弁解でしたが、それは単なる口実で、その裏に何かありそうなことは、それが自殺と決めてしまえば自然と疑われることです。

　この疑いの答をどこに求めるかが問題です。

　三上田鶴子の手記には、しばしば病院に浅野由理子を訪ねていることが見えています。浅野由理子は肝臓の具合が悪くなったとかで、一ヵ月近くになるのにまだ入院していました。

　私は昨日買ってきたチューリップを持っています。

　それをきれいなセロハン紙に包み、会社に持って行って、しおれないようにお湯呑場のバケツの水に漬けておきました。みんな眼を瞠《みは》って、その美しさに見惚《みと》れていました。もっとも、私はずっとそこに居たわけではないので、富崎次長が仮にそれを見たとしても、彼がどう言ったかはわかりません。

　というのは、富崎はことのほかお茶が好きで、デスクに居ても絶えず若い女の子にお茶を要求しています。しかし、それがたびかさなると、さすがに気の毒になるとみえて、自分で立ってお湯呑場に行き、茶瓶から注いで飲みます。そういう癖を私は知っているから、この花が次長の眼に必ずふれるものと思っていました。

果たして昼過ぎに、富崎次長が珍しく私にものを言いかけました。

「君。湯呑場のチューリップを持ってきたのは君かい？」

これは詰問ではなく、にこにこしての問いです。

そうです、と答えると、彼は、

「この辺の花屋にも、あんなきれいなチューリップがあるのかな？」

と言います。

実は、あの花壇でその花を択《えら》ぶとき、私はちょっと珍しい変種を選択したのです。それは、多分、人工的にかけ合わせたのでしょうが、花の色が赤でもなく、紫でもなく、言ってみれば、赤い部分と青い部分とが、丁度、カラー写真の印刷のズレのように重なり合いながら、部分的に単色がはみ出ているのです。

「ええ、品川のほうにありました」

と、私は答えた。

「ほう、品川の花屋にこんなのを売ってるのかな」

と、彼は呟《つぶや》きましたが、

「君の家は品川ではなかったじゃないか？」

と、気がついたように問うのです。

「昨日は親しい友だちのところに不幸があったものですから、会社を休ませてもらいましたけれど、そのときにその近くで見つけたのです」

富崎次長は一旦はそれで納得したようでした。しかし、それだけで彼が落ちつかなかったことは、また私のそばに来てこう言ったことでわかります。

「君、あの花はぼくも欲しいな。品川のどの辺か教えてくれないか」

さあ、私は困りました。もともと架空ですから。……でも、商店街だと必ず花屋の一軒や二軒はあるだろうと思い、その辺をいい加減に言っておきました。

「ありがとう」

と、次長は礼を言い、席に戻りました。

なぜ、富崎次長がその花を気にするのかわからない。……いや、実はわからないことはないのです。あの花こそ、花壇の主人の徳右衛門が自慢したように、林田花壇独特の品種だからです。

私は退社時間になると、バケツからその花を取り、再びセロハン紙に包み、それに赤いリボンをかけ、オフィスを出ました。行く先は浅野由理子の入院している病院です。

社を出るとき、入れ違いに外出から帰ってきた野村次長に会いました。彼はいつものように、もの静かな態度でしたが、すぐに私の持っていた花束に気づき、「ほう」と一瞬目を瞠《みは》りました。私が、これから浅野由理子を見舞うと言うと、

「それで花を持っているんだね。きっと浅野くんも喜ぶだろう。よろしく言ってくれたまえ」

と、微笑を見せてエレベーターに乗り込んでいきました。

3

私が病院に行くと、浅野由理子はベッドに起きて本を読んでいました。彼女は私が訪ねてくるとは思いがけなかったようで、ちょっとびっくりした顔をしていました。日ごろあまり親しい話も交していない仲だし、わざわざ私が単独で見舞いに来たのが意外だったのでしょう。

「どうもすみません」

と、彼女は頬を赧《あか》らめて礼を言いました。私の課の中では、女子社員としていちばん年少なのです。

これはつまらないものだけど、と言って、携《たずさ》えてきた例の花束を私は差し出しました。

「まあ、きれい」

と、彼女は受け取ったとき言いましたが、ふと、その眼におどろいた表情が泛《うか》んだのを私は見逃しませんでした。花の重たげな頭はセロハンの端から出て震えています。赤に青の重ね色が少しズレたようなチューリップです。浅野由理子が眼を止めたのは、その色のあたりです。

私は彼女の表情から、彼女が一度はその花を見たことがあるな、と思いました。

「変わった色の美しいチューリップですこと」

浅野由理子は感歎したあと、私に顔をあげました。

「これ、どこでお求めになったの？」

それは富崎次長と同じ質問です。富崎も花の出所をしきりと訊いていた。

「品川のほうに行ったら、そこの花屋さんで、偶然、これが眼についたものだから、買ってきたの」

ここでも私は富崎次長にしたと同じ返事をしました。

浅野由理子は、もう一度花を眺めましたが、今度は富崎ほどには執着を見せず、すぐに脇の棚の上に置きました。

「花瓶があったら、わたしが挿《さ》しておくわ」

私が言うと、彼女は、いいえ、あとで自分でします、と答えました。

「どなたか付添いの方がいらっしゃるの？」

「いいえ、もうすっかりよくなったから、なんでも自分でできるんです」

浅野由理子は頰に明るいえくぼをつくりました。

「そう。それはよかったわね。では、お母さまもとっくにお帰りになったわけ？」

「ええ」

彼女はうなずき、会社にも長いこと迷惑をかけているから、近いうちに出社する、と言いました。

「そんなに焦《あせ》ることはないわ。十分に静養しなさいよ」

私はすすめました。

「でも、手不足なのに長いこと休んで、みなさんにご迷惑をかけていると思うわ」

「なんとかやってるようよ。そんなことを気にしていたら際限《きり》がないから、癒《なお》るまでのんきにここに居なさいね」

彼女は、日ごろからあまり親しくない私が一人で訪ねてきたことが気持にかなりひっかかっているようでした。私はそんなことを無視して、いかにも見舞いがてらにここに話し込みにきたというふうに腰を落ちつけていました。

浅野由理子が三上田鶴子の失踪を知っているかどうか、私には疑問でした。というのは、この病室を訪れたのは、三上田鶴子の失踪後、おそらく、私一人ではないかと思ったからです。もし、ほかの同僚が見舞いに来たら、当然、その人たちの口から三上田鶴子の行方不明が伝えられたに違いないが、誰も来なかったので、彼女は何も知らないわけです。おそらく、入院してすぐには何人か見舞いに来ているのでしょうが、三上田鶴子が居なくなってからは誰も来ていないのでしょう。

果たして彼女は三上田鶴子のことには一言もふれませんでした。

「あなたも早くよくなって、また次の旅行にはご一緒しましょうね」

と、私はそろそろ質問のきっかけを作りました。私が訊きたいのは、三上田鶴子の手記にある、浅野由理子と橋本啓子との二時間の入れ替えのことです。

「そうね、この前の修善寺も愉《たの》しかったけど、最後が怕《こわ》いことになって……。課長さんを殺した犯人はまだつかまらないのかしら？」

「警察も一生けんめいらしいけど、まだらしいわ」

私は話をそらすように言いました。

「まあ、いろいろなことがあるけれど、やっぱり旅行には行ったほうが思い出になるわね」

「そうね。やっぱり行ったほうが愉しいですわ」

「あなたは、旅館などではよく睡《ねむ》れるほうなの？」

「いいえ、はじめは、とても寝つきが悪くて困るの。知らない家だと、どこに行ってもそうなのよ」

彼女は答えます。

「あのときは、わたしの部屋も多勢だったから、なんだか浮き浮きして喋ってばかりいたわ。あなたのほうはどうだったの？」

「わたしは橋本啓子さんと二人だったから、それほど煩《うるさ》くはなかったわ」

そんな会話を導入部として、いよいよ質問の中心に入りました。彼女は、橋本啓子に頼まれて宴会の済んだ広間に二時間ほど休んだことを否定しませんでした。

この辺は三上田鶴子の手記に詳しく書いてあるが、手記には、橋本啓子が田口欣作を引き入れるために、浅野由理子をその部屋から追い出したというふうに解釈されてあります。

もっとも、これには手記も多少の疑いを残しています。

「あなたは二時間ばかりして広間から割当てられた部屋に戻ったとき、橋本啓子さんの様子にちょっと変わったところを見なかったの？」

私は訊きました。

すると、浅野由理子は、さもおどろいたように眼をいっぱい見開いて、しばらく私の顔を凝視しました。もちろん、彼女は私が三上田鶴子の手記を読んできたなどとは想像もしていません。

ですから、私の質問が三上田鶴子と全く同じだったのにびっくりしたのでしょう。

「あなたとそっくりなことを、或る人から訊かれたわ」

やはり彼女は言いました。

「そう？」

私は、それが三上さんでしょう、とよほど言おうとしたが、途中でやめました。彼女が或る人と言ったのでそれはわかっていることだし、よけいな刺戟《しげき》を彼女に与えて、その口を途中から沈黙させたくはなかったのです。

「あなたも橋本啓子さんと田口さんとが普通でない仲だとお気づきだったの？」

今度は彼女から私に訊いてきました。これは二時間の入れ替えが背景になっているので、私も否定はしないでわざとうなずきました。

「そう」

彼女はうなずき、はっきりと、こう言いました。

「今までは黙っていたけれど、橋本さんは田口さんに逢いたくて、わたしを二時間ぐらい外に出したんだわ。部屋に帰ったときは何事もなかったけれど、わたしはその前に、田口さんがあの部屋を出て廊下をこっそり歩いて行くのを見ています。ほんとにいやな気がしたわ」

浅野由理子は顔をしかめて、そう言うのです。

「では、あなたが広間に独りで寝ていたとき、誰かに見られて咎《とが》められたことはなかったの？」

「ううん、それはなかったの」

彼女は首を振りました。

「宴会の済んだあと、女中さんたちがあの部屋をあらまし片付けたあと、電気を消してしまったので、誰も来なかったわ」

「そう。じゃ、心細かったでしょうね？」

「仕方がなかったの。橋本さんはわたしより先輩だし、あんなふうに頼まれると、いやとは言えなかったの」

彼女は微かに苦笑を泛《うか》べていました。

ここで、私は、浅野由理子の母親が次長の富崎に頼んで彼女を入社させたことや、富崎がその手続きに杉岡課長を紹介者としたことなどを彼女に話すのは止めました。また、彼女の大月の実家に富崎夫人の親戚の植木屋からもらった盆栽が飾られていたことも、口に出しませんでした。その植木屋が伊豆大仁の林田徳右衛門という名前であること、そこの花壇にチューリップが栽培されていて、その一束が現に彼女の見舞品として眼の前に置かれていることなども言いませんでした。彼女はどうやら富崎夫人の死んだこともまだ知らされていないようです。

私がここに来た目的は、三上田鶴子の書いた手記の通りであるかどうかを、彼女自身の口から確かめることでした。つまり、手記の内容に信憑性《しんぴょうせい》があることがわかればよかったのです。

「あと二日で退院しますから、今度の月曜日から出社します」

別れるとき、浅野由理子はそう言いました。ところが、そのとき、はじめて彼女は三上田鶴子のことを口にしました。

「あのう、三上さんは元気にしていらっしゃる？」

そういう訊き方でした。

「ええ、……でも、いまのところずっとお休みしていらっしゃるようよ」

私はわざとそう答えました。実際、彼女は行方不明になっているというだけで、死んだという確証がない限り、「お休み」には違いないからです。

「あら、ご病気なのかしら？」

「さあ、よくわからないんだけど」

たったそれだけの会話でした。彼女は三上田鶴子の欠勤の理由を深く訊くのでもありませんでした。しかし、その質問はもっと早く出てもいいのではないかと思います。なぜなら、三上田鶴子ほど浅野由理子を「親切」に見舞った者はないからです。

私は家に戻って、再び三上田鶴子の手記の内容を整理しました。もとより、これには私の調査も参加して比較しながらの検討です。

ところで、三上田鶴子は依然として行方がわかりません。彼女は確かに事件の核心に一時近づいたと思われます。あの手記は、その後もっと多くのことが書かれるはずなのです。消えているのは、彼女にそれが書けなかったからです。

警察もいろいろと彼女の行方を捜査しているようですが、まだ何も摑《つか》めないようです。ただ、あの頭の禿げ上がった、よく笑う刑事はたびたび社に姿を見せるようです。彼は、来ると、すぐに部長室に消えて行きます。

休みあけの三十日、昼の休み近くなったとき、富崎次長がふらりと私のところに仕事を持ってきました。原稿を置いたついでに、そこで煙草を一服吸いつけ、いつになくゆったりとしています。彼は何気なさそうに、私に、

「君、こないだ持ってきた花は、品川のどの辺の花屋で買ったんだと言ったっけ？」

と訊きます。

「あら、駅のすぐ近くですわ。商店街の中です」

私が同じことを答えると、

「ああ、そうか。……いや、きれいな花だったからね、ぼくも欲しくなったんだ。……的場君。君、悪いけど、明日でも、あの花を買いに行ってくれないか」

と言うのです。

富崎次長はどういう気持でそれを私に注文しているのだろうか。とにかく、その場は咄嗟《とつさ》に、受け合いました。

「ええ、わかりました」

彼は五千円札を一枚くれ、これで花を買えるだけ買ってきてほしい、と付け加えま

した。

　富崎は、なぜ、あのチューリップに、そんなに惹《ひ》かれているのだろうか。私は、彼の注文を二通りに考えてみました。一つは、その言葉通りの意味であること、もう一つは、富崎がその花の出所を知っていて私に謎をかけているのではないかということです。

　もしかすると、彼はこの間あれから品川の花屋に行ったのかもしれません。もとより、それは私のデタラメだから、そんな花屋があるかどうかもわからないし、たとえあっても、同じチューリップを売っている気づかいはないのです。彼はそのことを確認したうえで私に難題を出しているのでしょうか。

　とにかく、明日、その返事をしなければならないが、これは私にそれほど苦にはなりませんでした。なぜなら、あのチューリップはもう売り切れていたと言えば、それで済むからです。

　私は今日ひさしぶりに社の食堂に行きました。いつもは値段は安くともそれ相応にまずいから滅多に行かないのです。食事をしている間ずっと、事件の分析で私の心は占められました。誰も私の近くには坐《すわ》りませんから、思索するにはもってこいの状態でもあります。

私は、三上田鶴子の手記にある橋本啓子と田口欣作の関係が、主として浅野由理子から語られている素材であることに思いつきました。現に私が病院に訪ねて行ったとき浅野由理子も、広間から帰ったとき、自分たちの部屋から出て行ったらしい田口欣作のうしろ姿を廊下で見たと言っています。

なお、三上田鶴子の手記は、課長が暗い空地で話していた女が誰だったのか、さまざまに推定していますが、その目撃の場所からの帰りに、三上田鶴子が田口欣作と一緒になったことを、かなり重要そうに書いています。

つまり、この事件には田口欣作が相当な役割を持っているのではないか、と手記は臆測しているのですが、田口があの橋本啓子とそんな仲になっているとは、私にはどうも考えられません。田口は大阪から転勤してきたばかりで、調子こそよいが、あの自負心の強い橋本啓子をすぐに手に入れたとは思えないのです。

してみると、浅野由理子の言ったことに果たして信憑性があるかどうかを考えてみなければなりません。

ここで私は、浅野由理子が橋本啓子の同室から広間に逃れたということが、逆に浅野由理子にとって一つの隔絶状態になったということに気がつきました。浅野由理子は、先輩の橋本啓子にそう言われて、仕方なく広間に避難したと言っていますが、これは橋本啓子に直接訊いてみないと、一方的には判断のできないことです。いずれにしても、二時間の間、浅野由理子が広間で寝ていたということが相当な意味をもってきそうです。逆に言えば、浅野由理子こそ何をしてもわからない状態に置かれていたからです。

現に、私が病院で彼女に訊いたとき、その二時間の間、広間には誰も来なかったと言っています。彼女を広間で見た者はいないわけです。しかも、その時間は、杉岡課長が宿を出て行く時間の中に入っているのです。

これをもう少し考えると、橋本啓子が浅野由理子に広間に行くように言ったことは、橋本啓子が浅野由理子のアリバイを証明しているようなものです。橋本啓子は、浅野由理子が広間で寝ているものと信じ込んでいるからです。

問題は、橋本啓子が果たして田口欣作と逢うために、浅野由理子を部屋から追い出したかどうかです。この点は、それとなく橋本啓子に当たってみなければなりません。

だが、日ごろから私とあまり気の合わない橋本啓子にそのことを訊く辛さが、前に横たわっています。橋本啓子は自分の容貌に自信を持っています。そして、同じ自信家である鈴木信子に競争心を抱いています。えてして、そういう人たちは私のような

（三上田鶴子もそうですが）醜女には軽蔑心を抱いています。口先こそ対等な扱いはしてくれても、内心では見くだしているのです。私もそれに反撥を持っているから、彼女と打ちとけることはなかったのです。それでこんな微妙な問題で質問するには相当な困難を予想されます。しかし、私はそれをやらなければならないのです。

さて、浅野由理子も、富崎次長も、私の持って行ったチューリップに非常な興味を抱いています。このことは、二人ともあの伊豆大仁の林田花壇をよく知っていることの事実を証明します。ひいては、同じ大月にいた二人と、林田花壇との関係も想像されるのです。

大月といえば、そこの実家に帰った富崎次長の奥さんは、果たして過失死か自殺か。もし、自殺とすれば、これも杉岡課長の事件に或る種の強い影を投げかけていると思われます。これは、三上田鶴子の手記の意見と同じです。

私は食事を終えました。ふと見ると、向こうのほうで、当の橋本啓子が池田素子と並んで食事をしている姿が見えました。二人は、何やら面白そうに話し合いながら箸を動かしています。

もし、彼女が一人だったら、かえって話しやすいのですが、私の後輩であるタイピスト池田素子が横に居るのは、なんとしても都合が悪いのです。といって橋本啓子一人を呼び出すのも変なものです。なんとか自然に彼女に近づく方法はないかと思っていると、池田素子はほかの用事があるらしく、食事を先に終えてひとりで出て行きました。

私は思い切って橋本啓子の傍に行きました。いつになく愛想のよい笑いをしたのですが、この私の微笑は、われながら悲しいものでした。額の出た、縮れ髪のオールドミスの顔が、どんなに見すぼらしい笑顔になってしまうか、私自身が鏡で十分に承知しています。眼が落ち込み、鼻が短くて小さいのです。それに、笑うと、歯ぐきまで見える品《ひん》のない醜い口がいっぱいに開くのです。

「橋本さん、お一人？」

と、私はできるだけ馴れ馴れしく言いかけました。彼女に軽蔑されるであろう私の笑顔を意識しながら。

「ええ」

と、果たして彼女は、いつになくものを言いかけてくる私にちょっとおどろいたように眼をあげました。

「わたしもちょうど食事が終わったところで、コーヒーを喫《の》みたくなったの。よかったら、つき合ってくださらない？」

「ええ、いいわ」

橋本啓子も、この私の誘いにうなずきました。しかし、これは親愛の情からではなく、つき合いだから仕方がないといった顔でした。

ついでですが、この社員食堂は食券制になっています。電車の回数券のように、五枚ずつ六枚綴じ込みになっていて、食べたものの値段に応じて券を何枚か渡すようになっています。

橋本啓子は、自分の食券を出して割勘にするつもりでしたが、私が彼女の分までおごって六枚分を切ったので、これも意外だったようです。私が吝嗇《りんしょく》で有名だったからです。

食堂はセルフサービスなので、私がコーヒー二つを運んでくると、彼女もさすがに恐縮していました。しかし、警戒は怠《おこた》りません。何か目的があってサービスするのだろう、といった顔つきは隠せませんでした。

私は、浅野由理子に話したように、修善寺の団体旅行の思い出を話しました。あそこはサービスがどうだったとか、男子社員の誰それは下品だとか、日ごろおとなしい人ほど酒を飲むと上役に絡《から》むとか、まあ、そういったありふれた話題でした。

橋本啓子もいつの間にかその話の中に誘い込まれて、最初の警戒心もどうやらうすらいだようでした。

私は、苦労の末に、浅野由理子を部屋から二時間ほど追い出したことを、遠まわしながら訊きました。

すると、彼女は、なぜか頰を赧《あか》らめ、実は、少し都合があってそうしたのだと答えました。その「都合」の理由は言いませんでしたが、たしかに彼女が浅野由理子を広間に追いやったことは事実だったのです。

私は混乱しました。今までの推定がここでつまずいたからです。

私は社員食堂を出て通りに歩いて行き、タクシーを奮発して××区の区役所に行きました。そこで、或る人の戸籍謄本を閲覧させてもらいました。昼の休み時間を利用してのことですから、社への帰りもタクシーです。

三時ごろ、タイプを打っている私のところに富崎次長が来て、これを大至急に打ってほしいとタイプ原稿を渡して行きました。その原稿紙の下にもう一枚紙がはさまっているので、何気なく見ると、こう走り書きしてありました。

《君に品川の花屋のことを頼んだが、今日退社してから品川に行く用事があるので、君と一緒にその花屋に行く。品川駅西口の待合室に六時半に居ます。このメモはすぐに破って焼却のこと》

私は席を離れ、彼の指示通りにその紙片をこまかく裂き、誰も居ない地下室のコンクリート床の上で焼きました。

4

私は、会社が退《ひ》けるとすぐに、国電で品川駅に向かいました。

私は、電車の窓からぼんやりと外を眺めていました。しかし、むろん、景色に興味を持っているからではありません。富崎と落ち合ったら、どういうふうに彼を花屋に案内したものか、そればかりを思いわずらっていたのです。

もとより、架空の話ですから、花屋に行っても、富崎に見せた、あの変種のチューリップがあるはずはありません。また、果たして花屋自体が商店街にあるものかどうか、これもデタラメですから、わかったものではないのです。嘘だということは、すぐに富崎にわかってしまいます。

仮に幸運にも花屋が一軒ぐらいあったとしても、そこで訊けば、そういうチューリップを売った憶えはないと店員に言われるに決まっています。いずれにしても私の嘘が露顕《ばれ》ることは絶対になってしまいました。

眼は虚《うつ》ろな風景を視界に入れています。たくさんの自動車が走っている。物凄く大きな荷物を積載したトラックもあれば、ダンプカーも走っている。それには砂利や土がいっぱい積んでありました。東京ではいつでも地下鉄や高速道路の工事やビルの建築が行なわれていますから、こういう需要が絶えることはないようです。

私は、品川に着くまで、目下の危急を忘れて、そんなことに気をとられていました。富崎に遇《あ》えば遇ったで、何とかなりそうな楽観的な気分にも変わっていたからです。いうなれば、追いつめられた者が、かえって目下の危機感をごまかそうとするあまり、のんびりとした気分に転換していたのです。

浜松町《はままつちょう》駅から田町《たまち》駅までの間でした。この辺は倉庫街になっていて、トラックの往来も頻繁《ひんぱん》なのです。ふと眼に映ったのは、その交通の激しい中を一台のトラックが品川の方に向かって疾走している光景です。しばらく電車の速度と並んだものだから、トラックは停止状態に見えました。そのトラックには大きな植木が二本積まれ、薦巻《こもま》きした根元のところには、後続車への注意のため赤い布がつけてありました。赤い布は風にひるがえっていました。

ただそれだけの風景でした。電車のほうが速いので、トラックはやがて見えなくなり、すぐに田町駅のホームにすべり込んでゆきました。

あたりは、ようやく暮色が濃くなってきています。ホームの灯も、街の灯も生気を増してきたようでした。やがて品川駅の賑《にぎ》やかなホームに電車はすべり込み、私はそこで降りました。

富崎次長はもう来ているだろうか。私が退社したときはすでに定刻を十分過ぎていたので、彼の姿は机の前に見えませんでした。机の上がきれいに片付いているところをみると、すでに社を出たあとでしょう。それを見ただけでも彼の気負いが感じられて、私は圧迫感を早くも覚えたものです。

待合室に行きました。四月も末だというのにコンクリートの冷え込みが足もとから匍《は》い上がってきます。十四、五人ばかりの人が長椅子に自堕落《じだらく》に掛けたり、ねころんだりしていました。その中に、新聞で顔を蔽《おお》うようにして坐《すわ》っている、富崎の姿を発見するのに苦労はいりませんでした。私は、隅のほうにいた彼に歩み寄りました。

お待たせしました、と言うと、彼は急いで新聞をたたみ、それを揉《も》みくちゃにしてコートのポケットに入れると、さっと出口へ歩き出しました。

駅前は、すでに明るい灯がいっぱいに散らばっています。

「君、すまんな」

と、富崎は私に愛想よく言います。

「どうしても、あの花が欲しいのでな。ぜひ、案内してもらいたかったんだよ」

私は承知したが、もし、富崎との待ち合わせ時間がもっと遅かったら、ひと通り商店街あたりを下見して来るところでした。そして、花屋があれば、すぐにそこに案内できるし、もし、無かったら、別な方法を考えることもできたのです。

だが、そんな時間が無いので、どうにも仕方がありません。電車の中での思案もうまい考えが泛《うか》びませんでした。えい、ままよ、出たとこ勝負だと思って、灯の密集している商店街のほうに歩き出しました。

品川の商店街は、広い大通りを挟んだ両側と、その裏側に少しばかりあります。ところが、私が歩いてみて、その通りには花屋さんが見当たらないのです。私は眼を左右にきょろきょろ動かしながら歩いたのですが、はじめから花屋を知っていれば、真直ぐにそこへ向かうはずです。そんな気配を富崎は知ってか知らないでか、私と肩を並べてのんびりと歩いているのです。商店街の灯が輝きはじめていました。

とうとう、大通りでは商店街の尽きるところまで来ました。

「おかしいわ」

と、私はわざと呟かなければなりません。

「間違えたかしら？　この辺はあまり来ないから」

そう言うと、富崎は同意したように、

「ぼくもこの辺はよく知らないんでね。無理はないよ」

遠慮してか、彼は私に調子を合わせます。

大通りを渡って、その裏手を歩きました。すると、間口の小さい花屋さんが一軒だけありました。私は蘇生の思いがしました。

けれど、店に入ったとたん、第二の難関にぶつかりました。いうまでもなく、あの、チューリップがあるわけではなし、また、私が曽《かつ》てここで花を買った事実の無いことはすぐに露顕《ばれ》るわけです。むしろ、そういう意味では花屋が見つからなかったほうがよかったかもしれません。一昨日一度来ただけで場所を間違えたと言えば、何とかごまかせるのではないでしょうか。

「ここかね？」

と、富崎は、その花屋の店頭をのぞきます。

「ええ、たしかここだったと思うけれど」

私の答えは自然と曖昧《あいまい》になりました。

仕方がないので店に入ったところ、丁度、一人、お客があって、店の主人が見舞用か何かの切り花を整えているところでした。明るい照明の下です。

「おじさん、この前のチューリップ、もう無いかしら？」

「は？」

と、店のおやじは私の顔を眺めたが、私はそれに構わずに言いつづけたのです。

「ほら、こないだ、ここで買った変種のチューリップですよ」

富崎がうしろに控えているのを意識して、私は強い言葉で言いました。

「さあ、うちにはそんな変種のチューリップを置いてなかったがな。誰が売りましたかい？」

「あら、おじさんじゃなかったかしら。じゃ、ほかの方だったかしら？」

「家内ですか？」

「あ、奥さんだったかも知れないわ。とにかく、ひどく色の変わったチューリップよ」

「へえ……」

花屋の主人は首をかしげています。私があまりに自信たっぷりの言い方をしたので、かえって向こうが迷っているようでした。店の中はあらゆる種類の花で埋まっています。その中には真赤なチューリップもありますが、林田花壇のと似ても似つかぬ花であることは言うまでもありません。

「家内はいま出ていますが、そんな花があったかな？」

私はひとまず、虎口《ここう》を逃れました。

富崎はどう思っているだろうか。私のごまかしに乗っただろうか。それとも、それを見破っただろうか。

「すみませんでしたね」

私は花を発見できなかった詫びを言った。ちょっと彼の顔を見るのが怕《こわ》かったのです。

「いや、仕方がないね」

私が、ここで失礼します、と言いかけようとすると、

「君、的場君」

と、彼は急におごそかな調子になって言いました。

「少々、君に訊きたいことがあるんだ。少しの時間でいいから、もう少しつき合ってもらえないかな」

ああ、やっぱり富崎は私のごまかしを見抜いていたのです。

「ええ、結構ですわ」

しかたなく答えました。

「そうかい、それでは……」

富崎はその場所を考えているようだったが、喫茶店もまずいし、といって他に行くところもなし、と口の中で呟いていました。

「そうだ、タクシーに乗っているうちに、いい所を考えつくかもしれないな」

彼はそう言うと、通りかかった空車を停めました。

「お客さん、どちらへ？」

「そうだな、池上《いけがみ》のほうへでも行ってもらおうか」

そのときの印象は、たしかに富崎が急に思いついたといったふうでした。私は車に乗る前に不安になって後ろを振り返りました。富崎はその私の背を押すようにして先に車内に入れました。

車内では、彼は当たりさわりのないことを話しました。それは、運転手の耳があるからでしょう。しかし、彼は、商店街の明るい灯が過ぎてから、少しでも暗い場所になると、窓の外をしきりと物色する眼になっていました。

やがて大森を過ぎて、洗足池《せんぞくいけ》の水が暗い中に灯を映して見えてきました。だが、ここもまだ人家が密集しています。

「お客さん、池上はどこですか？」

「うむ……そうだ、本門寺にやってくれ」

池上の本門寺、――池上といえば、この法華《ほっけ》の寺がすぐ連想で出るのは無理がありません。私は富崎が苦し紛れにそこを指定したと思いました。だが、或る意味で、これは恰好《かっこう》な場所を思いついたともいえます。夜の本門寺の境内は淋しい外灯があるだけで、人影一つ見えなかったのです。

車は境内に至る坂を上って広場に着きました。富崎はそこで料金を払いました。その間、坂の下には街の灯が輝き、通りを走る車のヘッドライトがつづくのを私は見ていました。

「少し歩こうかね」

タクシーを帰した富崎は私をそう誘うと、広場をぶらぶらしました。まばらな外灯だけの寺は黒い影を闇の中に沈めています。下の街には灯が一面に輝いているのが見えるが、境内の端はこんもりとした木立となって、そこも黒い林の影がかたまっていました。

私たちは、まるで恋人のようにそこを散歩するのですが、私は富崎が何を言い出すのかと思うと、自然と心臓が高鳴ってきました。

「ねえ、的場さん。……会社もこの前から変なことがいろいろあったね」

彼は、そういうような言い方で口火を切りました。

「杉岡課長は、あんな不幸な目に遭《あ》うし、つづいて三上田鶴子君も未だに行方が知れないし、……ねえ、君。君は三上君の行方について何か心当たりがあるんじゃないか？」

「いいえ、全然わかりませんわ」

「そうかな？」

彼は、ちょっと疑わしげな口吻で歩きつづけました。暗い中で、彼の吸う煙草の火が赤い点を息づかせています。

「君も三上君の遺した手記を読んだね？」

「はい。刑事さんから見せていただきました」

「私も読ませてもらったがね。……だが、三上君が杉岡課長の死にあれほど異常な詮索心を抱いていようとは意外だったな」

私は、富崎が三上田鶴子のことに寄せて私を探っているような気がするのです。

私の過去の秘密は、まだ誰も気がつきません。それはそうでしょう。私のような醜女を、あのダンディな杉岡課長が、五、六回も対手にしたとは誰も思えないからです。だが、ここに、その秘密を一人だけ嗅ぎ取っている者がいます。富崎は、たしかにそれに気づいていると思います。なぜなら、死んだ杉岡は富崎とは非常に親しい間柄でした。男同士の話の中から、杉岡が私のことを彼に告げなかったとは言い切れないからです。

「三上君があれだけ熱心に課長の事件を追及した理由は、もしかしたら課長とのあいだに、何かあったからじゃないのかな。そういえば彼女自身も手記のなかで、そんなことをほのめかしていたようだね。課長とひそかな関係のある人間でなければ、その死に特別な関心を示すはずはないって」

次長富崎は、そう言うのです。それが私への皮肉としか取れません。

杉岡課長は浪費家でした。服装や持物はいつも一流の舶来品でそろえ、贅沢《ぜいたく》な生活を愉しんでいました。しかし、いくら課長でも貰っている給料はそれほど多くはありません。当然に課長は金に困ってきました。私が小金を溜めていることを彼は誰かに聞いたらしく、ある日、退社時間を過ぎて、何気なく私に借金を申し込んできたものです。私は快く彼のため応じました。

ああ、私のような醜い女が課長に好意を見せられるのも金があるからです。少なくとも彼は、私から金を借りる瞬間だけは私を相手にしているわけです。自分でも鏡を見るのが憂鬱《ゆううつ》になる私の顔が、このときだけは彼に対等でものが言えるのです。陰で私の面相をいろいろ言われていることも承知です。若い社員たちが軽蔑と憐憫《れんびん》の眼を向けていることも知っています。

それなのに、他の社員の誰よりも女性に対する審美眼の発達を誇っている課長が私のご機嫌を取るのです。私は金の価値の偉大さを今さらのように知ったのです。

私は彼に七万円を渡しました。そのとき、彼がお追従《ついしょう》たらたらに感謝の言葉を述べたのを忘れません。

次には、その金が返されないままに十万円を渡しました。このとき、彼は臆面もなく見え透いたお世辞を言いました。

けれど、女性は、そのことを知っていても、男性からほめられるのは悪い気持はしません。殊に、私にとっては生まれて初めての、男性からの好意だったのです。もっとも、いくらなんでも彼は私の顔が美しいとか、きれいだとかは言いませんでした。それではあまりに見え透いた嘘になると思ったのでしょう。

私はほかの社員からは利子を取りましたが、課長からはどうしても取れなかったのです。それは、彼によく思われ、少しでも職場を居心地よくしたかったせいもありますが、彼との貸借関係が次第に私のなかに別な感情を育ててしまったからです。

こうして私は、それまで他人のいかなる恋愛にも冷たい眼を向けていたのが、彼に愛情を燃やすことになりました。むろん、私は彼の愛を信じたわけではありません。それがあくまでも金銭的な取引から来る彼の功利的な利用だということは承知の上だったのです。しかし、やはりそういう経験の無かった私の空白が、すべてを承知の上でそれを求めたといえましょう。

したがって、彼から棄てられたときも、私にはそれほどの後悔はありませんでした。当然のことが当然のように運ばれたという感じでした。私が彼に貸した金は、総額三百万円にもなっていました。私の貯金からすると、三分の一は彼に掠《かす》め取られたわけですが、あれほど金に執着を持っていた私が、対手が彼だという理由だけで、口惜しくも何ともなかったのです。

これは前にも考えたことですが、三上田鶴子があの執念深い追及をしたのも、彼女が私と同じ立場だったからと思うのです。そのことは、課長といちばん親しい、或る意味でお茶坊主的存在だった、この富崎次長も知っていると思われます。

——このとき、寺の暗い本堂から懐中電灯の光が見えて来ました。富崎もそれを見て急に黙りました。懐中電灯の光は、私たちを目指してやってきます。

「もしもし」

と、光を持った人間は言いました。眩《まぶ》しいので相手の姿はよくわからないが、寺の坊さんには違いないようです。

「そこで何かご用事をしてらっしゃるんですか？」

坊さんは男女が立っているので、きっと、この辺にやってくるアベックと思い違いをしたのでしょう。

「いや、少し話があるんでね。ここが静かなものだから、ちょっと場所を拝借しているんですよ。なあに、ただの散歩です」

富崎がそう言いました。

坊さんは私たちの年齢を見て合点がいったのでしょう。

「ああ、そうですか。この辺は夜な夜なアベックがやって来て境内を汚して困るんですよ。それで、ときどき見回っているんですが、あなた方なら安心です。どうぞごゆっくり」

坊さんは引き返して行きました。

いま私の気持は、富崎と必死な火花を散らしているところです。しかし、ほかの人間にはアベックが仲よく蜜語を交わしているように見えたのでしょう。

私はここで気づきました。

それは三上田鶴子の手記の中にある情景です。修善寺の空地で、課長と女の黒い影が寄り添っていたという、あの目撃の場面です。

三上田鶴子は、あの男の影を杉岡課長だと決めています。しかし、彼女は杉岡課長の顔をはっきり見たとは書いていないのです。ぼんやりとした黒い影から、それと想像しただけです。それに、杉岡課長は宿の丹前を着ていました。女もそうでした。

この女のことについて三上さんはいろいろと推測していますが、男についてははじめから杉岡課長と決めてかかっているのです。なぜ、彼女は、その男にも、相手の女性と同様に懐疑を起こさなかったのでしょうか。

もとより、それは三上さんが、課長の行方不明にそれを結びつけているからだと思われます。あるいは、似た姿を、関心を寄せている人間と思いこむ女性心理もあったのでしょうか。

三上田鶴子のこの観念が私は気になってきました。

また、三上田鶴子の目撃によれば、黒い男女は抱き合ったかたちだとも言い、ひそひそと仲よく話し合っていたとも解釈しています。

しかし、現に、私たちは寺の坊さんにアベックだと間違えられたのです。三上田鶴子が見た男女の風景も、彼女の感想の通りだったでしょうか。

言葉を変えると、あれは杉岡課長ではなかった、また相手の女もわが社の女子社員ではなかった、という一見突飛な考えが私の胸に起こって来たのです。

宿の着物という一種のユニホームが、暗い闇と黒い影という曖昧な視界の中に、人間の区別をいよいよ混乱させたとは言えないでしょうか。

女。——

あれは誰だったのか。もし、私たちの慰安旅行を知っている女性が、同じ宿に泊まっていたとしたら、どうでしょうか。三上田鶴子の手記には、着物が同じ旅館のものだったと書いてあります。あの旅館は私たちだけが貸し切りで泊まっていたのではないのです。

「君は今度の事件で、どの程度知ってるんだね？」

富崎はようやく質問に入りました。

「何にも知りませんわ」

「では、興味は持っていないのかね？」

「興味は持っています。でも、べつに調べたことはありませんわ」

「ふむ。ぼくをごまかそうと思っても駄目ですよ。ぼくは君が陰で何をこそこそしているかわかってるんだからね」

「あら、そうですか」

と、私は平気でいました。

「君はあの後また伊豆に行っているね？」

「…………」

「三上田鶴子の手記を見ても、君は妙な調査をやっていたじゃないかね？」

彼女の手記は彼も読んでいるので、これは否定のしようもありません。警察では三上の手記に探偵のように登場していた私と、野村、富崎、それに田口の四人に、あの手記を読ませていたのです。多分、三人の反応を見たかったのでしょう。

「あれは三上さんの思い違いが多いんです」

私は抗弁しました。

「三上さんは、あの調査に頭がいっぱいだったのですわ。ですから、わたしがあののち修善寺に遊びにいったときのことも、みんなそれに結びつけて考えたのです。だって、次長さんが田口さんと警察への挨拶回りに修善寺に行ったことにも、三上さんは特別な偏見を持っていたじゃありませんか」

「ぼくたちは正当な理由があったんでね」

煙草の好きな富崎がそれも喫《す》わないで言います。

「だが、君は妙な土をどこかの大学に持ち込んだりして、三上と競争していたじゃないか」

「そんな事実はありません。あれは三上さんが一方的に書いただけです。あの手記が全部信用できるとは思いませんわ」

「どうして、そういうことが言えるかね？」

「だって」

私はここでいま思いついた疑問を投げてみました。

「三上さんは、修善寺の空地で、亡くなった杉岡課長さんと橋本啓子さんとが抱き合っているとか、ささやき合っているとか書いていますが、あれも本当だと思いませんわ」

「何っ」

思いのほかの手ごたえです。闇の中に富崎の姿が一瞬ゆらいだように思いました。

いや、それよりも、それを見て私のほうがおどろいたのです。なぜ、彼はそのようにびっくりしたのか。思いがけない反応でした。

「どうして、君はそんなことが言えるのだな？」

彼は問い詰めてきました。

「わたしに心当たりがあるからです」

このとき私の胸には、ある考えが天啓のように閃《ひらめ》きました。人間はいくら一生懸命に考えようとしても、わからないことがあります。だが、はずみというか、ちょっとしたきっかけで思わぬ想念が泛《うか》ぶことがあります。

「わたしの心当たりというのは、三上さんが目撃した女の方ですわ」

「誰だ？」

思いなしか、富崎の声も緊張していました。

「それは、あなたが一番ご存知の女の方です」

「…………」

「富崎さん、あなたはご自分の奥さんをなぜ修善寺に行かせたのですか？」

あっ、という彼の声が聞こえました。実際は、彼が口の中で小さく言ったに違いないのだが、私の耳にはそんなふうに大きく入ったのです。いや、それは彼の動作から受けた印象かもしれない。富崎は今にも私の肩を摑みそうなくらい、怖ろしい形相で見据えているのです。

するると、あのときの相手の男は？　……

「富崎さん。あなたはなぜあそこに奥さんを呼んだのですか？　何を話したのですか？」

なぜ、私がその男を富崎と推定したか。

それは、三上田鶴子があの晩の帰りに田口と遇ったことから思い合わせたのです。富崎と田口とは、いつも同じ行動をしていたからです。

では、その夫婦の忍び逢いの時間、富崎が宴会場に居たかどうかです。この点は三上田鶴子の追及はなされていません。なにしろ、五十人もの多勢があの場で騒ぎ立っていたのです。富崎が仮に三十分間脱けたとしても、それは目立たなかったに違いありません。現に、席が乱れてからは人の出入りが多かったことを誰もが知っているからです。

「ふむ、いい加減なアテ推量を言っては困る。女房があんな所に来る必要がどこにある？」

富崎は迫りました。

「それは、ご自分の胸に手を当てて考えられるといいわ」

私は言い返しました。

「あなたの奥さんは、なぜ、自殺なさったんです？　……あなたは、奥さんがお父さんの病気の看病のため、実家に帰ったとおっしゃっていましたね。けれど、奥さんはあなたと別居のつもりで大月に帰っていられたのです。なぜ、奥さんが別居のかたちになったか。また、なぜ、睡眠薬を多量に飲まなければならなかったか……」

富崎は黙って動かないでいます。彼の黒い影のうしろに、星だけが眼に見えない緩慢な運行をつづけているのでした。先ほどまで家の屋根のつい上に出ていた大きな星が、いつの間にか彼の肩の上に昇っているのです。

「あなたの奥さんは、杉岡課長に誘惑されていたのでしょう?」

富崎は低く唸《うな》りました。

「あなたは、公私ともに杉岡課長に密着していました。だから、奥さん同士も仲がよかったのです。富崎さん、あなたは自分の奥さんを、まるで課長の家のお手伝いさんか何かのように差し向けていましたね。だから、杉岡課長の奥さんは、あなたの奥さんをひどく気に入っていたのです。つまり、奥さん同士が仲よくなることで、あなたは杉岡課長に引き立ててもらいたかったのです。けれど、あなたにも誤算がありましたね。まさか、杉岡課長があなたの奥さんに手を出そうなどとは思いつきませんでした」

「…………」

「杉岡課長は、真底からの女好きです。白状しますが、わたしもあの人とは何度か連れ込み旅館でベッドをともにしたことがあります。おそらく、女の身体だけを求める、一種の畸形《きけい》心理が課長にあったと思うのです。ほら、男の人がよく言うじゃありませんか。千人斬りだとかいう卑猥《ひわい》な放言です。課長は、ああいう型でしたわ」

「…………」

「その誘惑がどこではじまったかはわかりません。でも、杉岡課長の家は夫婦二人きりです。偶然、課長の奥さんが外に出ていて、課長だけが残っていたところへ、あなたの奥さんが訪ねて行ったということはあり得ると思います。わたしはそういう場面を想像することができます」

私は富崎の傍から二、三歩離れました。下の街にいっぱい灯が輝いています。なかには、その灯が消えてゆく家もありました。

「やあ、奥さんですか、と課長はあなたの奥さんを迎えます。奥さまは？　とあなたの奥さんは訊いたでしょう。家内は出ています。いつも手伝っていただいて恐縮ですな。いいえ、とんでもありません。まあ、少し休んでいらっしゃい。奥さまはすぐお帰りですか？　ええ、すぐ帰ると思います。まあ、家内を待つ間に、ぼくにお茶でも淹《い》れてくれませんか……」

私は灯の街に向かって呟きます。まるで舞台の俳優が観客に向かって台詞《せりふ》を吐いているような具合です。その台詞は、もちろん、私の想像という台本から生まれているのです。

「……あなたの奥さんは、杉岡課長のいう通りにお茶を運んでゆきます。二言三言、やり取りがあります。突然、杉岡課長の手があなたの奥さんに伸びてゆく。奥さんは課長の胸に倒れかかってゆきます。そのときのあなたの奥さんの気持の中に、こういう心理は働いていなかったでしょうか……」

富崎はじっと黙って聞いていました。

「あなたの奥さんは、課長夫人の奴隷でした。まるで主人の出世のためご機嫌取りの奴隷となっているようなものです。奥さんとしても課長夫人に反感があったに違いありません。また、あなたと比べて上役というものに対する憧憬がなかったとは言い切れません。あるいは、自分を課長夫人の召使いにさせるあなたへの反撥もあったと思います。それと永いこと一人の男と暮らしてきた人妻は、そういうチャンスを意識の下に待っていたということも言えると思います。あなたの奥さんは課長のものになったのです」

唸りが闇の中から低く起こりました。

「まあ、聞いてください。……あなたはそれに気づかれました。けれども、自分の出世のために歯を食いしばっておられたのです。すると、杉岡課長の気持の中に変化が起こりました。皮肉なことに、あなたの奥さんを奪《と》ったことで課長は、それまであなたを贔屓《ひいき》にしていたのが、反対の野村次長に傾いたのです。つまり、課長に弱点ができたので逆手に出たと思います。……あなたは計算違いをしていました。杉岡課長の気持を普通の人間と思っていたのです。杉岡さんは、もっと微妙な性格の持ち主でした」

「………」

「あなたはいち早くそれを見抜いた。今までは杉岡さんに可愛がられて、その後任者として推薦してもらえるものと思っていたのに、課長の愛情がライバルの野村に移ったのです。それを知ったときのあなたの課長に対する忿怒《ふんぬ》、憎悪、そして自分の妻を奪られたことへの恨みが、噴流となって胸の中から迸《ほとばし》って出たのです……」

5

暗い本門寺の境内から富崎はひとりで帰って行きました。私の放った質問には何一つ答えませんでした。ただ最後に、こんなことを私に反問したのです。

「君は、あの伊東街道の課長の殺された現場で、外灯のグローブがどうして叩き壊されていたかわかるかね？　いいかい、あれは明らかに課長が殺されることを予期してなされたものだ。犯人は、グローブの破片をあの土の中に入れたことで、完全に課長の死体が現場で殺されたことを証明しようとしている。君も憶えているだろう。課長の死体の頸に、あのグローブの破片で傷つけられた跡があったことをね。だから、紛《まぎ》れもなく、課長はあそこで殺されたのだ。他《よそ》から運ばれたものではない。あの外灯の破片がそれを証明する。

しかしだ。それには、誰があの外灯を叩き割ったかだ。犯行のあった二日前の夜にそれが壊れていたことは、現場の作業員の証明でわかっている。……君は、うちの社員の誰かがそれをやったとすれば、課長の事件の前に、東京から来た人間がいることを知らなければならない」

富崎がそう言ったあと、肩を落とした黒い背中がとぼとぼと坂道を下って行くのを私は見ています。その肩には境内の光が当たって白くなったり、黒くなったりしました。

私は家に帰ったが、富崎の言葉が忘れられませんでした。

まさに彼の言う通りなのです。あの現場の外灯の破壊は作為的なものです。

ところで、あの外灯の高さは下から三メートルは確実にありました。それを割るには小石か何かを投げて当てるほかはないのです。

もし、わが課のなかに犯人がいるとすれば、杉岡事件の前に、東京から現場に行った者がいるわけです。

ところが、会社の退けるのは午後五時です。会社をすぐに出たとしても、現場に行くのには約三時間はかかる。時刻表を見ると、連絡が悪くてもっと長い時間がかかることがわかりました。しかも現場までは修善寺駅を下りてからハイヤーかタクシーを利用しなければなりません。バスは終わっています。

帰りも、東京に戻ろうとすれば、車で三島まで出て夜中の列車に乗るか、その車で東京に直行するかです。

また、その晩に修善寺に泊まれば、会社の出勤時間の九時までに着くためには、宿を六時前に出なければなりません。いずれにしても、外灯が壊れたのは事件前の夜ですから、会社の出勤簿に欠勤者を求めて、そこから外灯破壊者の手がかりを摘むことは困難です。

杉岡課長のバラバラにされた死体に塗《まみ》れていた土が、この事件の鍵です。……これは前にもみたように、あの辺の赤土ではなく、奥関東一帯の土壌です。道路補修工事の現場の土は夥《おびただ》しいものだったが、課長の死体の周辺だけが別ものなのです。こう考えると、その土はよそから運ばれたものでなければなりません。大体の目分量は、石炭箱三杯分ぐらいであろうか。

こうなると、当初考えられたように、土そのものを載せたダンプカーのようなもので運ばれたのではない。別な容器、たとえば、石炭箱三杯分ぐらい入るような容器に土を詰めて運んでも十分です。ただし、この場合、運搬にはやはり自動車ということになります。

三上田鶴子も私と同じ考えを持ったとみえ、その手記によると、東京周辺の工事現場をしきりと調べて歩いています。しかし、彼女はそこで調査を止めている。以後何かを摑もうとしたが、彼女自身が失踪したのです。いや、たしかに何か真相に近づいたために殺されたと言ったほうがいいかもしれません。死体は未だにわからないでいます。

では、土を入れた容器は何か。それを運搬した車は何か。

タクシーやハイヤーでないことはわかります。そういうものに積めば、すぐにあの騒動の段階で足がつくからです。してみると、それができるのは自家用車しかないのです。

ここで杉岡課長が失踪した晩の行動が関連してきます。たびたび考えたように、課長は徒歩で行ったか、他の乗りものを利用したか、未だにはっきりしませんが、少なくとも営業車ではなかった。そういうものは、警察が修善寺を中心に隈《くま》なく調査しているからです。

私は、土を運んだ車と、宿を出た課長を運んだ車とは、おそらく同じものであろうと考えました。では、その車は誰が持っているのか。そして、わが課員の中に犯人がいるとすれば、どのような方法でその車を借りたのであろうか。

大仁《おおひと》の林田花壇が、この事件に大きな鍵を持っていることは想像がつきます。それは、あの変種のチューリップを浅野由理子に見せたときの彼女の表情と、それから、次長の富崎に見せたときの彼のおどろきと熱心な追及でもわかります。殊に富崎などは、私が買ったという架空の品川の花屋にわざわざ一緒について来たくらいです。よほどあれがショックだったようです。

そして、この林田花壇と富崎との間に姻戚《いんせき》関係があり、さらに浅野由理子と富崎の妻とは同じ山梨県大月市の出身です。両家には近所づきあいという交際もあります。富崎、浅野、林田花壇、——こういう三角点が私の頭の中に描かれてきたのは、この前からです。

この線から奥秩父の土を運んだ車が出てくるだろうか。また課長を拉致《らち》した車が見出されるであろうか。

すでに杉岡課長が殺害された動機ははっきりとしてきました。つまり、富崎には課長に殺意を抱く理由が十分にあったのです。浅野由理子が富崎に協力したとしてもおかしくはない。そうなると、浅野由理子が病院に入っていることさえ一つのカモフラージュとみえます。三上田鶴子は完全にそれにひっかかって、浅野由理子を全く疑っていませんでした。

ここで、浅野由理子が修善寺の旅館の部屋から二時間ばかり脱け出ていたことが問題となります。つまり、彼女は同室の橋本啓子に頼まれて広間に寝たというが、彼女にこそ誰からも知られない空白の時間がありました。この時間が杉岡課長を誘い出す行動を含んでいたと解釈してもよいのではないか。

彼女は橋本啓子が庶務主任の田口欣作を引き入れるために、自分を追い出したと言っていますが、それこそ彼女が自分の脱出を偽装する口実と考えていい。むしろ彼女のほうから、自分は二人のための時間をつくってやってもよいと示唆をあたえたのではないか。あとになってそのことを橋本啓子なり田口なりが他人《ひと》に話すことはまず絶対に考えられないのです。

そして、十二時過ぎの空白の二時間が、実は浅野由理子の意志でつくり出されたとしたら、その前に、十一時半ごろ橋本啓子が帰るまで、自分は部屋に居た、という由理子の証言がどうして信じられるでしょうか。彼女は要するに橋本啓子が戻る前に、一度部屋に帰った、ということです。そして、十二時すぎに広間に行くと言って部屋を出た浅野由理子は、課長を連れて或る地点に行く。

……だが、待てよ。では、その理由は何か。つまり、課長が浅野由理子に連れ出された動機です。

杉岡は富崎の妻と関係を持っていた。修善寺の宴会の晩は、富崎の妻が秘かに近くの旅館に来ていて、そこで杉岡を待っていたとしたら、どうでしょうか。

杉岡課長は富崎の妻が来ていることなどは知っていませんでした。だが、富崎の妻は、それを或る女に言《こと》づけて、自分の宿に来るように頼む。三上田鶴子が暗い空地で見たのは、富崎の妻の頼みを受けた女が杉岡と逢って、そのことを報告している場面だったのです。宿ではできない話です。現に何も知らない富崎が宿には一緒に居るので、その耳をおそれて、杉岡を空地に誘い出したのでしょう。このへんは、いかにも女らしい用心深さです。

だから杉岡は、それは困る、とか、今夜はそっちのほうには行けない、とか言ってしぶっていた。それが、あの晩目撃した三上田鶴子には、男女ふたりがいかにも仲睦まじげにデートしているように思えたのです。しかし、結局、杉岡は負けて、浅野由理子の案内で出て行ったのです。そうだ、あの晩の女は橋本啓子でもなければ、鈴木信子でもなかった。宿の着物を着ていたのは浅野由理子だったのです。

その翌日は課員一同は宿から出て、みなそれぞれのグループで、各地を回って東京に帰っています。

この中で、次長の富崎はひとりで熱海に出て、どこかの宿に行き、酒を飲んで東京に遅く帰ったと言っています。このことは三上田鶴子の手記にも詳《くわ》しく出ています。まず、次長の富崎が単独行動だった。野村次長は早くから東京に帰っている。三上田鶴子自身も、みなと別れて単独行動で帰京しています。

それに、私自身もそうだから、四人が、みなとは行動しなかったわけです。

それにくらべると、浅野由理子は、沼津に出て箱根に遊び、小田急でみなと一緒に帰っています。従って、あの日曜日の行動は浅野由理子に限り、この犯罪には関係がないことになります。言葉を換えて言えば、彼女の役割は、杉岡課長を土曜日の晩にある地点に誘い出したというだけにとどまると思います。

ところで、大仁の林田花壇のトラックを利用するとすれば、それができるのは富崎と浅野由理子だけです。

疑問は、伊東街道の道路補修工事現場に、杉岡課長のバラバラ死体を包んでいた奥秩父の土は、以前から用意されてあったのか、ということに絞られそうです。

その手順を考えてみる。……まず、浅野由理子が杉岡課長と宿を出て、ある地点に行く。それはこの前も見たように〝二見屋旅館〟の表側ではなく、少し引っ込んだ向こうの路地でしょう。つまり、普通の観光客の知らない路地を、浅野由理子によって案内されたのです。その路地を抜けると、車の激しい往還となっています。

前からそこにトラックが停まっていたとする。課長はそれに乗り、すぐに富崎の妻が待っている場所に行くつもりでいたから、そのトラックが人目にたたないための迎えの車だと思いこんだに違いない。これは、浅野由理子がそう吹きこめば杉岡課長も信じるでしょう。

そのトラックには誰かが乗っている。これが課長の口と手足とをすぐに束縛《そくばく》して大仁の花壇に連れてゆく。だからそのトラックは、あの花壇のものと決めていいでしょう。

杉岡課長が大仁の林田花壇に行ったことが確実なら、では課長の殺害は誰がしたのか。ここにくると、私もはたと当惑します。それは、あの晩、全員が宿に残っていたからです。富崎も、野村も、田口も、そのほか女子社員たちも、みんな二見屋旅館に泊まっていました。

もっとも、その中の誰かが、みんなの寝静まったあと宿を脱け出して大仁の花壇に行った、という推定が成り立たないでもありません。しかし、それだったら、課長の死体が発見されたあとの厳重な捜査で、聞込みの網の中にひっかからないはずはないのです。言いかえれば、三月二十一日の晩、秘かに宿を忍び出て、しかも、もう一度朝までに引き返してきた者はいなかった。ということは、あの晩宿にいた者は、絶対に犯行が不可能だったわけです。

では、翌日はどうだろうか。

この日は、前にも書いたように、各自が自由解散でそれぞれ帰京しています。そのうち、私と三上田鶴子の女性ふたりを除くと、両次長が単独行動です。ですから、土曜日の晩は課長がどこかに無事でいても、日曜の晩に殺すということはありえます。死体発見はずっとあとですから。

ところが、ここに矛盾《むじゅん》が起こるのです。それはその後の捜査で、課長が二見屋旅館の近くのどの旅館にも泊まっていないということが判明したことと、ハイヤーやタクシーを使用した事実がないという問題です。しかし、解剖医の鑑定では死体発見の四月二日朝から逆算して十日から十二日以前の犯行ということになっている。したがって、たとえば、課長を大仁の花壇に拉致《らち》して殺したとしても、課員が自由解散になった日曜日の晩ということも考えられないことはない。

　けれども、私の直感ではやっぱり二十一日の晩に課長は殺害されたと思えてなりません。

　げんに、警察ではもちろん、二十二日に課長が殺された可能性を考えて、課員ひとりびとりのアリバイをチェックしたということです。なにしろ場所は伊豆です。一度東京に帰ってからもう一度とんぼがえりしたとも十分に疑われるのですから。でも、そういう事実はなかったということでした。

　さて、二十一日の晩です。課員の中に、その夜脱出した者がいないとなると……そうだ、もしや、犯人は富崎の妻ではないか、と私は思い当たりました。

　たしかに富崎の妻は、その夜大仁の花壇にいたのです。警察がいくら付近の温泉地の旅館を捜《さが》してもわからないはずです。彼女は自分の知合いの花壇の一室を借りて、課長の来るのを待っていたと思います。浅野由理子が、その使いに立ったことが、この理由でわかります。由理子もまた大月の実家のつながりで花壇の人とは知合いでしたから。

こうなると、二見屋旅館から当夜脱け出て行った人間の無かったことは、問題でなくなりました。

さて、富崎の妻に杉岡課長を殺す動機があったかということになります。私は動機は存在していたと考えていいと思います。

それは、富崎が杉岡と妻との関係を知ったということが第一です。次には、私自身が本門寺の境内で富崎本人に話したように、杉岡課長の贔屓が富崎から離れて野村次長に移ったことです。

富崎は妻を激しく叱責《しっせき》したが、同時に杉岡課長がいかに自分たち夫婦を利用したかを彼女に叩き込んだと思います。あるいは、富崎の妻も杉岡課長の愛情が真実のものでなかったことに気づいていたかもわかりません。あの晩、課長が富崎の妻の待ち受けるところに出かけるのをしぶったのも、それで解《と》けそうです。

もし、そうだとすると、富崎の妻が大月の実家に帰って自殺したことも納得できます。これは富崎が妻を故意に死に追いやったか、あるいは富崎の妻が良心にせめられて死を択《えら》んだのかわかりません。しかし、もし後者だとしても、富崎は妻がそのような状態になることを予想していなかったとは言えないのです。言いかえると、富崎がそういう立場に妻を追い込んだとも考えられます。

では、誰が課長をあの工事現場に運んだのか。

トラックが利用された以上、林田花壇の主人の徳右衛門が、その役を引き受けたと思われます。徳右衛門は、前々から富崎の妻に事情を打ち明けられていたので、そういう事態になったとき、死体遺棄《いき》の細工を考えたと思います。もっとも、彼は富崎の妻が実際に杉岡課長を殺すとは考えていなかったでしょう。しかし、美しい姪に頼まれて、死体の処置を進んで引き受けたのではないでしょうか。

そうすると、一体、あの花壇に奥秩父の土があるだろうか、という疑問が起こります。私もあの花壇を見てきて知っている。植木はことごとく、その土地の土の中に根を張っていました。また、あの工事現場のように、余分な土が積んであったという所もありません。死体をバラバラにしたのは多分、花壇の中だったでしょう。バラバラにしてから何かの容器に土と一緒に隠し、発見現場まで運んだ。あそこなら道具はいくらでもあるはずです。

土の問題。――

これには私も困りました。ああ、それから、問題の外灯のグローブを割ったことですが、これも富崎の妻と考えていいのではないでしょうか。

なぜなら、富崎の妻は前から慰安旅行のことを知っていて、その夜が絶好の機会だと思い、最後の談判に、杉岡をあの花壇に誘うつもりでしたから。それで、どうしても徳右衛門には、その晩、一部屋借りることを了解してもらわなければなりません。つまり、二、三日前に富崎の妻は大仁に行って、それから、夜、工事現場に向かったと思います。

そうすると、富崎の妻は、そのときすでに杉岡課長に殺意を抱いていたと考えられます。

富崎の妻なら、十九日に工事現場に行き、あの外灯のグローブを壊してその破片を持ちかえることも自由にできたわけです。

翌朝出社すると、見ものは富崎の顔です。

私はタイプを叩きながら、それとなく富崎の席を見ると、彼はやや蒼ざめた顔で仕事をしています。ところが、いつもの元気さを見せるために大へんな努力をしているようにみえるのです。ここで変な様子をしていては、まわりの者に変に思われるからでしょう。庶務主任の田口欣作が来ると、しきりに彼とお喋りをしています。

田口は例によってへらへらと笑っている。大阪弁もこうなると、ユーモラスというよりもアイロニーを感じさせます。

田口は果たしてどの辺まで真相を知っているのだろうか、こんな疑問も起こってきます。彼は富崎と大の仲よしです。課長が殺されたのちも、二人で警察方面に挨拶に回ると言って修善寺に出かけています。それは、三上田鶴子も、私も見ています。

実は今朝出社したとき、私は一つの異変に気づきました。それは書類にまぜて引出しに入れておいた私のノートが、だれかに読まれた形跡があったことです。私がそっと挟んでおいた一本の髪の毛が無くなっていたのです。それが誰であっても、この会社の私の課の人間であることだけは間違いないことでしょう。

社内では、そろそろ後任課長の噂が高くなっています。どうやら、私の推測通り、野村次長の昇格が有力のようです。もともと野村は杉岡と同期入社で同じ年齢なのですから、これは順当というべきかもしれません。ここに哀れをとどめるのは富崎でしょう。杉岡課長が生きている間は、わが世の春とばかりにまことに朗らかでしたが、今はどんな気持でしょうか。表面ではその明朗性を失わないようにしていますが、それは彼の抵抗のようでもあります。

しかし、彼にはもっと危機がある。一体、杉岡課長殺しの件を、彼はどう考えているのだろうか。犯罪のほうがバレないようにすることで懸命になっているに違いありません。彼が直接に課長を殺したのではないにしても、少なくとも、自殺した奥さんをそこに追いやったのは彼なのではないか。いわば、彼は妻と杉岡課長の二人に復讐したのではないでしょうか。

いま、富崎が最も怖れているのは、あの大仁の林田花壇のことが表面化することです。その辺の関係から自分の犯跡が暴露することです。

富崎が、大仁の花壇にだけある変種のチューリップを見て仰天し、私をしつこく追い回したことも、これでわかります。私は彼を警戒しなければならない。いつ、三上田鶴子の二の舞を踏むかわからないからです。私は本門寺の境内で彼に全部を言っています。

富崎は、表面上、それを大したことではないように受け取り、ことさらに私の発言を無視しているようにみえるが、なかなか油断はできません。

今後の彼の出方はふた通りあります。一つは私を懐柔《かいじゅう》することです。一つは私の口を封じることです。

つまり、三上田鶴子と同じ運命に私を陥《おとしい》れることでしょう。

私には杉岡課長が蒸発したとは信じられなかったのと同様に、三上田鶴子が調査を放棄して失踪したとは絶対に思えません。そうです、彼女は殺されたのです。

三上田鶴子のメモを読んだのは私のほかに野村と富崎と田口だけらしい。しかし、田口は口の軽い男です。自分と橋本啓子のことを除いて、ほかのことはどうも、みんなに喋ってしまったようでした。だから今ではおおかたの者が、手記の存在と内容を知っている様子です。しかし、警察が手記を手に入れる以前に、すなわち、三上田鶴子の生存中にその行動を知り、大へんな危機を感じた者がいたのです。その人物は、三上田鶴子がまさか、あんな手記を残しているとは知らなかったのかもしれない。知っていれば何とかしてそれを手に入れようとしたと思いますから。

きっと今夜あたりから私へ何らかの接触があるかもわかりません。私はそれに対処して、どっちの道から来るにしても防備をしなければならない。彼から甘い誘いがあるにしても、黒い策略が近づいてくるにしても。――

私にはまだもやもやが残っている。あの土の問題が解決しない限り、的確な幻影が泛《うか》ばないのです。理論的にはここまで考えてきたが、どうしても最後の膜が取れないでいます。

土です。犯人はあれをどのような方法で持ってきたかです。

根本的には、なぜ、奥秩父からわざわざ土を取り寄せたのかということです。

単に課長の死体をあの道路補修工事の現場に棄てるのだったら、そんな必要は全くありません。いかなる理由《わけ》で犯人は奥秩父の土を必要としたかです。それにまた、何故にわざわざ手と首を切りはなさなければならなかったのか。それが解決されなければならない謎です。

では大仁の林田徳右衛門はどうでしょうか。なるほど、彼は名木を求めてかなり遠方まで出かけます。そのことは、大月の浅野由理子の実家である大衆食堂でも言っていました。

徳右衛門が奥秩父に行く用事があったということはこれでわかります。しかし、なぜ、その遠方の土をわざわざ持ってきたのだろうか。そして、その土を課長の死体にふりかけたのだろうか。どうして、そんな手間が必要だったのだろうか。どのような理由で土質の違うものが入用だったのだろうか、などということです。

私はタイプを打ちながら、そんな考えばかりを追っていました。

お昼休みに、私はある話を聞きました。といっても、この話に何かの意味があるかどうかは全くわかりません。その話をしてくれたのは販売第一課の庶務にいる川村静江さんです。彼女はウチの課の鈴木さんや橋本さんにも劣らない綺麗な人なのですが、あの二人とは違って、全然自分の美しさを見せびらかそうとはしていない人です。白粉気《おしろいけ》もなく髪は短く切っているし、いつも趣味はいいけれど地味な服装をしている。それでいて、すっきりと綺麗なのだから羨《うらや》ましい。彼女はたしか三十を一つ二つ出たぐらいだと思いますが、入社して間もなく取引き先の人と結婚し、赤ちゃんができるまでと思って勤めを続けていたら、結局まだ子供に恵まれないで、それなら定年まで仕事しようと決心しているという話を前にしたことがありました。

この会社の重役をはじめ男たちは、表面は理解のあるようなポーズを示していますが、本当は封建的で古くさくて、女が結婚してからも勤めているのは喜んでいない。社内結婚にも陰ではブツブツ言っていますが、その場合は、奥さんになった人が辞めることが暗黙の了解のようになっています。

静江さんは社内結婚ではないから既婚者でもまア大目に見られているわけですが、それでも何かと意地悪されるらしいのです。でも、そのわりには彼女はいつもいきいきしていて、私にも特別な目を向けない珍しい人です。私だって全くの人間嫌いというわけではない。彼女のような人とならいつでも話をしたい。そういえば、三上田鶴子も例外的に川村さんには好意をもっていたようです。たとえ醜い女でも美しい同性の全部が嫌いなわけではありません。

——話がすっかりそれてしまいましたが、そんなことはどうでもいいのです。わたしの頭にちょっと引っかかったその話というのは、——静江さんはこのあいだの日曜日、旦那さんと一緒に知合いの告別式に行ったのだそうです。その人の家は府中の方にあり、車を運転して出かけた二人は、告別式の帰りに、途中で何度か車を降りて、散歩しました。そのとき、たまたま大きな植木屋に行き当たって見物させてもらった。もともと旦那さんは植木いじりと釣りが大好き、という人で木のこともずいぶん詳しいのだそうです。そこの林の中で可哀想に立ち枯れてしまっている大きな松の木を見つけ、付近で働いている雇い人にいろいろ訊ねるので、静江さんは退屈してしまったという話でした。静江さんの旦那さんは最初その木が排気ガスか何かのために立ち枯れたのかと思ったら、そうではなく、その林の木は半分ぐらい他の場所から移し植えたもので、他の木はみんなうまく根づいたのに、その松とほかに二、三本の木はダメだったのだそうです。その松の場合は初めはうまくいったと思ったのに、一週間ぐらい前から枯れてきた、専門家がやってもたまにはそういうこともあるものだ、と言ったそうです。この間、街で見かけた大きな植木を積んだトラックを思い出す話でした。

「きっと運のわるい木だったのね」と、静江さんはやさしい声で言いました。

それから二日がたちました。そのあいだ、私はいろいろ忙しい思いをしました。たしかめてみたいことがいくつかあったからです。

それは金曜日の四時ごろでした。ひょっこり、うしろに野村次長がやって来ました。タイプの原稿を渡されるのかと思ったら、紙片にこう書いてあります。

「君にちょっと訊きたいことがあります。悪いが、東京駅北口の待合室で待っていてください。六時」

私は、とうとう、野村次長が富崎の秘密の一部を嗅《か》ぎ当てたと思いました。ようやく、野村も私が調査していることに気づいたと思ったのです。

野村次長は、黙々と仕事をしていましたが、それは決して事件や富崎次長に無関心だったわけではなかったのです。きっと野村は私が何か調べているということを知り、しかも何かを握っているのではないかと考えて、私から話を聞こうとするのでしょう。

私は、承知しました、という旨を野村次長に合図しました。

六時になるのがこのときほど待たれたことはありません。

私はいそいそと五時半ごろに社を出ました。私のような女には、誰も、一緒にお茶を喫《の》もうとか、食事をしようとか言って誘ってくれる者がいないから、こういう場合はまことにスムーズに出られます。ただ、玄関のところで和島好子とばったりと出会いました。私はふとあることを思いつき、彼女を呼びとめたのです。

私は東京駅の待合室に入りました。北口のほうですから、ここはそう混雑していませんでした。私はそこで三十分ぐらい待ちましたが、野村次長の姿は現われませんでした。私が出るときは、たしかに彼が帰り支度をしていたのを見ています。

それから二十分経ったが、彼は来ません。運悪く誰かにつかまったのかと思い、あるいは約束を破ったのかと思いましたが、先方から言い出したことだから、必ず来るだろうと思っていました。

あと十分したら帰るつもりでいると、場内アナウンスが聞こえました。

「東亜製鋼の的場さん、的場郁子さん、お知合いの方が二番線ホームでお待ちですから、おいでください」

私は起ち上がって、人をかきわけるようにしてホームの階段を上がりました。思わず急ぎ足になりました。

6

私は二番線ホームに上がりました。いうまでもなく、一、二番線は中央線です。一番線に電車が入ってくると、二番線の電車が先発し、一番線の電車が出発間際に二番線に電車が入ってくるという仕組みです。

ホームでは乗客が先発の二番線電車にだいぶ乗っていましたが、その車輛の端に次長の野村が立っていました。

「失敬したね」

と、野村は言いました。

「ぼくはちょっと時間が遅れたので、待合室に行く間がなかったんだよ。それで駅員に呼び出してもらったんだがね」

彼はそう言ってから訊きました。

「君、待合室では誰か知った者に遇わなかったかい？」

「いいえ」

「そう。じゃ、それでいいよ。社の者に見られるとうるさいのでね」

私たちは車内に入りました。

「実は今晩、富崎君とぼくとで或る対決をするのだ。こう言えば、君だってうすうすわかるだろう。君も三鷹《みたか》のその場所まで一緒に来てくれないか」

私がすぐに承知したのは、その対決が何を意味するかわかったからです。

私は私でまた胸がどきどきしていました。長い間わからなかったことが、ここでいよいよはっきりしてくる。三鷹のどこか知らないが、向こうに着くまでは四、五十分ぐらいでしょう。つまり、一時間そこそこで最後の落着《らくちゃく》がつくと思うと、胸が弾んできます。

野村次長は三上田鶴子の手記を読んで、何を感じたのでしょうか。私は、ぜひ彼の感想を聞きたいと思いました。

三鷹駅に着きました。駅前に降りると、もうすっかり暮れていました。駅の時計は七時半でした。

「的場君、タクシーに乗ろう」

「ええ」

どうせ重大な対決をするのだから、淋しい所には違いありません。どこか人里離れた料亭でも使われるのかと思いましたが、やはり心配になって、私は車に入る前に、うしろを振り返りました。

タクシーの中でも野村は一言も言いませんでした。車は三鷹の街を外れて、急に淋しい所へ出ました。

「深大寺《じんだいじ》に行くのです」

と、野村は言います。

「あそこに川魚を食べさせる料理屋があるからね。そこに富崎君が来てるはずだ。少し淋しいが、そういう所でないと他人に聞かれて拙《まず》いですからな」

彼は私の気持を察したように言いました。街の灯が無いせいか、星空がはっきりと映ります。黒い森林がつづいているのは武蔵野特有の雑木林でしょう。

ヘッドライトは山道のような所を掃いてゆきます。

そのヘッドライトの先に「東京天文台」という標識が映ったのにはおどろきました。この辺は、いつぞや私もハイキングに来たことがあります。深大寺の近くには違いありませんが、深大寺に行くにはもっと直行の道順があるはずです。

「どうやら、運転手さんにぼくの教え方が悪かったようだな」

野村も前を眺めて呟きました。

車は、天文台前から左に折れました。いよいよ淋しい路です。樹が両方から蔽いかぶさって、森林の隧道《トンネル》の中を行くようでした。

そこを出はずれてしばらく行くと、また、こんもりとした黒い森林が現われました。

「ここで降りよう」

急に野村が言いました。

「運転手さん、ご苦労でした」

運転手は車をバックさせて引き返しましたが、赤いテールランプの遠ざかって消えるのが妙に心細く映りました。

地面に降りて初めて知ったのですが、黒い森林だと思ったのは、実は植木屋なのです。植木屋といっても、近ごろ広告に出ている「養樹園」という新しい名前のように、巨《おお》きな木を栽培している所です。それは小さなジャングルと言ってもいいくらいです。

「ほら、あそこに灯が洩れてるだろう」

野村は木の間隠れにちらつく灯を指さした。

「あそこまで歩こう。あれが料理屋なんだ。小さいが、おいしい川魚を食べさせてくれる」

足もとは悪いが近道だ、と言って彼はぐんぐん樹のほうへ歩きました。私も仕方がないのでそれに従ったのですが、次第に胴震いがしてきました。このような異常な場所と、これから起こる富崎との対決を思うと、私の心臓は破れそうなくらい高く速く搏《う》つのです。それは野村との対決でもあります。私の意識の下にこの前からひそんでいた野村との——

林の間に入りました。すると、野村が急に私のほうに向き直りました。

「君、こんな所に来て不安を感じないかね？」

不安を感じないわけはないのです。

私は震えていました。

「君は三上君がどこに居るか知りたいかね？」

「ええ」

「三上はここに居るんだよ」

「え？」

野村は突然哄笑《こうしょう》しました。

「まあ、掛けたまえ」

と、彼は巨きな欅《けやき》の根元に勝手に腰を下ろします。懐中電灯が彼によって照らされ、私の坐る場所を示しましたが、そこにも欅の木の太い根方が無気味に匍《は》っていました。

「的場君、君は危険な調査をやっていたね？」

彼はゆっくりと言いました。

「君は三上君の書いた手記を信用していたかね？」

私は黙っていました。口が利けなかったのです。……ああ、私の心の中に潜めていた予想は当たったのです。

「君は最初、三上田鶴子のあの手記を信じていた。理路整然としているし、君自身の調査とまさに適合していたから、君は少しも怪しまなかった。そうだったね？」

「………」

「ところが、君は自分の調査を進めているうち、三上田鶴子の調査が少しずつズレてきていることを知った。調査といっても、それは彼女の手記だ。はじめ君はそれを三上田鶴子の調査が正しい方向から逸《そ》れたと思っていた。そのための間違いだと信じていたね？」

「ええ」

「ところが、君は三上田鶴子のその間違いが、多少故意ではないかということに気がつきはじめた。ぼくはそれを指摘することができる。あの課長の死の現場から採った土壌の異質と化学的な分析、そういう方法はことごとく三上田鶴子と同じだった。ところが、そもそもおかしいと君が思いはじめたのは、三上田鶴子が浅野由理子を訪ねて行ったあたりからだ」

「…………」

「三上田鶴子の手記は、何となく浅野由理子を疑わしげに見ている。また、それに連なる彼女の母親の線から富崎君に疑惑が向かうように微《かす》かに示されていた。君はそれを突きすすめた。その結果、君は大仁《おおひと》の林田徳右衛門に突き当たった。例の造園師だ。この辺から君の探偵論理に矛盾を来たしはじめた。その結果、三上田鶴子の手記が嘘を書いているのではないかという結論に達したのだ。そうだろう？」

「…………」

「誰でも死んだ人間が嘘を書くはずはないという先入観がある。死んだ人間がその直前まで書いた手記だから、それにはつくりごとはない、そういう先入観だ」

野村はそれをくりかえしました。

「そこでね、三上田鶴子はすでに失踪から死亡を予想されている女だ。その不幸も彼女の調査が招いたと思われている。つまり、犯人が自分の身辺まで彼女の追及が伸びたと知って彼女を殺したのだと思われている。だから三上の手記は正しい。こういう結論になるわけだ。……君だって一時はそう思った。いや、君だけではない。会社の者全部がそう思っているし、警察でもそう考えている」

「…………」

「ところが、最後になって君だけが三上田鶴子の手記が嘘だと知った。つまり、君と三上田鶴子の調査の矛盾は、彼女が間違った方向に迷い込んだのではなく、はじめから、そのような意図があって書かれたのだとわかったのだ」

「…………」

「まさにその通りだったよ。はっきり言おう。杉岡課長を殺した犯人は三上田鶴子を抱き込んでいたのだ。そして彼女に嘘の手記を書かせていた」

「…………」

「というと、奇妙に聞こえるかもしれないが、実は三上田鶴子はその犯人を恋人と信じて、その指示を忠実に守っていたのだ。まさか自分がその恋人の手によって殺されるということは知らないでね」

私は震えで口がきけませんでした。

「杉岡課長殺しの捜査は、予期したように厳しく進められた。犯人はそれを予想していたのだ。そのために捜査の方針を狂わせる必要があった。また、捜査の参考とされている課員の意識も別なところに逸らす必要があった。見たまえ、君は刑事が会社に来て、課員たちにいろいろ訊いたことを憶えているだろう。それも一度だけでなく再三やって来て意見を聴いている」

「…………」

「犯人は、捜査側の方針と共に、課員の考え方も歪《ゆが》める必要があった。そこで三上田鶴子の手記の提出となる。しかし、これは本人が生きていたのではむろん都合が悪い。彼女を追及したら一ぺんにバレるからね。だから、手記を書いた本人は永遠に姿を隠す必要があった。当人が死んだということが、その手記の信憑性《しんぴょうせい》をどれだけ強くするかしれない。つまり、犯人にとっては一石二鳥なのだよ」

「…………」

「ところが、意外にも君の調査は執拗《しつよう》に正しい方向に進められていた。犯人は、君が調査していることを前から気づいていたので、それを知ったのだ」

「野村さん、やっぱりあなたでしたのね？」

と、私はがたがた合わない歯の根の間から震え声を出しました。

「そうだ、ぼくだ」

野村は根元から起ち上がりました。そして、懐中電灯を持って、しばらく私の顔を照らしました。眼が眩《くら》みそうです。

「君は怕《こわ》いようだな」

と、野村は嘲笑《ちょうしょう》しました。

「怕がることはない」

彼は懐中電灯を消しました。また真暗な闇になったのですが、なんだか、この暗い闇が私には現実離れがして映るのです。人間は異常なときにはかえって現実感を失うものとみえます。私がここに坐って殺人犯人を前にしていることなど、まるで絵画を眺めているような気持になったから奇妙でした。

「ぼくはさっき、三上田鶴子はここに居ると言ったね。君に引き合わせるよ」

野村の声はつづきます。

「しかし、その前に君はいろいろなことを知りたいだろう。つまり、君の線がぼくに伸びるにはまだ具体性を持っていなかった。漠然としたものはあったが確実には把握していなかった。……しかしね、ぼくにとっては、その漠然とした君の進行が嫌だったのだ。いつかはそれが具体性を持ってくる。いつかはそれが確証を摑む。それが嫌だったのだ」

「それで、それをはっきり聞かすために私をここに呼び出したんですか？」

「そうだ。だから、はっきりと教えてあげようというのだ」

風が出たようです。この人工的な密林は葉を一斉に騒がせました。まるでジャングルの上をハリケーンが渡って行くくらいのものすごさに私には聞こえました。

「さて、どれから話をしようかな。……そうだ、まず、課長があの暗い所で抱擁した対手の女性は誰かということから言おう」

彼はさも愉しげに語りはじめました。

「あれは橋本啓子でもなければ浅野由理子でもない。……三上田鶴子だ。手記の本人だ」

「知ってましたわ」

と、私は答えます。

「そうか、知っていたか」

「だって、あの時刻に居なかったのは橋本啓子さんと浅野由理子さんですが、もう一人三上田鶴子さんがいます。なぜなら、彼女はその抱擁を見ていますから、その時間に彼女も宿には居なかったわけです」

「その通り。さすがだ」

と、野村はほめました。

「しかし、三上田鶴子があの場所で課長に何をささやいたか、君は知ってるか？」

「わかりません。多分、あなたの命令通りのことを伝えたと思います」

「そうだ。しかし、その命令の内容はわかるまい。……あれは課長にすぐ東京に引き返すように言ったのだ。つまり、その晩、課長は富崎次長の奥さんと湯河原のある旅館で逢うつもりにしていたのだ。ところが、ぼくはその機会に一挙に課長を殺そうと思った。なぜなら、もしかすると、そのことがチャンスで富崎に嫌疑をかけることができるからね。富崎は自分の女房を課長に寝取られている。殺人の動機は十分だ」

「富崎さんに課長を殺す動機があったんですか?」

「残念ながら、あいつは底の底まで出世主義者だった。女房を奪われても我慢していたのだ。あの調子でヘラヘラと課長のご機嫌を取っていた。それに、人を殺す勇気もない。また、みすみす女房が寝取られたと知っても、それを会社の者に知られたくなかったのだ。そんなことがわかってみろ、一ぺんに彼は出世コースから蹴落とされてしまう。たとえそれが彼の責任でなくても、家庭の不始末、私生活の乱れ、こういうことで彼は出世街道から外される。彼はそれを怖れていたのだ。逆に言うと、彼は課長と女房との不義を知っていても、それがなるべく社内に洩れないよう防いでいたのだ」

「あなたがそれを利用したことはわかったわ。では、あなたが課長を殺したのはなぜですか?」

「課長は富崎の女房とのことをぼくに嗅ぎつけられたと感づいたのだ。だから、あいつはそれまでぼくを冷遇していたが、だんだんぼくの機嫌を取るようになった。これが課の者には、富崎を棄ててぼくを次の課長にするように見えたのかもしれない。だが決してそんなことはない。ほとぼりがさめれば必ずぼくを突き放そうとするにきまっている。あいつはそういう男だ。君は知るまいが、杉岡とぼくは大学は違うが高校は同じクラスだった。その頃から要領のいい男だったが、この会社に同期に入社してから今まで、彼はどのくらいぼくを蹴落とそうと、いろいろやってきたか知れない。それればかりではない。高校時代の友人の妹でぼくと愛しあっていた女を、彼はぼくから奪ったあげく棄てた。彼女は、もうぼくとは逢えなくなったと手紙をよこしたあげく自殺したんだ。それでもぼくは今まで、耐えてきた。しかし、富崎の女房のことを知って、ぼくはもう杉岡を生かしてはおけないと思った。女房のことを知りながら黙って知らないふりをしている富崎も腹立たしかった。だから杉岡の死体も、わざと発見されるような埋め方をし、その疑いが富崎にかかるように仕組んでおいた……。ぼくは三上田鶴子をしてあの場所に杉岡課長を呼び出させて耳打ちさせた。その内容は、富崎次長は自分の女房と課長さんの間を感づいて、今夜媾曳《あいびき》の場所に乗り込むらしい、ということだった。杉岡課長は激しく動揺した。……だから、彼はその晩急遽予定を変えた。つまり、湯河原に行かずに東京に引き返したのだ」

「東京に？」

「君はあの晩の乗用車のことが頭に泛《うか》ぶだろう。警察が必死になって捜しても杉岡課長を乗せた該当車が見当たらない。また、列車はとっくに終わっている。杉岡課長を乗せたのはトラックだ。しかも自家用だ。ぼくがそれを手配した。三上田鶴子にぼくの配慮としてそれを課長に言わせたのだ。杉岡課長は気持が動転していたから、前後の論理を考える間もなく、うまうまとぼくの策略に乗った。ぼくが好意でそれをしているのと全面的に信用したのだな。そのトラックは、二見屋旅館の裏にある、ほら、君も調べている、あの狭い路地を入って公道に出た所だ。車は杉岡課長を乗せたまま東京方面に去った」

「ああ、わかったわ。野村さん、翌《あく》る日、あなたは、どのグループにも入らないで、まっすぐ東京に帰りましたね？」

「そうだ、杉岡課長を処分するためにな。それから、まだいるだろう、まっすぐ東京に帰った者は？」

「三上田鶴子さんです」

「そうだ、その点は彼女の手記にある通りだ。そういえば、君も東京にまっすぐ帰ったね。だから、三上田鶴子の東京直行は君自身が証明したようなものだ」

「…………」

「ぼくの命じたトラックの運転手は、車の中で杉岡課長にクロロホルムを嗅がせたはずだ。課長は東京の或る場所に着くまで、眠り通しだったよ。ぼくが翌日の日曜日にその場所に行ったときも、課長はまだ眠っていた。つまり犯行は二十一日ではなくて、二十二日に行なわれたわけだ。警察はたしかに二十二日の犯行ではないかと疑ってぼくらの行動をしらべたが、それは犯人が東京に戻ってから、もう一度伊豆に行ったとみての調べだった……」

「…………」

「こう言うと、君は三上田鶴子とぼくとが恋仲になっていたことを怪しむだろう。君は、三上田鶴子が杉岡課長の死に異常な関心を示していたことから、彼女が杉岡課長の愛人だったのではないかと考えていたね。そう思わせたのもぼくの策略だ。実は彼女の相手は課長ではなくて、このぼくだったんだよ」

「うすうす気づいていました。そうではないかと……」

「え、気づいていた？」

「三上田鶴子さんの手記にありました。《野村次長は四十歳だが、大学時代、テニスできたえたという身体は筋肉質でひきしまっている。このごろ、髪に白いものが混るようになったが、中年の渋い、いい顔である》とか《わたしには野村次長のきびしい顔が男の美しさに見えてきた》とか《かれのそういう顔が好きだ》とか《公平にみて、わたしは野村次長が課長になる資格をもっているとおもう》とか書いてありましたから。あれで、もしかすると、そうではないかと思ったんです」

「そういうことを書いてはいけないと田鶴子に言ったんだが、これくらいの文句では誰にもわかりはしないと彼女は言い張って聞かないものだから」

「女心ですよ、野村さん。彼女は書きたかったんです」

私は言いました。

「ううむ。……三上田鶴子は君と同様にきれいな女ではなかった。男の愛情に餓《う》えていた。彼女は最初用心深かったが、いったんぼくを受け入れると夢中になった。その夢中さが、彼女には悪いがぼくには大きな負担になってきて、なんとか彼女と別れたかったのだ。そのことがまた、今度のことを仕組む上に、ぼくの動機ともなった。ぼくは、このことがうまくいって課長になったら、女房と別れて彼女と結婚すると約束した。その言葉で、彼女はぼくの言うままに行動したんだ。あの手記もその一つさ。田鶴子は決して頭のわるい女ではなかったのだが、すっかり目がくらんでいたのだろう。あの手記が結局自分にとって何の意味を持つかに気づかなかった。一時的に身をかくすかどうかして、手記を警察に見せればいいと思っていた。彼女もまさか、君が自分のあとを引きついで探偵ごっこをやるとまでは考えていなかったよ」

「…………」

野村の話を聞きながら、私は思い出していました。三上田鶴子の手記の一節を。

……彼女は書いていた。

（たとえみにくい女であっても、その女を愛してくれる者が、ぜったいにいないとはいいきれないのではないだろうか。わたしはそれを信じたいとおもう。……）

彼女はどんな気持でその文章を書いたのであろうか。

「ぼくは彼女の手記を使って、結局、その手記の示す方向が富崎犯人説に行くようにした。だから、浅野由理子の母親が富崎次長に対して妙な素振りをしたというのも彼女の感想とした。ほかの者にそんなふうに映らなかったとしても、これは主観だからね、当人だけがそうだと言っても誰も怪しまない。また、ほかの誰も気がつかない真実を彼女だけが気づいていたとすれば、これは驚嘆に価《あたい》することだからね」

「…………」

「ぼくは前から、浅野由理子が富崎君の奥さんの実家大月の人間だと知っていた。また、彼女の紹介者が実際は富崎君なのに、表面上は杉岡課長になっていることも知っていた。それから、富崎君の奥さんの親戚が大仁の林田花壇であるということも知っていた。これは、この計画を立てて調べたからさ。そこの主人の徳右衛門、こいつを使ったね。いや、はっきりとは言わないが、この徳右衛門に一役買わせるようにした。なぜなら、彼も造園師だったからだ」

「造園師？」

私は暗い葉のそよぐ人工ジャングルを見まわしました。

「そうだよ。ぼくが杉岡課長を殺すのに使った男もやっぱり造園師だった。人間の着想は詭計《きけい》にも無意識に類型を求めるものだ。だが、失敗が一つあった。ぼくが三上田鶴子の手記に、それをあまりに濃厚にしたものだから、君は林田花壇から例のチューリップを買ってきた。あれはあそこにしかない変種のチューリップだ。君は三上田鶴子の手記のトリックにひっかかって、それを持ってわざわざ病院に浅野由理子を訪ねているね？」

「……ええ」

「それを見て浅野由理子はびっくりした。なぜなら、彼女もそれが富崎の妻の親戚にあたる林田徳右衛門の花壇にだけあることを知っていたからだ。彼女の実家の大衆食堂には林田花壇の盆栽が来ている。君は大月に行ってそれを確かめている。これでもわかる通り、浅野由理子は富崎君の奥さんの線で徳右衛門を知っていた。浅野由理子は変種のチューリップのことを知っていたのだ。……ところが、そのチューリップを君が浅野由理子のところに持って行って見せたものだから、浅野由理子はおどろいた。おそらく、……というよりも、浅野由理子は富崎の奥さんの死が自殺であり、原因は課長との不倫な関係にあったことをうすうす察していたのだ。彼女は君に対しては富崎夫人の死をまだ知らないようなふりをしてみせたが、実際は母親から聞いて知っていた。そして彼女は、富崎が女房の親戚の林田花壇に杉岡を誘い入れて殺したのではないかと疑ったのだ。彼女の衝撃の原因はそこにあった。……しかし」

奇怪なかたちの根元に両足を跨がらせている野村は話をつづけた。

「誰よりもおどろいたのは、その花を会社で見た富崎だ。なぜなら、彼は君が林田花壇にだけある変種のチューリップを持ってきたので、自分の秘密を君に嗅ぎ当てられたと心配しはじめたのだ。だから、君が品川の駅前で買ったなどと嘘をついたのをしつこく追及したのさ。君はまた三上田鶴子の嘘の手記を確かめようとして富崎に連れ出されたとき、池上の本門寺境内で何か言っていたね。それに対して富崎は何も言わなかった。彼は自分が疑われるよりも、君によって女房の秘密が知られたのが何よりのショックだったのだ。つまり、彼の妻は杉岡課長と不倫の関係となり、その関係がこじれたことからノイローゼになって自殺した。その原因を君によって暴《あば》かれた事実が会社に知れはしないか、知れたら、自分の出世の道は閉ざされると思い、力無くあそこを歩み去ったわけだ。……おや、なぜ、ぼくがそんなことを知ってるというのかね？　実は、ぼくは君たちのあとを尾《つ》けていたのだ。心配になったからね。そして、あの境内でこっそりと立ち聞きしていた。そこから、ぼくは会社に引き返し、君が引出しの奥に隠していたノートを読んでみた」

「…………」

「ところが、君はなぜか、富崎が犯人でないことの確信がついたらしい。ぼくには君がぼくを見る目つきでそれがわかった。だが、君にもまだわからないことがいっぱいあるはずだな。犯罪の摘発には具体的な証拠がいる。第一、君は、杉岡課長がどこで殺されたか、どうしてあの工事現場に異質な秩父山系の土と共に棄てられたのか、それから、三上田鶴子はどうなっているのか、何一つ知らないではないか」

「…………」

「しかし、ぼくは君の執念が早晩そこまで行くことを知っている。だから、ぐずぐずできない。ぼくはまず、杉岡課長がどうしてあの秩父山系の土と一緒に現場に棄てられたかを説明しなければならない。ぼくには協力者があった」

このとき、森林の奥から一人の人影が現われました。野村がその男の顔に懐中電灯の光を当てた。

黒いスポーツシャツに黒のズボンをはいた男。髪をぼさぼさに伸ばした三十歳くらいの、日に焦けた顔です。彼の眼は灯に当てられた木菟《ずく》のそれのようにまるく光っていました。伊豆大仁の林田花壇で見た鉢巻姿の植木職人です。

「あなたの弟さんですね？」

私は震え声で野村に言いました。

「君は、いつ、それを知ったのだ？」

野村は怕い顔で訊きました。

「この人を林田花壇で見たとき、顔も声もどことなく野村さんに似ていると思ったんです。それに、この人だけはほかの職人と法被が違っていました。ほかの職人は、法被の背中が丸の中に徳の字、両襟が林田花壇の字の染抜きなのに、この人の法被の襟には字がなく、背中も丸に梅鉢の紋だけでした。誂《あつら》えものではなく、出来合いの法被を着ているとわかりました。なぜかというと、その紋の付いた法被が売られている店を知っているからです」

「どこの店で？」

「あなたは、わたしのたった一つの趣味が民芸品だというのを聞いたことがあるでしょう？　その法被は新宿の民芸品店で売られていたのを知っていたんです。私もそれと同じ梅鉢紋の法被を買って部屋の壁に飾ってあるんです」

野村が弟と顔を見合わせた。

「植木職人が民芸品店の法被を着て仕事をする。ふしぎなことだとそのときは思いました。これは林田花壇の職人ではなく、自分の持っている印《しるし》入りの法被も着られない人だとわかりました。その印ですぐにどこの植木屋だかわかりますからね。出来合いの法被なんてデパートにだって売っていません。だから民芸品店のを買って着ているんだなと思いました」

「これが、ぼくの弟というのは？」

「そのあと、区役所であなたの戸籍謄本を見せてもらったんです」

「ううむ」

野村は暗い中で低く唸るように言いました。

「君は頭のいい女だ。それなら、もう言うまでもないだろうが、弟はこの養樹園の養子になっている。養父は中風で寝ているから、ここの仕事をほとんど一人でやっているようなものだ。……まあ、紹介はそれくらいにして、ぼくはこいつと協力した。つまり二十一日の土曜日の夜、あの場所にトラックを持ってこさせたのも、三上田鶴子を使ってこのトラックに杉岡を乗せ、クロロホルムを嗅がせたのも、この弟の協力だ。ぼくは三月二十二日、修善寺みやげを持って、この近くの弟の家を訪ねたよ。そのことは養父も雇い人も知ってるし、警察はそれを確かめたので満足して引き揚げたのさ」

「それで警察では、逆に野村さんのアリバイになったんですね？」

「皮肉にもね。……ところで、君は、林田花壇に運び込まれた秩父山系の土を現場に棄てたように思っているね。全くそれはいい筋を摑《つか》んだ。ところが、秩父にある大木を運んでくるのは、なにも大仁の林田花壇に限らない。ここにもあるんだ」

と、野村は足で地面を蹴った。

「君の推察した通り、課長をここに連れ込んで殺したあと、あの現場に遺体を運ぶ際、死体を木の根っこの土の中に入れたのだ。というのは、運搬の方法からくる必然性さ。トラックだから、途中の検問がいちばん怕《こわ》い。これをごまかすため巨きな木三本を犠牲にした。つまり、木の根っこを切り取り、幹のすぐ下に恰《あたか》も根固めのように土を大量にまるめ、外を薦《こも》巻きにしたのだ。こうすれば、植木屋が巨きな木を根つきのままで運んでいるようにみえる。実は伐り取られた根っこの代わりに、杉岡課長のバラバラにされた死体が、菓子のアンコのように土の中に入っていたのだ。そのために必要だったのが秩父の土だ。あそこから伐り出した木が、いちばん巨きいからね。最初は何もバラバラ死体にすることまでは考えていなかったのだが、いくら巨きい木でも一本にそのまま隠すのは不自然で目立ちすぎる。だからバラバラにしたのは運ぶためにだけ必要だった……」

「…………」

「こうして犯行当日である二十二日の日曜日の晩遅く、弟が乗って東京を出発したトラックは現場に到着した。ぼくの狙いは課長が土曜の夜、他の旅館に泊まった事実がない点、ハイヤーやタクシーで修善寺を離れた形跡のないことから、その夜の犯行と思わせたかったんだ。トラックは、弟が仕事で使っている植木運搬の自家用車だ。ぼくにはアリバイがあるからね。死体の発見が遅れれば、死後経過時間も多少のズレがあるので不思議に思われれない。そのために、少し遅れて発見されるように、工事に使う土の中に隠したのだ。

そして、課長が行方不明になった土曜日の晩に殺されたと思わせれば、まさか東京に課長が戻って、その翌晩、再び伊東街道の工事現場に運び戻されたとは誰も思わない。つまり、課長はあの修善寺の近くで殺されたと誰もが信じた。しかし、死体運搬に使った三本の木は、弟が持ってかえって植えてはみたが、やはり枯れてしまった。ぼくには今でも杉岡を殺したことよりその木を枯らしたことのほうがよほどくやまれるよ」

「…………」

「偶然はさまざまな援助の手をぼくに伸ばしてくれた。一つは、あの現場の外灯のグローブだ。あれはぼくがやったのではない。誰か知らないが、修善寺から伊東に行く酔っ払いの客でも石を投げたのだろう。しかし、それがぼくに幸いした。ぼくは前もって弟に死体を運ぶ場所を物色させ、その結果あそこにきめたんだが、そのときグローブの破片が落ちていることを知って、弟に集めさせておいたんだ。ここで課長を殺害したさい、その破片を使って首を傷つけることができた。破片は後から工事現場にまたばらまいておいた。そうすれば誰もが初め破片で咽喉を切ろうとしたが、それが駄目なので絞殺したと思い込むからね。そのグローブのガラス破片を使ったことで、杉岡がその現場で殺されたように信じられたのだ。つまり、杉岡が東京に舞い戻って、そこで殺され、またここに運ばれてきたという痕跡を、そのグローブの破片が、消してくれたわけだ」

「そのトリックのところだけは気がついていました。だれがやったかはなかなかわかりませんでしたが」

「ただ、拙《まず》いことは大阪から来た田口欣作だ。彼はあの夜、三上田鶴子と課長が会った現場付近を散歩していて、三上田鶴子と遇っている。しかし、田口欣作は、課長と三上とがささやきあっていた現場は見ていない。ただ付近を散歩していただけだ。しかし、三上田鶴子を見たことは間違いないから、それはどうしても三上田鶴子の手記に入れなければならなかった。それがあの思わせぶりな記述なんだ」

そうだったのか、——私は初めて合点がいきました。

「もう一つ訊きます。なぜ、弟さんは私が訪ねた日に林田花壇に行っていたのですか？」

「それは君があのころには、林田花壇を訪ねて行くだろうと思ったからだ。ぼくにはやはり君が強敵だったからね。林田花壇に行った君が、あそこにある大きな植木を見ているうちに、植木の根土に課長の死体をバラバラにして包みこんだトリックに気づくかどうか、ぼくにはそれが心配だったのだ。だから、弟を一週間ほど林田花壇にやって手伝いさせていたのだよ。弟が植木職人の見習いとして最初に弟子入りしたのが、あの林田花壇の徳右衛門さんのとこだったからね。今度の件に関しては徳右衛門さんは何ら関係もないし、事情も知らない。弟がいま手が空いているので、手伝いに行くと言ったものだから、よろこんで一週間ほど仕事を手伝わせたのだ。すると、はたせるかな、君が林田花壇にあらわれた。じっと君の動きを見ていた弟は、植木の根土が課長の死体運搬の手段になっているとは、君もまったく気づいていなかったようだと、帰ってからぼくに報告したよ」

「その工夫に、私が気がついたのは、かなり後のことです」

「それでよかった、ぼくにはね。……さて、最後に三上田鶴子がどこに居るかを君に教えてあげよう」

野村は立ち、植木職人の弟がシャツの袖をたくしあげました。

殺される直前の気持というのは、こういうものでしょうか。曇った、真黒い夜の空なのに、そこにはうす明りがさして雲のあやしげな模様が浮き出ているのです。その模様は私の子供のころに見たそれと同じなのです。幼な友だちが居ます。若かったころの母の顔も父の姿もあります。

突然、私の眼に一つの文章が見えてきました。

《かんがえごとがつづいて、わたしの頭もつかれてきました。さいごになって思案がよくまとまりません。あさっては週末です。ひさしぶりに武蔵野のおもかげがのこる郊外でも歩いてこようとおもっています》

三上田鶴子の手記の最後にあった字句です。今、私が居る場所こそ、武蔵野の面影がもっとも濃厚に残っている深大寺のあたりです。

野村は、まるで四股《しこ》を踏むように、どすん、どすん、と木の根が張っている上の土を踏みました。

「ここだ、ここだ。この下に三上田鶴子は眠っているんだよ」

テニスできたえた、筋肉質の野村の身体が迫って来ます。植木職の弟も私のうしろにまわりました。私は大きな声を出しました。弟が私の背中にとびついて、その口を厚い手で押さえて塞ぎました。

もしそのとき、打ち合わせておいた通りに、おびただしい靴音が起こらなかったら、私も三上田鶴子のあとに続いて、この樹木の土深い底に埋められたことと思います。

警察署員をまじえた、わが社の課員たちの黒い群れの先頭には、私が会社を出るときに、和島好子に頼んで報らせておいた、富崎次長の声がありました。

本作品には、今日の観点から見ると差別表現ととられかねない箇所があります。しかし作者の意図は差別を助長するものではないこと、作品が描かれた時代背景、また作者がすでに故人であるという事情に鑑み、底本どおりの表記としました。読者各位のご賢察をお願いします。

〈編集部〉

本書は一九七九年十二月に講談社文庫より刊行された『ガラスの城』を改訂し文字を大きくした新装版です。

|著者| 松本清張　1909年福岡県に生まれる。朝日新聞西部本社広告部をへて1952年に発表した『或る「小倉日記」伝』で第28回芥川賞を受賞。1956年頃から推理小説を書き始める。1967年、『昭和史発掘』など幅広い活動により第1回吉川英治文学賞を受賞。1970年に第18回菊池寛賞を受賞。現代社会をえぐる鋭い視点と古代史に始まる深い歴史的洞察で幅広い読者を得、日本を代表する作家であった。1992年8月、逝去。
生前ゆかりの地、小倉城内に建てられた北九州市立松本清張記念館は、書斎や住居の一部を再現、遺族から寄贈された膨大な蔵書に加えて意欲的な展覧会企画もあり、見応えのある個人資料館である。年末を除いて無休。
〒803-0813 北九州市小倉北区城内2番3号
TEL 093-582-2761　FAX 093-562-2303
http://www.seicho-mm.jp

ガラスの城《しろ》 新装版《しんそうばん》

松本清張《まつもとせいちょう》

2023年11月15日第1刷発行

発行者――髙橋明男
発行所――株式会社　講談社
東京都文京区音羽2-12-21　〒112-8001
電話 出版 (03) 5395-3510
販売 (03) 5395-5817
業務 (03) 5395-3615

Printed in Japan

講談社文庫
定価はカバーに
表示してあります

KODANSHA

デザイン―菊地信義
本文データ制作―講談社デジタル製作
印刷―――株式会社KPSプロダクツ
製本―――株式会社国宝社

ISBN978-4-06-533755-4

講談社文庫刊行の辞

二十一世紀の到来を目睫に望みながら、われわれはいま、人類史上かつて例を見ない巨大な転換期をむかえようとしている。

世界も、日本も、激動の予兆に対する期待とおののきを内に蔵して、未知の時代に歩み入ろうとしている。このときにあたり、創業の人野間清治の「ナショナル・エデュケイター」への志を現代に甦らせようと意図して、われわれはここに古今の文芸作品はいうまでもなく、ひろく人文・社会・自然の諸科学から東西の名著を網羅する、新しい綜合文庫の発刊を決意した。

激動の転換期はまた断絶の時代である。われわれは戦後二十五年間の出版文化のありかたへの深い反省をこめて、この断絶の時代にあえて人間的な持続を求めようとする。いたずらに浮薄な商業主義のあだ花を追い求めることなく、長期にわたって良書に生命をあたえようとつとめるところにしか、今後の出版文化の真の繁栄はあり得ないと信じるからである。

同時にわれわれはこの綜合文庫の刊行を通じて、人文・社会・自然の諸科学が、結局人間の学にほかならないことを立証しようと願っている。かつて知識とは、「汝自身を知る」ことにつきていた。現代社会の瑣末な情報の氾濫のなかから、力強い知識の源泉を掘り起し、技術文明のただなかに、生きた人間の姿を復活させること。それこそわれわれの切なる希求である。

われわれは権威に盲従せず、俗流に媚びることなく、渾然一体となって日本の「草の根」をかたちづくる若く新しい世代の人々に、心をこめてこの新しい綜合文庫をおくり届けたい。それは知識の泉であるとともに感受性のふるさとであり、もっとも有機的に組織され、社会に開かれた万人のための大学をめざしている。大方の支援と協力を衷心より切望してやまない。

一九七一年七月

野間省一

講談社文庫 最新刊

円堂豆子
杜《もり》ノ国の囁《ささや》く神
不思議な力を手にした真織《まおり》。『杜ノ国の神隠し』続編、書下ろし古代和風ファンタジー！

瀬那和章
パンダより恋が苦手な私たち
仕事のやる気0《ゼロ》、歴代彼氏は1人だけ。編集者・一葉《いちは》は恋愛コラムを書くはめになり!?

松居大悟
またね家族
父の余命は三ヵ月、親子関係の修復は可能か。映画・演劇等で活躍する異才、初の小説！

小前亮
ヌルハチ
〈朔北の将星〉
20万の明《みん》軍を4万の兵で撃破した清《しん》初代皇帝、ヌルハチの武勇と知略に満ちた生涯を描く。

矢野隆
大坂夏の陣
〈戦《いくさ》百景〉
真田《さなだ》信繁《のぶしげ》が家康の首に迫った大逆転策とは。戦国時代の最後を飾る歴史スペクタクル！

講談社タイガ

汀こるもの
探偵は御簾《みす》の中
〈同じ心にあらずとも〉
契約結婚から八年。家出中の妻が巻き込まれた殺人事件。平安ラブコメミステリー完結！

大澤真幸
〈世界史〉の哲学　3　東洋篇
解説＝橋爪大三郎
二一世紀頃、経済・政治・軍事、全てにおいて最も発展した地域だったにもかかわらず、覇権を握ったのは西洋諸国だった。どうしてなのだろうか？　世界史の謎に迫る。
978-4-06-533646-5
おZ4

京須偕充
圓生の録音室
解説＝赤川次郎・柳家喬太郎
昭和の名人、六代目三遊亭圓生の至芸を集大成したレコードを制作した若き日の著者が、最初の訪問から永訣までの濃密な日々のなかで受け止めたものとはなにか。
978-4-06-533350-4
きL1

講談社文庫　目録

楡　周平　サリエルの命題
西尾維新　クビキリサイクル〈青色サヴァンと戯言遣い〉
西尾維新　クビシメロマンチスト〈人間失格・零崎人識〉
西尾維新　クビツリハイスクール〈戯言遣いの弟子〉
西尾維新　サイコロジカル(上)〈兎吊木垓輔の戯言殺し〉／(下)〈曳かれ者の小唄〉
西尾維新　ヒトクイマジカル〈殺戮奇術の匂宮兄妹〉
西尾維新　ネコソギラジカル(上)〈十三階段〉
西尾維新　ネコソギラジカル(中)〈赤き征裁vs.橙なる種〉
西尾維新　ネコソギラジカル(下)〈青色サヴァンと戯言遣い〉
西尾維新　ダブルダウン勘繰郎《かんぐろう》　トリプルプレイ助悪郎《スケアクロウ》
西尾維新　零崎双識の人間試験
西尾維新　零崎軋識《ぜろざききししき》の人間ノック
西尾維新　零崎曲識の人間人間
西尾維新　零崎人識の人間関係　匂宮出夢との関係
西尾維新　零崎人識の人間関係　無桐伊織との関係
西尾維新　零崎人識の人間関係　零崎双識との関係
西尾維新　零崎人識の人間関係　戯言遣いとの関係
西尾維新　xxxHOLiC　アナザーホリック　ランドルト環《かん》エアロゾル
西尾維新　難民探偵

西尾維新　少女不十分
西尾維新　本題〈西尾維新対談集〉
西尾維新　掟上《おきてがみ》今日子《きょうこ》の備忘録
西尾維新　掟上今日子の推薦文
西尾維新　掟上今日子の挑戦状
西尾維新　掟上今日子の遺言書
西尾維新　掟上今日子の退職願
西尾維新　掟上今日子の婚姻届
西尾維新　掟上今日子の家計簿
西尾維新　掟上今日子の旅行記
西尾維新　新本格魔法少女りすか
西尾維新　新本格魔法少女りすか2
西尾維新　新本格魔法少女りすか3
西尾維新　新本格魔法少女りすか4
西尾維新　人類最強の初恋
西尾維新　人類最強の純愛
西尾維新　人類最強のときめき
西尾維新　人類最強のsweetheart
西尾維新　りぽぐら！

西尾維新　悲鳴伝
西尾維新　悲痛伝
西尾維新　悲惨伝
西尾維新　悲報伝
西尾維新　悲業伝
西村賢太　どうで死ぬ身の一踊り
西村賢太　夢魔去りぬ
西村賢太　藤澤清造追影
西村賢太　瓦礫の死角
西川善文　ザ・ラストバンカー〈西川善文回顧録〉
西川　司　向日葵《ひまわり》のかっちゃん
西　加奈子　舞台
丹羽宇一郎　民主化する中国〈習近平がいま本当に考えていること〉
貫井徳郎　新装版　修羅の終わり(上)(下)
貫井徳郎　妖奇切断譜
額賀　澪　完パケ！
A・ネルソン　「ネルソンさん、あなたは人を殺しましたか？」
法月綸太郎　法月綸太郎の冒険
法月綸太郎　新装版　密閉教室

講談社文庫　目録

法月綸太郎　怪盗グリフィン、絶体絶命
法月綸太郎　怪盗グリフィン対ラトウィッジ機関
法月綸太郎　キングを探せ
法月綸太郎　名探偵傑作短篇集　法月綸太郎篇
法月綸太郎　新装版　頼子のために
法月綸太郎　誰《たそ》彼《がれ》〈新装版〉
法月綸太郎　法月綸太郎の消息
法月綸太郎　雪密室〈新装版〉
乃南アサ　不発弾
乃南アサ　地のはてから(上)(下)
乃南アサ　チーム・オベリベリ(上)(下)
野沢尚　破線のマリス
野沢尚　深紅
野村克也・宮本慎也　師弟
乗《のり》代《しろ》雄《ゆう》介《すけ》　十《じゅう》七《しち》八《はち》より
乗代雄介　本物の読書家
乗代雄介　最高の任務
橋本治　九十八歳になった私
原田泰治　わたしの信州

原田泰治・原田武雄　泰治が歩く〈原田泰治の物語〉
林真理子　みんなの秘密
林真理子　ミスキャスト
林真理子　ミルキー
林真理子　新装版　星に願いを
林真理子　野心と美貌〈中年心得帳〉
林真理子　正妻(上)(下)〈慶喜と美賀子〉
林真理子　大《お》原《はら》御《ご》幸《こう》〈帯に生きた家族の物語〉
林真理子　さくら、さくら〈おとなが恋して〈新装版〉〉
林真理子・見城徹　過剰な二人
原田宗典　スメル男〈新装版〉
帚木蓬生　日御子(上)(下)
帚木蓬生　襲来(上)(下)
坂東眞砂子　欲情
畑村洋太郎　失敗学のすすめ
畑村洋太郎　失敗学実践講義〈文庫増補版〉
はやみねかおる　都《ま》会《ち》のトム&ソーヤ(1)
はやみねかおる　都《ま》会《ち》のトム&ソーヤ(2)〈乱！　RUN！　ラン！〉
はやみねかおる　都《ま》会《ち》のトム&ソーヤ(3)〈いつになったら作《ミッ》戦《ション》終了？〉

はやみねかおる　都《ま》会《ち》のトム&ソーヤ(4)〈四重奏《カルテット》〉
はやみねかおる　都《ま》会《ち》のトム&ソーヤ(5)〈IN《イン》塀戸《VADE》〉(上)(下)
はやみねかおる　都《ま》会《ち》のトム&ソーヤ(6)〈ぼくの家へおいで〉
はやみねかおる　都《ま》会《ち》のトム&ソーヤ(7)《怪人は夢に舞う〈理論編〉》
はやみねかおる　都《ま》会《ち》のトム&ソーヤ(8)《怪人は夢に舞う〈実践編〉》
はやみねかおる　都《ま》会《ち》のトム&ソーヤ(9)〈前夜祭《EVE》　内人《ないと》side〉
はやみねかおる　都《ま》会《ち》のトム&ソーヤ(10)〈前夜祭《EVE》　創也《そうや》side〉
原武史　滝山コミューン一九七四
濱嘉之　警視庁情報官〈シークレット・オフィサー〉
濱嘉之　警視庁情報官　ハニートラップ
濱嘉之　警視庁情報官　トリックスター
濱嘉之　警視庁情報官　ブラックドナー
濱嘉之　警視庁情報官　サイバージハード
濱嘉之　警視庁情報官　ゴーストマネー
濱嘉之　警視庁情報官　ノースブリザード
濱嘉之　ヒトイチ　警視庁人事一課監察係
濱嘉之　ヒトイチ　画像解析〈警視庁人事一課監察係〉
濱嘉之　ヒトイチ　内部告発〈警視庁人事一課監察係《デカ》〉
濱嘉之　新装版　院内刑事

講談社文庫　目録

平岩弓枝　新装版 はやぶさ新八御用帳(六)〈春月の雛〉
平岩弓枝　新装版 はやぶさ新八御用帳(七)〈寒椿の寺〉
平岩弓枝　新装版 はやぶさ新八御用帳(八)〈春怨 根津権現〉
平岩弓枝　新装版 はやぶさ新八御用帳(九)〈王子稲荷の女〉
平岩弓枝　新装版 はやぶさ新八御用帳(十)〈幽霊屋敷の女〉
東野圭吾　放課後
東野圭吾　卒業
東野圭吾　学生街の殺人
東野圭吾　魔球
東野圭吾　十字屋敷のピエロ
東野圭吾　眠りの森
東野圭吾　宿命
東野圭吾　変身
東野圭吾　仮面山荘殺人事件
東野圭吾　天使の耳
東野圭吾　ある閉ざされた雪の山荘で
東野圭吾　同級生
東野圭吾　名探偵の呪縛
東野圭吾　むかし僕が死んだ家

東野圭吾　虹を操る少年
東野圭吾　パラレルワールド・ラブストーリー
東野圭吾　天空の蜂
東野圭吾　名探偵の掟
東野圭吾　悪意
東野圭吾　嘘をもうひとつだけ
東野圭吾　赤い指
東野圭吾　流星の絆
東野圭吾　新装版 浪花少年探偵団
東野圭吾　新装版 しのぶセンセにサヨナラ
東野圭吾　新参者
東野圭吾　麒麟の翼
東野圭吾　パラドックス13
東野圭吾　祈りの幕が下りる時
東野圭吾　危険なビーナス
東野圭吾　時《トキ》生《オ》〈新装版〉
東野圭吾　どちらかが彼女を殺した〈新装版〉
東野圭吾　希望の糸
東野圭吾　私が彼を殺した〈新装版〉

東野圭吾作家生活25周年祭り実行委員会　東野圭吾公式ガイド〈読者1万人が選んだ東野作品人気ランキング発表〉
東野圭吾作家生活35周年実行委員会 編　東野圭吾公式ガイド〈作家生活35周年ver.〉
平野啓一郎　高瀬川
平野啓一郎　ドーン
平野啓一郎　空白を満たしなさい(上)(下)
百田尚樹　永遠の0《ゼロ》
百田尚樹　輝く夜
百田尚樹　風の中のマリア
百田尚樹　影法師
百田尚樹　ボックス！(上)(下)
百田尚樹　海賊とよばれた男(上)(下)
平田オリザ　幕が上がる
東　直子　さようなら窓
蛭田亜紗子　凜
樋口卓治　ボクの妻と結婚してください。
樋口卓治　続・ボクの妻と結婚してください。
樋口卓治　喋る男
平山夢明　魂《たま》豆《どう》腐《ふ》〈大江戸怪談どたんばたん(土壇場譚)〉
平山夢明 宇佐美まこと ほか　超怖い物件

東川篤哉　純喫茶「一服堂」の四季
東山彰良　流《りゅう》
東山彰良　女の子のことばかり考えていたら、1年が経っていた。
平田研也　小さな恋のうた
日野　草　ウエディング・マン
平岡陽明　僕が死ぬまでにしたいこと
ビートたけし　浅草キッド
ひろさちや　すらすら読める歎異抄《たんにしょう》
藤沢周平　新装版 春秋の檻〈獄医立花登手控え(一)〉
藤沢周平　新装版 風雪の檻〈獄医立花登手控え(二)〉
藤沢周平　新装版 愛憎の檻〈獄医立花登手控え(三)〉
藤沢周平　新装版 人間の檻〈獄医立花登手控え(四)〉
藤沢周平　新装版 闇の歯車
藤沢周平　新装版 市塵(上)(下)
藤沢周平　新装版 決闘の辻
藤沢周平　新装版 雪明かり
藤沢周平　義民が駆ける〈レジェンド歴史時代小説〉
藤沢周平　喜多川歌麿女絵草紙
藤沢周平　闇の梯子

藤沢周平　長門守の陰謀
古井由吉　この道
藤田宜永　樹下の想い
藤田宜永　女系の総督
藤田宜永　女系の教科書
藤田宜永　血の弔旗
藤田宜永　大雪物語
藤　水名子　紅嵐記(上)(中)(下)
藤原伊織　テロリストのパラソル
藤本ひとみ　新・三銃士 少年編・青年編〈ダルタニャンとミラディ〉
藤本ひとみ　皇妃エリザベート
藤本ひとみ　失楽園のイヴ
藤本ひとみ　密室を開ける手
藤本ひとみ　数学者の夏
福井晴敏　亡国のイージス(上)(下)
福井晴敏　終戦のローレライ I～IV
藤原緋沙子　遠花火〈見届け人秋月伊織事件帖〉
藤原緋沙子　春《はる》疾風《はやて》〈見届け人秋月伊織事件帖〉
藤原緋沙子　暖《ぬく》鳥《どり》〈見届け人秋月伊織事件帖〉

藤原緋沙子　霧の路《みち》〈見届け人秋月伊織事件帖〉
藤原緋沙子　鳴《なる》子《こ》守《もり》〈見届け人秋月伊織事件帖〉
藤原緋沙子　夏ほたる〈見届け人秋月伊織事件帖〉
藤原緋沙子　笛吹川〈見届け人秋月伊織事件帖〉
藤原緋沙子　青《せい》嵐《らん》〈見届け人秋月伊織事件帖〉
椹野道流　亡羊の嘆〈鬼籍通覧〉
椹野道流　新装版 暁天の星〈鬼籍通覧〉
椹野道流　新装版 無《む》明《みょう》の闇〈鬼籍通覧〉
椹野道流　新装版 壺《こ》中《ちゅう》の天〈鬼籍通覧〉
椹野道流　新装版 隻《せき》手《しゅ》の声〈鬼籍通覧〉
椹野道流　新装版 禅《ぜん》定《じょう》の弓〈鬼籍通覧〉
椹野道流　池《ち》魚《ぎょ》の殃《わざわい》〈鬼籍通覧〉
椹野道流　南《なん》柯《か》の夢〈鬼籍通覧〉
深水黎一郎　ミステリー・アリーナ
藤谷　治　花や今宵の
古市憲寿　働き方は「自分」で決める
船瀬俊介　〈万病が治る！ 20歳若返る！〉かんたん「1日1食」!!
藤野可織　ピエタとトランジ
古野まほろ　身元不明《ジェーン・ドゥ》〈特殊殺人対策官 箱崎ひかり〉

講談社文庫　目録

本城雅人　誉れ高き勇敢なブルーよ
本城雅人　シューメーカーの足音
本城雅人　ミッドナイト・ジャーナル
本城雅人　紙の城
本城雅人　監督の問題
本城雅人　去り際のアーチ〈もう一打席！〉
本城雅人　時代
本城雅人　オールドタイムズ
堀川惠子　裁かれた命〈死刑囚から届いた手紙〉
堀川惠子　死刑の基準〈「永山裁判」が遺したもの〉
堀川惠子　永山則夫〈封印された鑑定記録〉
堀川惠子　教誨師
堀川惠子　戦禍に生きた演劇人たち〈演出家・八田元夫と「桜隊」の悲劇〉
堀川惠子／小笠原信之　チンチン電車と女学生〈1945年8月6日・ヒロシマ〉
誉田哲也　Qros《キュロス》の女
松本清張　草の陰刻
松本清張　黄色い風土
松本清張　黒い樹海
松本清張　ガラスの城
松本清張　殺人行おくのほそ道(上)(下)
松本清張　邪馬台国　清張通史①
松本清張　空白の世紀　清張通史②
松本清張　カミと青銅の迷路　清張通史③
松本清張　天皇と豪族　清張通史④
松本清張　壬申の乱　清張通史⑤
松本清張　古代の終焉　清張通史⑥
松本清張　新装版　増上寺刃傷
松本清張他　日本史七つの謎
松谷みよ子　ちいさいモモちゃん
松谷みよ子　モモちゃんとアカネちゃん
松谷みよ子　アカネちゃんの涙の海
眉村　卓　ねらわれた学園
眉村　卓　なぞの転校生
麻耶雄嵩　翼ある闇〈メルカトル鮎最後の事件〉
麻耶雄嵩　痾《あ》
麻耶雄嵩　メルカトルかく語りき
麻耶雄嵩　夏と冬の奏鳴曲《ソナタ》〈新装改訂版〉
麻耶雄嵩　神様ゲーム
町田　康　耳そぎ饅頭
町田　康　権現の踊り子
町田　康　浄土
町田　康　猫にかまけて
町田　康　猫のあしあと
町田　康　猫とあほんだら
町田　康　猫のよびごえ
町田　康　真実真正日記
町田　康　宿屋めぐり
町田　康　人間小唄
町田　康　スピンク日記
町田　康　スピンク合財帖
町田　康　スピンクの壺
町田　康　スピンクの笑顔
町田　康　ホサナ
町田　康　猫のエルは
町田　康　記憶の盆をどり
舞城王太郎　煙か土か食い物〈Smoke, Soil or Sacrifices〉
舞城王太郎　好き好き大好き超愛してる。

2023年9月15日現在